走出大山

刘期荣 著

黄河出版传媒集团
阳光出版社

图书在版编目（CIP）数据

走出大山 / 刘期荣著 . -- 银川 : 阳光出版社，
2025. 1. -- ISBN 978-7-5525-7542-2

Ⅰ . I267

中国国家版本馆 CIP 数据核字第 2024B51Y70 号

走出大山　Zouchu Dashan　　　　　　　　　　　刘期荣　著

责任编辑　赵维娟　王　瑞
封面设计　圣立文化
责任印制　岳建宁

黄河出版传媒集团
阳 光 出 版 社　出版发行

出 版 人　薛文斌
地　　址　宁夏银川市北京东路139号出版大厦（750001）
网　　址　http://www.ygchbs.com
网上书店　http://shop129132959.taobao.com
电子信箱　yangguangchubanshe@163.com
发行电话　0951-5047283
经　　销　全国新华书店
印刷装订　四川金邦印务有限公司
印刷委托书号　（宁）0031164

开　　本　710 mm × 1000 mm　1/16
印　　张　17.25
字　　数　280千字
版　　次　2025年1月第1版
印　　次　2025年1月第1次印刷
书　　号　ISBN 978-7-5525-7542-2
定　　价　72.00元

与自己的世界对话

——序刘期荣先生散文集《走出大山》

牛 放

我的朋友刘期荣1965年10月出生于四川小金，也就是美丽的四姑娘山脚下。

刘期荣的出生地小金川，曾经是乾隆皇帝倾全国之力攻打的大小金川的一部分，被征服后的小金川更名为懋功。后来中国工农红军一、四方面军也是在这里的夹金山下达维桥胜利大会师。

我之所以用如此多的文字叙述这里的背景，目的是想告诉读者诸君，作家阅历的丰富性。

一个自然人要在这里生存，其难度是显而易见的。红军当年在这里翻越夹金山，可谓九死一生，许多年轻的生命永远地留在了雪山上。四姑娘山则海拔更高，超过6500米，连续的高峰就多达4座。

发源于阿坝高原的大渡河有两条重要的支流，分别叫大、小金川，而作家刘期荣的故乡就在美丽的小金川畔。这里重峦叠嶂，山川秀美，物产丰富，但自然灾害也相对较多，特别是泥石流和地震危害性很大，

熟视无睹是作家的大敌，敏感和放大是作家需要历练的功夫。作为作家，刘期荣对家乡的所有事物都充满感情，这不同于许多见惯不惊的普通作家。

刘期荣曾用笔名草木、老房子·刘。他给我讲过取这两个笔名的用意。他说，自己非常喜爱文艺，在文艺这个广阔无垠的大海中闯荡，经常接触一些文人墨客，虽然自己没啥建树，但在其中品尝到了一丝乐趣——偶有小块文章见诸报章杂志啥的，还勉勉强强将这些散落的文字归集起来，呈现给广大读者，心血来潮就给自己整了个笔名。

他说自己的母亲姓李，木子李，把自己的本名与"草木"联系起来，这是一位懵动的文学青年找准自己的定位，更主要是以此表达对伟大母爱的铭记。至于后来，他又给自己取了一个笔名"老房子·刘"，我想这不是别出心裁，有它的道理。首先，在舞文弄墨的这个圈子里，似乎取"老房子"这个笔名者有之，要是他再以其命名，是不是显得有点俗套，甚至于说在跟风！但是，期荣的出生地小地名它就叫老房子，这是铁板钉钉的事实。所以，人家给自己这样确定一个笔名也就无可厚非了。

我了解期荣，他干事脚踏实地、勤勤恳恳，不是一个华而不实的人。古人常言："行不更名，坐不改姓。"为了害怕别人引起误会，人家就是出生在老房子的刘氏之后裔！这不正是一箭双雕、两全其美，你还有什么不予认同的呢？于此，我们似乎就可以管窥到作家善良的心灵，以及对故乡自然和人文的热爱！

在冷兵器时代，乾隆皇帝派兵征讨大、小金川，从1747年到1776年，29年间的两次征剿，清王朝先后投入了近60万人力，耗银7000万两，其代价远远超过乾隆的其他任何一次武功。我想说的不是皇帝打金川的故事，而是战后大量外来驻军留驻大、小金川，实行亦农、亦商、亦军的屯垦军事管理制度。这些驻军大多是外来的汉族、苗族和回族等民族，他们在大小金川居住下来，与当地人密切接触，衣食住行无不相互影响。特别是通婚，民族间的往来就不仅仅是停留在表面上了。加上山高水险，交通闭塞，所处环境具有相对的独立性和封闭性，时间一长也就很难分清谁是当地人谁是外来人了。刘期荣是藏族，藏族当然没有姓刘的，所以他的祖辈也是外来的汉族人。

入乡随俗，刘期荣不仅已经是一个地道的小金人，而且他深深地爱着自己的故乡。也就是说，他的父辈们与当地的藏族人民相互学习，相互帮助，一起走到了今天，他们已经是水乳相融的兄弟，藏族人民已经完全接纳了他们。我们来看看刘期荣的文章，或许不难发现这种关系。

"张打铁李打铁/打把剪刀送姐姐/姐姐留我歇/我不歇/我要回家割燕麦……"

作者说："这是一首母亲教会我的童谣。"这首童谣显然不是当地藏族的童谣，作家却说，"正是这些散发着古朴清新的乡土气息，凝结着智慧与厚重的村俗民风的歌谣，曾经在故乡的天空轻轻地飘荡，深深镌刻在我的脑海，陪伴着我走过有趣的童年。"作为藏族的刘期荣，千真万确这是他在故乡唱着长大的童谣，这里就必然引出了另一个问题：与刘期荣一起长大的一个寨子里的其他藏族小伙伴，也一定是跟着刘期荣一起唱着这样的童谣长大的。而同样是在作家的文章里出现的另一首童谣："老鹰下个耙耙蛋/打得锅头团团转/你一碗我一碗/隔壁子花猫打烂碗……"这同样不是当地藏族人的童谣。

此外，作家使用的散文语言，带有浓郁的汉文化地方方言格调，而由这些童谣引出的故事，也同样带有浓厚的汉文化元素。我们看看作家的这段原话："在我童年的记忆里，一不小心打烂碗不要紧，有补碗的师傅，随便给洋瓷碗打一个补丁就行，如果是烧料子的碗摔碎了，就无法挽救，只能丢弃。不过，记得那时候家家户户使用的基本上都是洋瓷碗。烧料子的土巴碗，基本上蒸菜的时候才用，现在这种上釉的瓷碗实在太少，所以，还真不怕隔壁子花猫打烂碗。"我们不要忘记作家刘期荣是小金川土生土长的藏族人。由此，我们发现作家刘期荣的这本《走出大山》的每一篇文章，实际就是一个汉族后裔长期生活在藏族聚居区，汉藏文化在民间的日常生活中交流融合，并留下的无处不在的文化痕迹，他的文章便具有了十分有趣的汉藏文化交流融合的活化石意义。

刘期荣从小就生活在成都平原向青藏高原隆升的过渡地带，山高谷深，人烟稀少，自然环境既险恶又美好，作家被那些美好所深深吸引，深深感染，他甚至忘记了自己所处环境的险恶凶狠，或者认为这些险恶凶狠本来就是理所当然。他在自己的世界中自言自语，被自己发现的世界感动着，他不知疲倦地和自己的世界交流着，日复一日，年复一年，直到自己也成为历史。

刘期荣的文学起步于新闻报道——他在小金宣传部门有8年多的经历，因为工作性质的缘故，才有机会在阿坝大地自由地行走，于是也才有了文学圈子里的文朋诗友。这一点于曾经有过高原工作、生活经历的我来说，完全感同身受。而他是我接触过的文学爱好者中一个勤学好问、善于积累的人，天长日久也便有了自己的文章，通过各种渠道，在不同的平台上陆陆续续流露出来，《走出大山》是他的第四部文集了（另外还主编刘氏家族的一部族谱），这就是一个有力的佐证。这本书最大的意义也在于：铭记浓烈的乡愁，展示亮丽的风景。风景是一个地方标志，乡愁是地域环境的所有元素唤醒的爱的思想，而地域元素是在不断变化发展。譬如小金，就在远古历史的基础上增加了乾隆打金川，驻军屯垦，修复战争创伤；嘉绒屯兵南征北战，屡立战功；红军翻越夹金雪山，会师懋功等新元素。那么，生于大山长于大山的作家，到底给我们讲述了哪些鲜为人知的精美故事，悉心阅读过这本集子，你就能得到一个准确的答案。

当然，于文学而言，期荣对文字的热诚无可厚非，他也是一个会讲一些小故事的人。特别是，他并非将自己的认知堆砌一些华丽的辞藻，向朋友们展示，而是坦诚地与大家共同分享属于自己的快乐，这已经做得足够好了！但文学毕竟是码字的艺术活儿，就其习惯性的叙述与表达方式及文艺性，以及驾驭深广题材，尽可能与时代发展的脉搏相融合方面，可能还做得不够好，尚需要继续努力才是！

总而言之，我真诚地期望大家与我一样，用随和的心态走进川西高原，去领略作者笔下万般秀美的山水风光，以及藏、羌、回、汉各族群众生生不息而演绎的风土人情——完成一次心灵之旅，去认识又一个未曾相识的有关大山的故事吧！

2023年4月于成都燕鲁公所街随园书斋

（牛放，中国作家协会会员，中国散文学会理事，中国西部散文学会副主席，四川作家书画院院长，历任《草地》《四川文学》和《星星·诗词》等杂志主编）

文字无枯荣，未来仍可期

——序刘期荣先生散文集《走出大山》

王国平

期荣兄嘱我作序，已是一年前的事了。

时转景移，草木枯荣。幸好岁月无情，文字常青，他的几十万字尽管早已走出大山，但依然在曾经苍茫辽远的草地上、山坡下、河流边生机盎然、葱茏翠绿。

这既得益于母语的遗传、青稞的喂养和大地的托举，复得益于期荣兄对故土的深情回望和对梦想的执着追逐。

我想，期荣兄将散文集命名为《走出大山》，是有深意的。

因为每个人心中都有一座"大山"。

对莫言来说，高密就是他的大山；对贾平凹来说，商州就是他的大山；对迟子建来说，额尔古纳河就是她的大山；对舒婷来说，鼓浪屿就是她的大山；对刘亮程来说，黄沙梁就是他的大山……而对期荣兄来说，阿坝就是他的大山。正如离开大山多年后的他所言："倚着大山成长，倚着大山远行，倚着大山孕育并成就着步入文艺圣殿的梦想……"

无论你抛弃大山多少次，大山一直都在等你。

无论我们出走千里万里，归来仍是大山之子。

《走出大山》就是一个儿子写给父亲般的大山的家书。

从2005年开始，在大山里生活了40年的期荣兄开始尝试着走出大山，他的下一站离大山并不遥远。在都江堰畔，他的手指能感受到大山积雪融化的温度；在青城山巅，他的目光越过层层云岚能觅到大山巍峨挺拔的身影；在桃关大道，他的足迹沿着弯曲的小路可以抵达大山脚下的县城。

尽管距离并不遥远，但大山却给他带来了情感上的波动。

那是一尾鱼对小金川的牵挂，那是一头牦牛对四姑娘山的思念，那是一片树叶离开了树的疼痛，那是一个怀揣文学和摄影梦想的赤子对这片生长奇迹的红色土地的无尽眷恋。

一个人总是要在走出大山后，才能刻骨地明白大山。

一个人总是在要离开故乡后，才会真切地懂得故乡。

近20年来，回荡在期荣兄耳畔的是鹰啸、牛哞、羊咩，是藏族山歌、亲人的叮咛、远去的童谣和春风穿过河谷的声音；浮现在期荣兄眼前的是共和村的玫瑰花海、黑水的彩叶林、四姑娘山的秋天、梦笔山的红叶、巴郎山的云海、理县的增头羌寨、若尔盖的花湖；回味在期荣兄唇齿间的是腊猪蹄的鲜美，是"九大碗"里酥肉、红烧、粉蒸肉、甜饭、圆子、肘子、清炖、素菜汤、咸烧白的芬芳，是酥油茶的浓香；徘徊在期荣兄梦里的是消失的麦田和水磨坊，是发生在水磨沟、八美、松潘和小金的故事……

这些既是期荣兄的故事，更是大山的厚赐。

期荣兄一次次走出大山，又一次次回到大山。他用镜头捕捉大山的精彩瞬间，于是，便有了《金猪贺岁》《黑水县羊茸哈德村》《秘境》《藏寨晨曲》《秋染美汗路》《新家园》和《窗含西岭千秋雪》等上千幅展示川西高原、都江堰及他目之所及的祖国壮美山河、民康物阜的摄影精品力作。他用声音歌唱大山的幸福生活，于是，便有了《雪山·雪莲》《党旗飘飘》《温馨家园》《玛嘉沟我的爱恋》《四姑拉措圣洁的湖泊》《玫瑰花开乐万家》《月夜情歌》等广为传唱的音乐作品。他用文字记录大山的沧海桑田，于是，便有了《圣山情结》《格桑花开》《晚春》和刚捧在你手中，散发着油墨芳香的《走出大山》。

爱过方知情重，醉过才晓酒浓。

只有读过了《走出大山》，你才知道于期荣兄而言，这座背在肩上，装在心里的大山有多么高、多么重、多么美……

相信大家读了《走出大山》之后，也忍不住想要回到自己的大山中去走一走、看一看，找回珍藏在大山深处的记忆，那些美好的时光或许在诗里，在画里，在梦里……或许它们早已经隐潜在期荣兄的文字里，一遍又一遍地打动了你。

最后，我想说的是，文字无枯荣，未来仍可期。相信在不久的将来，期荣兄还将为他的大山写出更美的文字。

是为序。

（王国平，中国作家协会会员，中国诗歌学会理事，四川省作家协会全委会委员、报告文学委员会委员，四川省诗歌学会副会长，成都市作家协会副主席）

目 录 CONTENTS

父老乡亲

　　一个人，总是要在走出大山之后，才能深刻地领悟大山的魅力；总是要在阔别故乡之后，才会真切地感受故乡的温暖，因为那里有自己挚爱的父老乡亲，以及难以割舍的血脉亲情。

腊猪蹄的故事

"今天是冬至哈，炖个猪蹄咋样？"早餐的时候，我这样对妻子说："好久没有吃腊猪蹄了哈！"

"我就晓得你这几天的脚没有痛了嘛！"

"是的！人生一世，'吃穿'二字。何况痛风没有黏着，该吃就吃呗！"

"就是嘛！不忌嘴！羊肉也是发物！"

"唉！羊肉嘛就暂缓一步哈！谁叫山野菜炖腊猪蹄子那么有滋味儿的呢！"

其实，不是自己与自己过不去，只是对这山野菜炖腊猪蹄的喜爱由来已久。虽然患了富贵病——痛风，但心里却老惦记着这高嘌呤的好东西，时不时也来它一碗，偷着打个牙祭。

话又得说回来，这的的确确也不是自己嘴馋，而是，这腊猪蹄的味道，给了我童年一段美好的回忆。何况，隆冬时节，寒气袭人，菜谱里再增添一些佳肴美味，暖和暖和一下身子骨，增加一丝热能，平平安安迎接新年的到来，于情于理都说得过去——逍遥人生，浪漫情怀。

光阴似箭，半个多世纪的光阴一晃而过。抚今追昔，把时光定格在20世纪60年代末。那个时候，自己还是穿开裆裤的小娃娃，清楚地记得，走过寒冬就是春节，到了春节，父亲就要带我去大爷爷家拜年，就能吃上香喷喷的腊猪蹄……

大爷爷名叫刘继荣，是我爷爷刘继伦的兄长。因为我们家族200多年没有族谱资料，唯有从内地（安岳或者乐至县）宗亲那里誊抄的字辈歌薪火传承，比如祖籍及世系等很多家族信息均是一片茫然。直到2019年，才成功组织编撰了首部《四川阿坝州小金（懋功）县、甘孜州丹巴县刘氏族谱》。在我对祖籍的寻访及相关信息资料的搜集、整理之中，终于基本理清了鼻祖邦燕公及以下的家族迁徙及繁衍生息的来龙去脉，也才彻底查证了大爷爷及其兄弟姊妹，是曾祖怀庚公的长房子孙。而在1840年左右，高祖荣义公自四川省乐至县古钦民乡（今双河场乡）迁徙入小金县新桥乡定居，膝下育有四子三女。曾祖排行老二，他前面还有一个姐姐（迄今渺无音讯）。左邻右舍管他叫刘二爸，似乎又因其面部带有啥残疾，所以得了一个绰号，叫刘歪歪。相传这个"歪歪"刘二哥，不但在家族中一言九鼎，而且在社交场合上也算得上一把好手。他不但能秉承家风家教，兴家立业，而且对邻里乡亲也是仗义执言、关怀有加，十里八乡都享有良好声誉。而他的儿子、孙子也都继承了这一优良作风，历代都受族人及乡邻的敬重。行善积德，言传身教，我的爷爷一生勤俭持家，虽算不上是大户人家，家里却先后好心收留过近20名生活窘迫的穷苦人。父亲一生也乐于走亲访友，坚持寻根问祖，还不忘带我给长辈们拜年，他获得过"优秀军人""剿匪大英雄""合作社先进个人"等诸多先进荣誉，也就绝非偶然，一切皆在情理之中！迁居到丹巴县的那房子孙，也是家道兴隆，名震四方。

　　言归正传，这家族之事又与腊猪蹄有啥关系呢？年纪尚小，自己的经历大多都记不得了，但有一件事却令我终生难忘，那就是跟着父亲去大爷爷家拜年，就一定会吃到色香味美的山野菜炖腊猪蹄。

　　大爷爷的家在一个叫中嘴的地方，也就是新桥沟正沟与西边一条大山沟的交会处。这里是耸立两条沟之间的那道叫中梁子的山梁的起始点，自此把家乡的地形分割成一个"丫"字，地势也十分狭窄——开门见山，但祖父却偏偏看中了这块风水宝地。他与金川籍杜氏女子婚配成家分立门户之后，就从老家头卡甘沟搬到这里来，租下苏雅堂的土地以及其小河边上的两间水磨坊兴家立业。斗转星移，20世纪80年代末，修建在一棵大白杨树前后的水磨坊，随电动钢磨的问世而"下了岗"，这棵长到要几个成年人伸臂才能合围的撑天高的白杨树、老磨坊和内侧那一栋没有修建过龙门的老宅，依旧那样静静地坐落在这水流潺潺的小河岸边，笑看风起云涌，喜闻鸟语花香。

在我的记忆里，祖父已经过世了，春节之际，父亲带我去大爷爷家拜年。说实在话，那个年代，大爷爷家也不是大户人家，他们的生活水平也不高，奔奔波波勉强能够维持生计吧！但只要贵客迎门，就能享用这道乡间传统美食。当然，开户之家，不时有左邻右舍来磨面，又是单家独户，家里也就免不了经常有南来北往的客人光顾，有道是：家常便饭天天有，有缘才到你家来。大家不分彼此，不论贵贱，相逢是缘，有啥吃啥，习以为常。天长日久，中嘴上刘家也就随着祖辈们的这些优良作风而扬名四方。

大爷爷家有一个可以一次性炖两只大猪蹄的砂罐，也不知道炖煮了多少只猪蹄，早已被岁月的烟火熏得黢黑。砂罐的两只耳朵上套有两根铁丝，以方便悬挂在火钩上炖煮。正月里，只要我们父子去拜年了，除了家里现成的几道菜，幺婶就会按照大爷爷的吩咐，再烧制好一只腊猪蹄，连同一些晒干的石格菜（又名"石窖菜"，是山区农民上山采挖药材的季节必选的山野菜之一。因为它生长在乱石堆中，所以最初的时候，人们称其为石窖菜，也就是生长在石窖里的意思。后来，人们才称为石格菜。）或蕨苔等山野菜，挂在火塘上炖煮。有时候，碰巧有别的亲戚也来拜年了，砂罐里就是满满一锅腊猪蹄汤了。

那时候还没有用上电，煤油灯盏也经常缺少燃料而成为摆设。火塘里架着几节青冈柴，快要烧尽了，又添加几块进去，让那红红的火苗一直旺盛着，把黢黑的屋子照得透明。一家人围着火塘拉家常，说着笑着，其乐融融。那砂罐里已经烧开的猪蹄汤不时溢出来，飞溅到火塘里，腾起一道道灰烟，随之而飘出来的野菜和着猪蹄的清香，直教人垂涎欲滴……

夜深了，猪蹄也就炖好了。待到第二天大清早用餐的时候，堂屋中央的八仙桌上，就端上来几大碗热气腾腾的猪蹄汤，看那垒尖满碗的已经离骨的猪蹄髈，泡酥酥、肥嘟嘟……真是色香味俱全，诱人无比。说实话，这山野菜炖出来的腊猪蹄，绿色无污染，那舌尖上的滋味才真叫着巴适！

这是大爷爷家最热情的待客之道。父亲关照我享用着这美味佳肴，于幼小的孩童而言，自然是一种莫大的享受。不过，接下来的一件事，就让我不光冲着腊猪蹄也是大爷爷家的常客了。原来大爷爷先后娶了三房，结果一屋子都是闺女，直到幺房的幺儿子出世，才让他老人家紧锁的眉头骤开——家门总算有了香火。日月如梭，轮到幺爸刘述华娶妻生子，转眼家里就添了两闺女，一家人自然还是盼子心切，就私下商议把我过房"压长"（民间习俗，视为己出就真有子来），以续香火。父亲是个热心肠，膝下有三个男孩，何况是自家亲人，说起此事自然欣然应允下来，可这等事于幼年的我，根本就不知道是咋回事。那年春节去拜了年，当我们就要起身告辞回家的时候，幺婶突然搂着我说："老三，就在我们家不回去了哈？我给你炖好吃点的猪蹄汤！"站在一旁的幺爸也微笑着说："哼！这一下好了，三娃儿就是我们家的娃娃了哟！"

"就在我们家不回去了哈！"几句话出口，简直骇人听闻，令我坐立不安！哪经得起"不回去"这一句话的惊吓，说时迟那时快，我把身子几扭就从幺婶怀中挣脱出来，拔腿就往外跑，头也不回地朝回家的小路狂奔而去。没想到这一口气跑出了头，错过了回家的那条岔道，而且把一年到头才挣到的新鞋子，在路坎下的丛林中跑丢了一只。害得父亲在身后大呼小叫，拼命追赶……

时过境迁，想起当年这个十分滑稽的故事，啼笑皆非，真是令人回味无穷。当自己长大成人之后，大家都还拿此事取笑我。待后来明白这只是一种形式之后，我也不再害怕幺爸留我在他们家当孩子了，何况那肥硕可口的腊猪蹄实在诱人至极，让我至今垂涎不已。后来时值春节前后，我也腾出时间带着孩子，或独自去大爷爷家给长辈们拜年，给已故的老人们上坟、烧纸钱。遗憾的是，大爷爷是何年何月离开人世，我浑然不知，他老人家也没有一张影像资料留存于世，这让我怎么也回想不起他那张慈祥的面容。但是，值得庆贺的是自那以后，幺爸果真就如愿以偿有了自己的亲生儿子，他们家也始终将我视为己出，我也引以为荣，一直视幺爸幺婶如自己的亲生父母。

如今年过半百，虽然对过年的习俗已不感新奇，但总会想起拜年，随即也会从记忆深处打捞起童年的那些趣事。老实说，在内心深处，永远都惦记着大爷爷家那有滋有味的山野菜炖腊猪蹄。

此文曾发表于《草地》2021年1期，后被收录入《阿坝州建州七十周年文学作品精选集》（阿坝州文学艺术界联合编，2024年9月）。

玫瑰花开

龙腾盛世，风和日丽，艳阳高照。

盛夏时节，迎着冉冉升起的一轮朝阳，傲然生长在阿坝高原上的玫瑰花竞相次第绽放，那鲜艳美丽的花朵一簇簇挨着一簇簇，开得姹紫嫣红，开得婀娜多姿，着实令人目不暇接；尤以那含苞待放的花骨朵，散发出醉人心脾的缕缕清香，扑面而来，飘溢四方……

一

2021年岁末，四川日报全媒体发起的"追光2021"天府人物推介活动启动后，立即得到社会各界的广泛关注和热情参与。全省183个县级融媒体中心联动响应，数十个省级部门、单位携手，大家一起共同寻找本年度那些温暖四川的平凡英雄。

在20多天的报名时间里，活动组委会共收到300多位报名者的资料。他们当中，有成渝地区双城经济圈建设者，有乡村振兴一线亲历者，有为国争光的奥运健儿，有驻村帮扶的工作队队员，有英勇救人的普通人，有自强不息的奋斗者……

经活动组委会初审，53名事迹突出的报名者最终脱颖而出。他们当中一位被称为"高原玫瑰姐"。她是小金县达维镇冒水村党支部书记、村委会主任陈望慧。她带领本村及邻村培育优势产业，种植高原玫瑰，让深度贫困的乡亲们实现了脱贫增收，走出了一条生态扶贫之路，用实际行动诠释了绿水青山就是金山银山理念。凭着"全国三八红旗手""全国脱贫攻坚先进个人""全国优秀共产党员"这些熠熠生辉的荣誉，她当之无愧地成为"追光2021"天府人物推介活动正式候选人之一。

二

隆冬时节，天降瑞雪。2022年1月14日，在小金县新桥乡龙王村地界的一块水泥坝子上，小金县夹金山清多香野生资源开发有限责任公司、小金县清多香玫瑰种植专业合作社，正在举行2021年度玫瑰花款现场发放仪式，来自全乡6个行政村的数百户玫瑰花种植群众你来我往，喜笑颜开。户主们手里揣着数千数万元沉甸甸的玫瑰花款，熠熠发光，让那烙有高原红印记的张张脸庞露出灿烂的微笑，人人都沉浸在丰收的喜悦之中。此情此景，其乐融融，着实温暖着所有人的心窝窝。

是啊！从2014年在共和村开始试种600株高原玫瑰大马士革品种至今，全乡6个行政村，种植面积增加到4000余亩，产量达37万公斤，实现产值达490余万元。

这无疑是该乡依托优势资源，合理进行产业规划布局，精准实施农业产业扶贫项目，使玫瑰产业从无到有，逐步壮大，让红彤彤的玫瑰花，成为老百姓心中名副其实的"致富花""幸福花"，玫瑰种植产业成为了乡村振兴的主导产业之一。

春华秋实，收获如此这般骄人的成绩，又怎不叫大山深处的农人们欢天喜地、笑逐颜开呢？

三

"玫瑰花到底能不能见钱？我当时心里着实莫得数！"回忆起当年的往事，当年担任共和村村委会主任的吴定勇如是说，"2014年初，在县乡各级领导的关心支持下，我们从原县扶贫移民局争取到了一个100万"大骨节病"扶贫项目，根据项目要求，资金只能发展种植业。可此前尝试性种植大黄、宽叶羌活等地道中药材均未取得成功，到底做个啥产业合适，一时半会儿拿不出一个好主意，可是咱们村又不能这么白白浪费了产业发展的好机会！于是，我经过多方走访，打听到达维乡的高山玫瑰种植已经获得成功，老百姓挣到了钱！想必我们这里也适合种植！结合村子土地肥沃、日照充足等植物生长的有利条件，就打算引进玫瑰示范种植。"

吴定勇说，这件事经村"两委"集体商议决定，再通过曾在达维乡供职的乡党委书记汪玉春的牵线搭桥，自己心头就有了"打米碗"（有了底）。管他三七二十一，主意已定，说干就干。吴定勇立马就乘车去拜访了达维乡（镇）冒水村的玫瑰种植企业老板陈望慧。经过与热情好客、也正在寻求产业发展的美女老板的简短交流，两人不谋而合，迅即达成共识，以每株1元的价格自费购买了600株玫瑰秧苗回到村里试种。

四

其实，吴定勇主任当初主动寻找产业发展项目，试种玫瑰的愿望，真的不是一时性起、盲目从事，的的确确是结合自身实际，想为老百姓做一件有意义的实事。

之前，大小金川统称金川，位于四川省西北部，近接成都，远连卫藏，是内地联系西藏、青海、甘肃等藏族聚居区的桥梁和咽喉地带，自古在川藏交往中占有重要地位。

而这里又是嘉绒藏族聚居的核心地带。嘉绒一词由地名"嘉莫·墨尔多"山而来。嘉绒是藏族的一支，即"嘉尔木·察瓦绒"的简称，就是指居住在以墨尔多神山（今甘孜州丹巴县境内）为中心的低湿温暖地域的藏族（《嘉绒藏族民俗志》，中央民族大学出版社）。

简言之，位于嘉绒藏族核心居住地带的小金县新桥乡，就具备粮食及经济作物种植的土壤及光照优势条件。而实际上这里自古以来就是粮食的主产区之一。

再把时光倒流到清朝时期，大、小金川土司的势力逐渐壮大，土司之间的明争暗斗也不断发生，且有愈演愈烈之势，严重威胁到内地的安全和康藏地区的稳定。清乾隆十四年（1749）、四十一年（1776），朝廷两次出重兵，最终平定了两地的土司纷争。

两征金川之后，为尽快愈合战争创伤，恢复地区人口自然增长及经济社会发展和政治稳定，朝廷继续推行"改土归流"政策，并命当地藏族群众、驻防绿营和被招募来的内地汉族民众进行大规模屯田，史称"金川改土为屯"。就其改土归流政策中，按照屯田种类来讲，有"军、民、番、练"四种屯田方式，又根据"官占平、民占坡、蛮家只占山窝窝"的授田原则，新桥乡共和村自然便归属于"民屯"之列。

正是在这个时期的这一片土地上，一种叫"罂粟"的植物，开出美丽的花朵，结出丰盈的果实，其分泌出来的汁液价值不菲，一度成为老百姓经济收入最主要的来源。而"烟多、匪多和枪多"的苦难历史，就成为了这个地方历史的真实写照，被永远镌刻在了乡民们不堪回首的记忆之中。

五

罂粟，其祸国殃民众人皆知，这里无须赘述，借此史料，仅仅是为了说明一件事——同样是提取汁液的，为什么今日会在这一片土地上大放异彩！答案也只有一个，就是高原玫瑰于人有益。

村上的原会计胥洪清（我的二姐夫）说，解放后到20世纪70年代，共和村1660余亩耕地，没有一分地空闲着，不是种玉米、小麦，就是豌豆、胡豆和洋芋。也许就是光照条件好、土质肥沃的缘故，尤其是小麦的长势最好，产量在全县算最高。大集体时代，村里还有一个专门研究小麦种植的科研小组，有专人进行小麦的科学试验种植，全县的农业生产现场会几乎每年都在村里召开……

区位坐东向西，山势相对平缓，阳光充足，地块偏大且土壤肥沃……如此优越的自然条件，相信就是当初村"两委"决定试种高原玫瑰最充足的理由了。

六

2015年，共和村从达维引进的玫瑰种植获得了成功。但是玫瑰花能变钱？坦率地说，就村"两委"干部及老百姓而言都不敢说"狠话"。但是，国家的项目支持已经落地，成功还是失败都务必行动起来。

在新桥乡政府的大力关心支持下，共和村实施500亩（实际实施了346亩）玫瑰示范种植的项目迅速成型，种植的序幕就此拉开。

虽然村"两委"用其中的40万购买了苗木，27万无偿用于农户种植补贴（每亩730元），其余部分用于完善饮水灌溉等项开支，为了让老百姓增强责任心，每亩种植自筹100元（后全部如数退还）。但是，毫不掩饰地说，当初这100多户报名种植的农户，有一半的人家是冲着那几百元的种植补助而来，因为他们心里对几朵花花是否能真正带来丰厚的经济效益，实在不抱多大的希望。所以，全村就二、三组的部分群众勉强响应。

"哎！说白了，当初就是看到那点补助钱的嘛！"年近七旬的田银久如实说，"前几年，我们一家人都出门打工挣钱去了，听说村里要种植玫瑰，每亩还有几百元的补助。反正土地都差不多没有好好耕种了，栽起玫瑰等它长，有收入就好，莫得收入也没有折本！"

是的，当时心里是这样盘算的，至于后来会发生惊天巨变，他也根本没有去想过。令他没有想到的是，2015年把8亩承包地全部栽上了玫瑰，因为疏于管理，第二年的收入才2000多元，这个回报比起外出务工的收入实在是少了许多。此刻，他心里还是没有对玫瑰花寄予多大的希望，可就在这个时候，因为一场大病，止住了他外出务工的脚步。眼看在荒草丛中的玫瑰苗萎靡不振、奄奄一息，他深感愧疚："唉！早晓得就该在家里把玫瑰经营好，兴许能多卖几个钱！何况自己的年龄一天天大了，出门挣钱不是那么轻巧的事情了！"

就这样，他将息好自己的身体之后，与家人一道，把主要精力放在了玫瑰的田间管理上。功夫不负有心人，当年就卖了2万元。从2000元到2万元这个质的飞跃，让他们全家倍感欣慰，种好玫瑰的积极性顿时倍增！

接下来的日子里，他们全家不管刮风下雨，不分白天黑夜，该下地的时间就下地：灌水、上肥、修枝……总是加班加点如期完成各项任务。用他自己的话来说，就是"上刀山下火海，也要照顾好那一片玫瑰花哦"！

七

高原的风时急时缓，高原的雨有大有小，高原的雪总是丰盈、洁白，高原的土地总是不厌其烦地接受着风雨雷电的洗礼，并散发出浓郁的沁人心脾的芳香。

是啊！年复一年，日复一日，高原人的高原，就这样无怨无悔，努力满足着依附它生存的生灵们的心愿……

几分劳动几分收获，有付出就有回报。田银久家2020年的玫瑰收入就飙升到了7万余元，一举跃居全乡玫瑰种植户之首。在政府的关心支持下，他还将自家的几间土坯房彻底翻新。腰包鼓起来了，住进宽敞明亮、干净整洁的新房子，全家人的心里感到十分舒坦。尤其是每年金秋时节之后，他手里都能揣着沉甸甸的玫瑰款，面对电视台记者的镜头，黝黑且爬满皱纹的脸上堆满笑容，双眼眯成了一条缝，让已经下岗的一颗门牙洞暴露无遗……

毋庸置疑，这正是村民所说的："围着玫瑰转，硬是闻到了玫瑰的花香！还尝到了玫瑰的甜头！"

八

落在脸上的温柔，是那三月里的小雨；留在心头的甜蜜，是那夏日里盛开的玫瑰花。高原的细雨似烟、似雾、似轻纱，朦胧着山岗和田野；高原的玫瑰花似姑娘的脸蛋——黑里透红，花瓣儿潇洒质朴，送来阵阵泥土特有的迷人芳香，给人以不竭的清爽和滋润。

2021年，虽然受疫情及销售市场的影响，玫瑰花收购价格从原来的晴天10元每斤、雨天8元每斤，分别相应降低了2元的收购价格，但是共和村二组刘成林家的9亩地，依然获得了66000余元的好收成，跃居全乡第一名。

面对记者的采访，刘成林道出了心里话："年过半百，上有老下有小，妻子体弱多病，出门挣钱也不容易。虽然玫瑰化种植的的确确收入是种植粮食的好多倍，但是付出的劳动也不少。特别是夏季采摘花骨朵的时节，半夜三更就得下地摘花，不管刮风下雨，电闪雷鸣，都得戴着头灯围着那一片玫瑰地转悠，等到天明时分把当天的花骨朵摘完，差不多人都要累瘫了！可不管怎样，累了也值得！这样闻着玫瑰花的清香，心里舒坦；自由自在地干活，比出门卖力气挣钱稳当得多哦！"

末了，他还坦诚地补充道："唉！要是没有共产党的好政策，想在家门口有这么好的经济收入，是根本不可能的！"

九

"没有想到，真的是八辈子都没有想到自己家里这几朵玫瑰花，能卖到这么多钱！"年逾花甲的残疾人（贫困户）喻福良是村里种植玫瑰的能手，当他一次次接受县、州、省或中央电视台等各级媒体记者采访的时候，说得最多的就是这番话："我们这个村确实是个好地方，大集体的时代，有种植小麦的科研组，小麦产量全县数一数二，全县的现场会都经常要到这里来召开。而今天我们的玫瑰种植获得了成功，老百姓增收致富了，别说是县上的领导，就是中央电视台的记者都跑来采访！对于我这个三级残疾人来说，没有共产党的正确领导，没有改革开放以及精准扶贫好政策，没有村"两委"和"高原玫瑰姐"陈望慧的关心支持，做梦都想不到在不到4亩的土地上，每年能够淘得到六七万块钱！真心感谢共产党给我们带来的福啊！"

十

喻福良说，自己自幼下肢残疾，行走困难，虽然干一点砌石墙的手艺活还行，但是随着年龄的增长，外出务工有许多不方便，加上老伴也体弱多病，自己把那几亩地的玫瑰管理好，多多少少总有几分收成。

他说自己是老实巴交的农民，知道"树是一朵花，全靠肥当家""三分栽，七分管"的道理，从2015年开始种植玫瑰，就认认真真地把它当着庄稼一样来管理。虽然妻子也曾埋怨说："人家栽玫瑰是看那几朵花花好看，你栽了玫瑰就莫得粮食了，看你吃啥子？""莫得粮食吃，我栽的玫瑰就吃玫瑰花！"他就这样笑着回答妻子，两个人说说笑笑，吵吵闹闹，一年大部分时间还是都用在玫瑰花的田间管理上。

他说，因为自己曾经在大集体的林业队干过，对果树的栽培技术有所了解。触类旁通，想必玫瑰的栽培也是一样的道理，在小金县清多香玫瑰种植专业合作社技术人员的指导下，他还摸索出新枝"断尖"修剪的新技术，由此让次年抽出新枝的花芽增多，大大提高了每一株玫瑰花朵派生的数量，让单位面积产量陡然提升。此项新技术被广泛推广运用到全县玫瑰种植基地，让广大种植户普遍受益。而当初他对玫瑰栽培的执着，还引来身边不少人的闲言冷语。有的说，他莫得本事出门挣钱了，就只有在自己的一亩三分地转！有的说，他把玫瑰当成自家的先人一样对待，累死累活挣得到几个小钱哦？！

对别人的评头论足，他充耳不闻，不予理会，就一门心思种好玫瑰。功夫不负有心人，理想终于变为现实，他辛勤栽种玫瑰第二年，近4亩地里就淘到3000元的第一桶金，第三年的收入达3万余元。到2019年，再次刷新产值——创收达71000余元！一举创造了家乡单位土地面积经济效益历史最高纪录！

十一

"共和村的玫瑰喜获丰收！喻福良登报、上电视啦！"就像玫瑰花溢出的缕缕清香，连续不断地向四周扩散、扩散……十里八乡捷报频传，喜讯连连。一个残疾人，就这样成为一名致富能手，成为各级媒体追踪采访报道的先进典型。是的，他不但在县电视台和省、州各级媒体频频亮相，就连央视相关频道也不时来采访他。而先前说三道四的人顿时也哑口无言。更为可喜的是，他对这一切都一笑了之，根本不予计较。看到他付出了劳动，得到了回报，很多人就跑到他地里来取经，有的还请他去自家地里实地指导。他不讲任何代价和条件，皆是毫不保留地传授经验。

就这样，在喻福良及田银久等农户的带动下，全村种植户的积极性迅速提高，全乡群众也迅速行动起来，纷纷加入购买苗木、除草、修枝、灌溉、施肥、杀虫的劳动队伍——山乡村寨这片热土地上，掀起玫瑰种植的热潮！

十二

"合作社的时候，一个劳动最多就值5角钱，也就是一个全劳动力，一天到黑不耽搁挣10分工，获得的报酬就是5角钱。不过，这5角钱刚好能买到一斤猪肉，差点两斤牛羊肉……"1972年就开始担任大队会计的共产党员姐夫胥洪清，去年刚刚卸任，他平时不善言辞，当谈及离任前这48年来的亲身经历时，他激动不已。

他说："我们村的粮食亩产，历史最好时期的产量就是500来斤。拿现在的市场价格来计算，产值也才500多元！与这几年玫瑰花最高亩产的经济效益来比较，就正儿八经地打了三五个跟斗还多！而这500斤还是科研组在最好的土地上种出来的产量，一般情况下也就只有三四百斤，不好的年景甚至只有百十来斤哦！就是解放前罂粟（鸦片）种植的经济效益高一点，但弄死也比不过今天玫瑰种植带来的收入！罂粟是毒药，害人害己；玫瑰香气袭人，对人有益！一句话，产业转型，人人受益，这实实在在给广大老百姓带来丰厚的福利！"

十三

夹金山下的"高原玫瑰姐"陈望慧女士，苦心经营的小金县清多香野生资源开发有限责任公司、小金县清多香玫瑰种植专业合作社，在创业的道路上艰难行进，因产业拓展地——共和村的玫瑰种植大获成功。她因有这样优质的种植基地，为她的企业注入一片生机而喜上眉梢。

虽然她创业之初掘到的第一桶金是在自己的家乡——达维冒水村，如今企业加工厂也在那里。但是，当她第一次踏上共和村这片土地，目睹群众的种植积极性，收获到全县质量最佳的优质玫瑰花之后，俨然就把这里当成了她拓展产业、增加经济效益的田园。

原来，当初吴定勇主任主动引进玫瑰种植的时候，仅仅是做一个尝试。没想到，两年之后，共和村的玫瑰长势出乎她的预料，而更为神奇的是，这里出产的玫瑰花重量较其他任何一个地方同等容量要多2~3斤。这就说明其汁液浓度大，利用价值更高。为此，共和村的玫瑰收购价格反而要略高于其他地区，这也是共和村老百姓效益节节飙升的重要因素之一。

十四

玫瑰种植技术、深加工、销售渠道、玫瑰观光旅游等，能否支撑全县脱贫攻坚战的全面胜利，并找到一条可持续发展的生态之路？就在这一历史关头，小金县迎来了重要的牵手伙伴——成都市新津区。新津区扛起对口帮扶责任之后，积极帮助小金县全面打赢精准脱贫攻坚硬仗。县委领导率相关部门负责人多次奔赴小金县，特别考察了玫瑰基地，而共和村当之无愧成为全县130多个种植基地中考察的首选地。他们为小金县先后投入600余万元，打造农旅融合高山玫瑰示范基地，搭建玫瑰产业展示平台，畅通产品营销渠道，还多次组织台湾农业专家团队现场指导。与此同时，省内外一些高校也向企业伸出了橄榄枝：达成校企合作协议，建立教学实验基地。

目前，企业的加工工厂里面有玫瑰精油生产加工设备4套，玫瑰花茶加工设备3套，玫瑰酱生产线1套，已开发的十几种产品，远销日本、韩国等。产品货真价实，让种植户心里有数，产业发展也就更有希望。基于此，陈望慧就完全按照县上的统一安排部署，积极主动将产业链有意识地向共和村延伸过来。

近年来，政府提供80多万元的补助，为群众购买玫瑰种苗；实施玫瑰核心区建设，仅政府就投入资金400余万元，县农牧、农村、科技等部门也加大项目和资金的倾斜，投资300多万元。如今，全面完成了村里的道路、停车场、卫生间、玫瑰收集站点建设，以及灌溉和饮水兼顾的不锈钢水箱建设安装……供产业继续发展的核心区建设初具规模。投入资金110多万元，增设水源点，铺设引水管道6000多米，修建蓄水池8个，基本解决玫瑰的浇灌问题，为产业的纵深推进奠定了坚实的基础。

十五

"玫瑰花艳丽无比，香气扑鼻，就像自家的孩子。"陈望慧说，"十多年来，自己东奔西走，熬更守夜，硬是把所有心血都花在玫瑰产业兴建与发展，让咱们老百姓得到实惠上！"她言出必行，经常带领技术人员，轮流深入各基地的田间地头，与种植户促膝交流，悉心倾听意见建议，努力提供技术帮助，鼓励村民加强田间管理……如今，新桥乡的玫瑰种植面积从最初的600株，扩大到共和村之外的5个行政村4000余亩。

为了扩大宣传声势，历年来，有意识地分片区集中发放玫瑰款。俗话说，瞎子见钱眼开。这句话固然为贬义，用在这里虽不恰当，但是，一个身心健全的人，谁又生来就与钞票有仇的呢？

的确，集中兑现资金是一个别开生面的欢快场景。届时，崭新的人民币整齐摆放成一段段雄伟壮丽的"长城"，让记者手中的镜头和乡亲们关注的目光，都聚集到那些获得丰收之后的一张张灿烂的笑脸上，让深度贫困的乡亲们实现脱贫增收的喜讯传遍乡里，飘扬到省内外乃至全国。共和村因此成为小金高原玫瑰成功种植对外宣传的窗口，成为小金县、阿坝州，乃至四川省生态产业发展的先进典型之一。

十六

俗话说，穷则思变。改革开放以来，特别是实施精准扶贫和乡村振兴的几年时间里，当地政府把国家的惠民政策用好用活，新桥乡所有村组实现了水、电、路和网络全覆盖、全顺畅、全惠及。顺利跨越温饱线之后，又将发展养殖业及特色产业，作为增收致富的有效途径。

"这几年，政府部门的关心支持力度的确很大！"新上任的村党支部书记、村委会主任马学强爽快地说，"玫瑰产业发展之前，上两届村'两委'的工作都十分积极主动，上级给予的项目资金支持超千万元。村道主干线实现了全面硬化，连户路都基本贯通；成功引进了玫瑰种植，给这个生态产业的发展开了好头。近两年来，我们的玫瑰产业发展形势一片大好，县委、县政府的关心支持力度也更大了。在乡党委、政府的直接领导下，县农牧、农村、科技等相关部门，以及县定点帮乡单位通力合作，村里实施了幸福美丽新村建设等重大项目。新架设起了被水毁的公路桥梁，村委活动阵地、文化广场、农牧民健身场地一应俱全；6.3公里村道及3000多米通组路全面提档升级，6000平方米入户路道路质量提升；村口建起具有民族特色的大寨门，兴建4.5公里产业路；道路安全护栏、太阳能路灯安装，观景点建设……再加上玫瑰核心区建设项目的全面实施，乡村面貌今非昔比，人们的生活水平逐年稳步提高！"

十七

走访中，谈到玫瑰产业给老百姓带来的福利，马学强书记兴致勃勃地给笔者报出了这样一组数据：2016年全村总收入近6万元，2017年达9万元，2018年为40万元，2019年达到90万元，2020年直接飙升到180万元，2021年依然有所增长，跨过了200万元大关。

是的，全村160余户800余亩玫瑰园，逐年攀升的数据真实有效，实实在在，无分厘虚构，形象直观地反映出老百姓因玫瑰产业发展获得的红利。虽然比上不足但比下有余，单就这一项收入，全村700余名群众当年人均收入均接近3000元，助力44户贫困家庭157人全部摘掉贫困的帽子，走上共同致富的康庄大道。

十八

是啊！这一成就的取得，无不令人欣慰！但是，看到成绩的同时，也应当感谢全体村民的不懈努力。马书记说，当初是村"两委"引进了玫瑰种植，但是大家的积极性都不高，是喻福良、田银久等少数村民，还有李富华、胥洪清、李能风、马林贵、罗明建等村组干部、共产党员的坚定执着，才让玫瑰花在共和村这片土地上热情地绽放起来！

"而铁的事实说明，这个产业真的给老百姓带来了殷实的福利！"马书记肯定地说，"比如咱们二组的刘期明，家中有位年过九旬的老母亲，两个孩子又在读大学，他们夫妻根本无法外出务工，于是就横下一条心，坚持把玫瑰种好，结果既把钱挣到了，又敬了孝，还让两个孩子顺利完成了大学学业，次子刘光亮还考取了国家行政机关的工作岗位。"

的确，更为可喜的是在走访中了解到，全村群众艰苦奋斗，勤俭持家，不但专注提升生活质量，而且十分重视教育，加强对子女接受高等教育投入的力度。近10年内，全村一户人家有2～3名大学生的就有七八户，而且具有全日制本科学历的大学生不下35名，毕业已经走上国家党政机关、企事业单位的要占三分之一多，还有一大批学子在大学和职业技术学校就读。百姓目光远大，政府扶贫扶智策略对路，正是：珠联璧合，相得益彰。这的的确确是最值得全村人民骄傲的一件大事、喜事！

十九

绿水青山就是金山银山。为了使有限的土地得到充分利用，村委会要求全村群众始终如一地做好退耕还林工作；又将外出务工或无力耕作的农户的100亩土地进行租赁，由集体经营种植玫瑰，作为集体经济收入。

针对未来的发展，村"两委"早有打算。因为玫瑰种植需要有机肥料，农户自己家的农家肥料资源十分有限，村民要花很多钱从外地购买。于是村上已经着手与内地大型的牛奶生产厂商联系商谈，欲建设一个相当规模的奶牛场，在增加剩余劳动力就业的基础上，力争降低群众外出购买肥料的成本。

二十

"的确，地处阿坝高原的小金县，有着以四姑娘山为代表的丰富的自然风光，有以红军长征翻越的夹金山、达维会师地、两河口会议会址等为代表的红色文化遗址、遗迹，还有藏、羌、回、汉各民族相融合而演绎的浓郁民族风情，文旅产业的发展势必成为县域经济发展的主导产业。"对新桥乡的发展建设，乡党委书记漆光俊很有信心。他说，新桥有赵家沟数以万计的天然奇石，长海子、西海子等多个天然湖泊，且长海子的蓄水面积居全县首位。这些自然风光几经推介，已经蜚声全国。而新桥人素有吃苦耐劳的美德，不但热情好客，而且美食烹饪技术远近闻名，借助这些优势资源和优良传统，再加上争芳吐艳、香飘十里的玫瑰，发展乡村旅游也是我们一个正确的选择导向。

"根据市场需求做品牌深加工，大力发展产品，利用玫瑰花的观赏性，主动融入文旅发展之中，助力脱贫攻坚同乡村振兴的有效衔接。"针对陈望慧旗下的玫瑰公司下一步的打算，漆书记说，"新桥乡的发展思路就是'党建强乡、文明治乡、人才兴乡、产业富乡'，把共和村建成'玫瑰核心基地'也是我们产业发展的具体举措之一。毋庸置疑，依托小金玫瑰产业的整体规划发展，受益于党和政府以及企业产业链的拓展，新桥乡玫瑰种植逐步发展壮大，让广大老百姓从中受益，我们务必进一步抓好产业培植与发展这一条主线不放松，而以共和村为试点，走乡村旅游发展之路，应当是一个十分明智的选择。"

二十一

"旧的一年已经一去不复返，我们应该做的，就是把磨难当成历练，把过去的美好珍藏在心间，计划未来，轻装上阵，努力前行。生活简单，人就幸福；心若简单，人便快乐。只要心向阳，希望就在明天，永远不会凋谢的是开在心中的花，永远不会停止的是心中的梦想！"这是"高原玫瑰姐"陈望慧在自己微信朋友圈里的一段话，也是在新年的钟声即将敲响之际，她留给关心支持她发展玫瑰产业的所有人的诚挚心语。

是的，截至2021年，小金县13个乡镇46个村的3300多户农民，共种植玫瑰13200余亩，带动1058户脱贫、276户残疾人实现增收致富。她怎不为之而自豪，又怎不为支持关心其产业发展的领导、企业及群众致谢呢？

龙腾盛世，艳阳高照。盛夏时节，迎着冉冉升起的一轮朝阳，傲然生长在阿坝高原上的玫瑰花竞相绽放，那鲜艳美丽的花朵一簇簇挨着一簇簇，开得姹紫嫣红，开得婀娜多姿，着实令人目不暇接。尤以那含苞待放的花骨朵，散发出醉人心脾的缕缕清香，扑面而来，飘溢四方。正是伴着这阵阵花香，大扎大扎的人民币堆满花农的怀抱，人人脸上堆积着幸福、灿烂的笑容。此情此景，无不令人欢欣鼓舞！

二十二

春暖花开，草长莺飞。如今，小金这片希望的田野，跟随巩固拓展脱贫攻坚成果同乡村振兴有效衔接的节奏又迈出了坚实的步伐。陈望慧头顶几道国家级荣誉光环，走进过人民大会堂接受奖励；在中宣部主持召开的中外记者见面会上亮相，并接受采访；在20集电视剧《那些日子》看到她带领村民种玫瑰致富的精彩片段；成为微电影《金山玫瑰》主角的原型……担任阿坝州党代表、阿坝州女企业家协会会长的"高原玫瑰姐"陈望慧，真诚地向一直以来关心支持她玫瑰产业不断发展壮大的人们，表达了真诚的感谢！

确信，小金这片热土地上的家乡父老，理当以同样的方式，深深感谢伟大的中国共产党！感谢像"高原玫瑰姐"这样脚踏实地，正引领民众完成乡村振兴大业的企业家、领头雁！

注：此文被"四川报告·乡村振兴进行时/产业兴旺试点"选中，并先后在"人民网四川频道"和"四川作家网"予以刊登。

特别的中秋

一

"甭睡了，赶紧起来，你伯娘莫得了！"2022年中秋佳节当日午后，我还在午休，妻子猛推门进来，对我大声嚷嚷，"期明把电话给你打爆了都不接，说伯娘已经去世了……"

"啊？对不起，我把手机设置静音了。"我一边回答，一跟斗起身穿衣服。

二

晴天霹雳，收到了伯娘仙逝的噩耗，这让我感到万分悲痛，立即和居住在县城及郊区的姊妹们取得联系，把敬月亮的重担转交给了留在家里照看外孙的女儿，赶紧收拾行囊准备动身赶往新桥老家。

终于赶到了半山腰期明兄弟的家里。在左邻右舍的帮助下，伯娘的遗体早已入殓。我们迈着沉重的脚步踏进堂屋，但见一具漆黑的棺木，冰凉地放置在两根板凳之上，老人的音容笑貌却瞬间跃然眼前，大家都禁不住潸然泪下。我们点燃红香，虔诚敬献亡灵；双膝跪地，为老人送上最后的祝福：驾鹤登仙，一路走好！天堂再没有痛苦。

三

伯娘的身子骨向来非常结实，即将步入九旬之年，依然眼明手快，尚能做一些简单的家务活，闲下来还能穿针引线做鞋垫。可不幸的是，两年前她患了一场大病，祸不单行，刚刚康复出院不多日，不小心又摔了一跟斗，虽经细心诊治，但还是未能重新站立起来，就此与轮椅朝夕相伴。

还在年初，她就出现身体不适了，但是其抵抗能力极强，且很少吃药。此前，我已经回老家探望过她两次。第一次去的时候，但见她面如土色，眯眼不睁，已经滴水难进数日，俨然已经病入膏肓。兄弟说，一个月前，县上组织的医疗队进村给村民做免费体检的时候，就带着必备的医疗器械专门给老人做过相对全面的体检，结论非常明确：内脏器官已经出现严重病变，甚至达到衰竭的边缘，住院治疗效果甚微，建议就在家里静养了！言下之意就是无药可救，只有在家度过人生最后的时光了……

在漫长的等待中，我回到县城家里办事，过了几天又到她老人家身边协助兄弟守护。殊不知，这几天以来，她竟然又想吃东西，而且食量慢慢地有所增加。这让大家的心既纠结又舒坦，纠结的是人们常说，即将离世的老人突然增加食量，有可能就是死亡的前兆；舒坦的是她老人家是否会起死回生，再创造一个奇迹，以至于放松了先前紧张的心情。

四

伯娘是俺们这一支族人中最后一位仙逝的长辈。奶奶曾生了14个孩子，养大成人的却只有4个，而伯伯和一个孃孃又英年早逝。伯伯是大集体时派工外出找副业，不幸被圆木擀压致下肢重度伤残，还落下一身痨病。虽然几经辗转就医，还是在刚满42周岁那年的正月撒手人寰，丢下了妻儿。

爷爷、奶奶都是要强的人，膝下子女稀少，待伯伯和父亲都结婚生子多年之后，才分门立户。母亲生前常说，不管是一口锅里舀食，还是分家之后，兄弟姊妹都十分和睦。伯娘与母亲妯娌相亲，从不争长道短，手足情分，于我们晚辈都深有感触。

光阴似箭，日月如梭。转眼间父辈们都先后离开了人世。子女们也成家立业，各奔东西。我们七姊妹中，二姐曾过继给伯伯家，我们大家也都将伯娘视如亲生母亲！长期以来，即便父母在世的时候，在她的生长满日，或者逢年过节之际，都会纷纷相约，带上衣物、营养品等礼物前去探望。伯娘生前也常给人提及："我这孤儿寡母一家人，命中又莫得闺女，可是我的儿、媳都很孝顺，还有二妈（我的母亲）的四个女子和侄儿媳妇们，待我硬是比亲生的还要好啊！"

五

天降阴霾，疫情形势还很严峻，千万不可麻痹大意。老家的左邻右舍并没有闲在家里过中秋，大家都戴着口罩前来帮忙。村"两委"干部自始至终给予关心照顾，而那些身在异乡不能前往的亲人们，都纷纷以电话或微信的方式表达心意，寄托哀思。

此刻，我不记恨上苍，因为他让伯娘迈近百岁大关，创造全村历史之最，也是家族兴旺发达的有力佐证；却又十分憎恨上苍，因为那万恶的新冠疫情肆虐大地，让祖国乃至世界人民惨遭蹂躏，病毒残忍地剥夺人们的自由与欢笑，阻挠并疏远着人间亲情！

中秋佳节前夕，当医生的女儿就被调派去了方舱医院，与其他勇敢的逆行者们一道，战斗在抗疫第一线，竭力挽救一个个鲜活的生命，还世界一片安宁祥和。同样还有无数家庭的孩子们，放弃了与家人团聚的机会，都坚守自己的工作岗位，或参与到疫情防控之中。多少人走不出家门，还有多少游子踏不上回家的路。

六

遵照当地习俗和阴阳先生的测算，三日之后伯娘便可入土为安。我们在无比悲痛之中，熬过了这些时日。就在出殡的凌晨，家乡的天空大放异彩：一轮明月挂在西山之巅，雾起雾落美轮美奂，碧空被金色的朝霞渲染，蔚为壮观，大家都说这是难得一见的天象奇观！

是啊！中秋佳节，一边是失去亲人的痛楚，一边是激荡人心的奇异天象，或许是上苍对九旬老人驾鹤登仙的一份贺礼，更是四海康宁、一切向好的美好征兆！

彩虹总在风雨后。我坚信有强大的祖国做后盾，有父老乡亲携手并进、同舟共济的坚强毅力，神州大地很快就将走出阴霾，重见曙光！

乡　愁

虽然身在异乡，可我却一直爱恋着自己的故土。

时光过得飞快，一转眼离开家乡到县城工作再到退休，已经足足20个年头，虽然谈不上阔别，却也难得回去。偶尔回到家乡，睹物思人，就会想起过往的点点滴滴，似有许多话想说。终于，在一个闲暇的时候，就借助文字这个交流的工具，与朋友们一起分享这份复杂而愉悦的心情。

我的家乡地处青藏高原西南横断山区。新桥沟这个名字自然很好理解，就是一条山沟，名字叫作新桥，就叫新桥沟。习惯上人们把在新桥沟生长的人，叫新桥娃，我便是这5000余新桥娃中的一员。

新桥沟很短，从沟口笔直进入大概10来公里的中嘴，被分为了两条沟，俨然一个"丫"字形状，到正沟尽头的山脚，全长不足30公里。在我的记忆里，这条沟的名称不是藏语译音，沟内的大小地名、寨名，也没有与之有"血缘亲情"，而这个词语的发音与藏语也毫不沾边，也不是这条沟新修了一座有名的桥梁而得名。因为这修桥的事儿到处都有，拆旧换新更是随处可见，屡见不鲜，所以说是在沟口或其他地方新修了一座桥就管这条沟叫作新桥沟，也未免有点勉强。而在沟口的铁索桥还没有修建之前，新桥沟里沟外的人们出入，都要自县城美兴镇西边的三关桥过河，经菜园子，过水巴岩，再过进沟约500米的红岩子河坝的一座小桥。人们说这座小桥是几根木头连接河岸的岩石而成，每每到了雨季发大水，桥梁木都会被汹涌的洪水卷走，而这是走出这条沟必经的一座桥，所以，桥梁木被打了水漂只好再搭，年复一年，这桥始终是新的，为此，人们就索性管它叫新桥——新桥由此得名。民间这样的传说，似乎也有一定的道理，我父母在世的时候也曾讲过，他们青年时代给集体背公粮进县城就走的这条道，这桥的确经常被水打掉而无法通行。扳起指头算来，也已经是80多年前的传奇故事了。

再说后来，在政府的关心支持下，流经新桥沟口的小金川上修建起了一座铁索桥，沟内也修筑了可供马拉车和小四轮拖拉机通行的简易公路。记得孩童时代我家舅爷哄我说，进县城去，先要衔马屎（粪）才能过大桥，否则，走到桥中央就要掉下河喂鱼！现在想来，舅爷"骗人"的话有些滑稽可笑，但明白他是逗着我玩的。这也是因为那吊桥的左右摆动幅度很大，警示过桥的人要注意安全才编出来的一则小故事吧！

时光流转到了20世纪70年代，索桥被可承载大卡车通行的水泥桥所替代，紧跟着沟内的道路也得到不断改善。据说这座桥还是阿坝州乃至藏区第一座采取自由转体连接方式设计建造的水泥拱桥。修桥的时候，我已经在乡中心校读书，转体合龙的当日，学校专门组织我们全校师生前往观看，回到学校后，老师还要求我们写了观后感。于此，定论新桥乡的名称或许有了更有力的证据，但其与新桥这个称谓的历史相差了十万八千里。小金县有史以来，载入史册的三街（新街、营盘街、抚边梁台街）十二沟（新桥、沙龙、美沃、崇德、抚边、沃日……）中，新桥沟就名列其中。在我看来，事实也好，传说也罢，留给后人的都是茶余饭后的故事，谁是谁非丝毫无深究的必要。因为我直接或间接地见证了那与自己密切相关的桥的变迁，只要记住我的老家叫新桥就对了！

"地大物薄，人口众多。"这句话是对家乡乡情的高度概括。全乡面积126平方公里，在全县不算最大，但人口居全县第一，自然资源要算最匮乏。首先是森林覆盖率低（估计不足10%），当然，这个数字只是一个大概，肯定不准确，但在我的记忆里，近20年来，全乡7个自然村的1000多农户，超60%的木材（包括柴火）全部依赖从外面买，这一不争的事实足以成为其森林资源极度匮乏的有力证据。其次是野生中药材资源已经极度枯竭。虽然在沟内能够生长野生中药材的有限土地上，凡青藏高原出产的中药材品种基本上都有生长，但是于一个拥有5000余众（相当于汗牛区3个乡的人口总和还要多）的人口大乡来说，人均占有量不言而喻。迫于生计，村民不得不违背时令疯狂采挖，可谓雪上加霜，以至于在10年前，多种药材资源已濒临灭绝。而有限的经济林木中的苹果、梨子，并不完全适宜栽植，病虫害多，难以防治；农作物单位面积产量亦有限。迫于生计，劳务输出就成为必然。有一个村的一个组，土地下户时住户近30户，150余人，目前弃耕举家进城务工者已经多达20户。

困难固然存在，现实也无法逃避。在困难面前不低头，勇敢挑起生活的重担，试图改变人生命运，是家乡父老的传统美德。

"新桥人勤快，心灵手巧，出工出力，木工、石匠特别多。"

"新桥人讲究吃穿，一日三餐弄得有盐有味——巴适！"

"新桥人讲卫生，屋子收拾得干净！"

"新桥人……"

这就是多少年来，外界给予新桥娃诸多的褒奖，也是不争的事实。很多来新桥做客的人，在新桥工作和生活过的外乡人，都有一个共同的感受：那就是新桥这个地方的老百姓对生活的热爱和对美好的执着追求。他们说，不管你走进哪家人的屋子、庭院或者寝室与厨房，一应都是整整洁洁、干干净净；不管你在哪户人家做客，餐桌上的饭菜也不算简单，味道也十分地道、爽口——硬是巴适得板！总之，一切永远不落于人后。而嫁出新桥沟的女子，也受到婆家的一致好评！

时光荏苒，白驹过隙。新中国成立之后，尤其是党的十一届三中全会召开之后，举国上下拉开了改革开放的帷幕，历经沧海桑田，历史就此翻开了崭新的一页：当地政府把国家的惠民政策用好用活，咱老家新桥乡所有村组实现了水、电、路和网络全覆盖、全顺畅、全惠及。顺利跨越温饱线之后，又将发展养殖业及特色产业作为增收致富的有效途径。自2014年开始，在乡、村两级组织的共同鼓励支持下，咱老家共和村积极开始试种高原玫瑰，经过几年的潜心经营，去年最高亩产已经从最初的几十元飙升到1.8万多元。

2016年全村总收入近6万元，2017年达9万元，2018年为40万元，2019

年达到90万元，2020年直接飙升到180万元，2021年依然有所增长，跨过了200万元大关。逐年攀升的数据真实有效，实实在在，无分厘虚构，形象直观地反映出老百姓就玫瑰产业发展获得的红利。单就这一项收入，全村700余名群众当年人均收入接近3000元，助力44户贫困家庭全部摘掉贫困的帽子，走上共同致富的康庄大道。

在乡党委、政府的直接领导下，县农牧、农村、科技等相关部门，还有县定点帮乡单位通力合作，村里实施了幸福美丽新村建设等重大项目。新架设起了被水毁的公路桥梁，村委活动阵地、文化广场、农牧民健身场地一应俱全；6公里村道及3000多米通组路全面提档升级，6000平方米入户道路质量提升；村口建起具有民族特色的大寨门，兴建4.5公里产业路；道路安全护栏、太阳能路灯安装，观景点建设……再加上玫瑰核心区建设项目的全面实施，乡村面貌今非昔比，人们的生活水平逐年稳步提高！

当然，对外形象的改变，还有一个重要因素，那就是新桥人十分注重对孩子教育的投入。"再苦不能苦孩子，再穷不能穷教育！"这个理念在绝大多数家长的心里扎下了根，由此，重视、支持教育在新桥蔚然成风。可以骄傲地说，20世纪90年代，全县各行各业都有家乡的兄弟姐妹。如今每年毕业于大专院校的学生也越来越多，真可谓后继有人——他们正成为家乡乃至国家各行各业建设队伍的有生力量。

是啊！今天，又回故乡，曾记得老屋侧边这块土地，是我们家的自留地。自我懂事起，就属于我们家，始终没有更换主人，所以，它属于我们家耕种的时间，远比我的年龄久远。只是在我40岁的时候，因为举家离开，而无法再继续耕种，就只好送给了兄弟。迄今也已经快14个年头了。但是，每次回到老家走亲访友，首先见到的，依旧是这块不足1亩的土地。或许，永远能见到它。因为它是农人一块不可或缺的菜园子。它让我想起很多很多……

自留地，顾名思义，就是留给农户自己耕种的没有公粮、提留等义务的土地！这个名字，于现在20多岁的年轻人来说，也许压根儿就不知道来历了。因为这是历史的见证，所以要拍下来，介绍给青年人！

这断壁残垣，下边还有一道隐约能见的小门，原来是一个不足20平方米的建筑——存放草料和土豆的地方。现在已经不属于我了，大部分也被新主人拆除了。我拍一张照片，发给朋友们看，也有理由：首先，它是我的第一件涉足"建筑领域"的杰作。也就是说，它几乎是完全由我个人完成的建筑物，我砌石墙的技术，就是在这里练成的。怎样摆基脚？怎样安放石头？怎样吊线？怎样砌墙脚？……完全在这里实践出来，以至于后来就可以跟着哥哥们出门挣修建行业的小钱——不是和泥、上料的小工，而是提墙锤，砌墙的大工师傅哦！

其次，在这个小楼的底层，光线不是很好，或者说就是一个暗室。没有宽敞的窗户，只在一面墙壁开有一道内宽外窄的瞭望小口子，是参照碉楼的窗户设计的吧！主要是专门存放土豆和保持莲花白新鲜的地窖。之所以要这样做，一是为了安全，二是减少霜冻！所以，只有打开那道小门，才能让宝贵的一束光投射进屋，见到里面的环境。

这样处理的确不错，自己也觉得很满意，但最满意的还是在这里残存一年之后的土豆，赶着时令抽出嫩芽，这嫩芽足足有一米左右长短，然后才有两片碧绿的叶子。被砍掉头（取走了菜，留下茎，还有埋在土里的根部）的莲花白，也顺着墙壁，纷纷伸出来一米多长的新芽。这新芽细嫩，娇柔，借助开门的光亮，或者那道瞭望口射进屋子的光束，更有几分柔美，也更让人喜欢。爱美之心，人皆有之，既然喜欢，总想把它们拿出来给大家分享，但那个年代，既没有相机，更没有手机……只是一种奢望而已！于是，不怕你笑话，学摄影的念头便由此而生！以至于今日对其依然痴迷。那年也就20出头的毛头小伙子……

是啊！家乡，是自己青少年时期生长的地方，无论是土生土长的家乡人，还是生活在当地的外乡人，或者是旅居在海外的华人，谁不对其有份难舍的情怀。熟悉的大山上，我放牧过牛羊，耕种过土地，唱过山歌，跳过锅庄舞……它记载着自己人生之初的活动轨迹。时过境迁，每每想起自己的家乡就会想起家乡的亲人，想起自己快乐的童年和充满激情的青春……除了她固有的可爱以外，家乡已经被注入了情感内涵，这种情愫已经融进了我的生命。

消失的麦田

之所以拟定这个题目写几段文字，是因为我的故乡在大山深处，我是吃大山里的白面馍馍，吮吸着山坡上那口古井的水长大成人的。

——题记

前几天，家在村里的兄弟对我讲："这几年，进县城买房子的人很多，恐怕再过几年，这里就剩不到几家人了！"于此早有耳闻，也不足为奇，这是时代发展的趋势，我倒是老惦念着曾经养育我们的那片麦田。

当然，要正儿八经地讲好一个故事，说乡村的历史巨变，还是谈一些逸闻趣事？这一点让我犹豫了许久。如果要真正将其发展历史摆清楚，就要长篇大论，自然费神费力，于我掌握的素材及目前的身体状况来说根本不允许。倘若执意去调查走访，要是被采访的对象也模棱两可，那么就会闹笑话，被人戳脊梁骨！思前想后索性从自己的亲历着笔，讲一讲有关那块麦田的故事还比较靠谱。

回眸历史，把时间定格在20世纪70年代，共和村有110余户680余人，到了20世纪80年代，全村的人口有140余户500余人。时至今日，全村在册人口有200余户600余人，但实际上居住生活在这里的只有150余户500余人。其中户在人不在的40余户人家，有的是在土地下户之后，陆陆续续举家搬迁到其他条件更好的地方去了，有的进城租住打工挣钱养家糊口，还有的因子女升学、就业离开农村，年老体衰便随之颐养天年去了。

据了解，就剩下的150户人家中，至少已有五分之一的家庭在离家20来公里的县城，或者其他城镇购买了住房，除了还在就学的未成年子女之外，大多数家庭人口都漂泊他乡自谋职业，随时皆有可能在他乡安家落户。

当然，这当中也有从外乡娶回媳妇给家庭添丁进口的，不过这是极少数，何况基本上也是来去匆匆，根本没有安家落户的念头。还有一种村里人不愿看到却又乐意接受的事实：村里绝大多数成年女孩，只要走出家门，就少有重回家乡的打算！于是，村子里打光棍的剩男就不在少数了！不得已，这些男孩子也就居无定所，随流动大军到外面的世界闯荡去了。

久而久之，这些已经在集镇购房和正在计划购房的，他们迟早也就远走他乡了。另据一位在偏远乡镇工作的同志介绍说，某个村，原来就只有几十户人家，如今仅剩下几户11个人留守故土。而最近一次人口普查数据显示，在周边高原及山区，人口不足1000人的乡镇比比皆是。几个老师外加勤杂工围着几个甚至一个学生转的情况并非信口开河。但社会发展正朝着文明富裕的方向迈进，这无可厚非！

我是农民的儿子，在大山上长大。俗话说"狗不嫌家贫，子不嫌母丑"，我自始至终都爱恋着那生养我的一方水土。那是某年某月某天，我成为一名代课教师，不久就转成民办教师，几年后又从民办老师过渡到公办教师，再后来身份又发生意想不到的变化：因为自己对豆腐块文章很感兴趣，且卓有成效，由此一举改行做了公务员。

就这样因自己的勤奋努力改变了人生轨迹，进而离别了生养我的家乡。在此前后，弟兄姊妹们有的是因姻缘，有的是应征入伍，有的是进城务工，纷纷以各种方式先后离开了老家。自然，年迈的父母亲也跟随我们迁徙再迁徙，直到走完他们人生最后的一段里程……

去年清明节，我们年过半百的几姊妹，又一次相约回老家给安葬在那里的前辈们上坟。汽车沿着蜿蜒盘旋的水泥路爬完最后一道拐，就把我们载到了村子的最高处，也是全乡的制高点——瞭望7个自然村90%以上地貌的最佳观景点。而我的仙逝的爷爷、奶奶及其他几位亲人就被安葬在其周遭。

当日上午，碧空如洗，艳阳高照。下了车，我们就迫不及待地选一处制高点眺望故乡。酷爱摄影艺术的我举起相机、手机，逐一记录，再来几个全景模式，欲让家乡一览无余、尽收眼底。我忘情地狂拍一通之后，才静下来仔细打量着曾饱经沧桑的黄土地。

老家是不足20公里长的一条小山沟，虽为山沟，地势倒比较开阔，曾有"地大物薄，人口众多"的评价。褒贬不予理会，倒是这群山环抱的封闭的地势，导致干旱少雨，虽然时令已到清明节，但鸟语花香、山清水秀的景象却还迟迟没有到来。那些耕作过的土地上，看不见葱茏的青苗，白花花的玉米薄膜倒是十分抢眼。当然，这仅仅是矮半山及河谷地带的情景。当你放眼整个高半山地界，90%的耕地还完全处于沉睡状态。那是一片退耕还林的林地，当然也有的是种植的中药材，其中也有少许被舍弃的贫瘠土地。

先辈们说这一片土地尤以种植罂粟最为有名，直到新中国成立之前，这里的绝大多数作物，都不是五谷杂粮。听做大队会计的姐夫胥洪清说，1949年后到20世纪70年代，共和村1660余亩耕地，没有一分地空闲着，不是种玉米、小麦，就是豌豆、胡豆和洋芋。也许是光照条件好、土质肥沃的缘故，尤其是小麦的长势最好，产量在全县算最高。我也曾记得大集体时，村里还有一个专门研究小麦种植的科研小组，有专门的人进行小麦科学实验种植，全县的农业生产现场会几乎都在村里召开，自己还屁颠屁颠地跟着大人们跑去看热闹。

的的确确，历史上这方土地上最适合种植的是汁浆饱满的罂粟，当罂粟被彻底铲除之后，小麦就摇身一变当家作主，支撑起老百姓的饭碗。这里的小麦（冬、春）秸秆高挑、壮实，麦穗粗大，籽粒多且尤为饱满，磨出的面粉白白净净、香味悠长，擀面、蒸包子样样不在话下，难怪那几年有人说："莫嫌共和那片片，麦面馍馍吃不完！"生活困难的年代，尚有白面馍馍吃，的确是一件令人羡慕的事情了。

可是你可曾知道？每到仲夏时节，成片的麦田麦浪翻滚，正当小麦扬花的时候，那成群结队的麻雀就不请自到，肆无忌惮地抢着与农人们分一杯羹。由此，村里就专门安排年老体衰的人负责看守麦田。

其实，这个时候开始青睐包浆麦粒的，不是书本上所记载的那种纯灰色羽毛的麻雀，而是周身浅绿色、胸部和嘴角上镶嵌有红色羽毛的鸟类，其鸣叫声也不是麻雀的叽叽喳喳，而是有节奏的、悦耳动听的"吃烩酒，吃烩酒……"虽说它们是在争抢种地人的口粮，但这有故事性的叫声听起来甚是亲切，令人终生难忘。

而全身灰色的聪明的麻雀大多是等到小麦成熟之后，欢天喜地地把守在村上的凉架上、晒场里——坐享其成，用一句俗语来说"硬是把干吃尽"。但非常离奇的是，到20世纪80年代土地下户之后，这数以万计的麻雀在无任何征兆的情况下突然销声匿迹，不知去向。在沉寂了近20年之后，才又在乡村山野见到它们单薄的身影。《麻雀都去哪儿了？》——我曾就此撰文陈述疑问，但最终未能找到解开谜团的答案。

记得我们老家房后那块土地，足足有30来亩。靠近村寨的地边上有一块硕大的石碓，石碓后面生长有一棵碗口粗细的楸子树，树高10来米，每年那红红的楸子挂满枝头，待到深秋打霜之后，我们就从树上采摘一些，再在筅篱里盛放数日，待其褐色并烂熟之后就取来当零食享用，酸酸甜甜甚是可口。

记得有一年，安排在这块地看守麦田的是一个马姓地主，他在树下搭了一个能容纳两个人栖身的简易窝棚挡风避雨。老人的年纪估摸着已经年逾花甲，高高的身子瘦骨嶙峋，苍白的面颊镶嵌着两只铜铃般的小眼睛，蓄着八字胡，尖嘴猴腮的一副面孔，头戴一顶旧毡帽，习惯性地佝偻着身子。他读过史书，会讲《三国演义》《水浒传》里的故事，或许是因为经常被抓去批斗，所以平时也就沉默寡言，只是在小朋友面前才露出一丝灿烂的微笑。他喜欢与小朋友交朋友，也会借助双手吹奏一些动听的旋律。

他将双手五指并拢向内蜷曲，然后相互包抄（可以右手在外，也可以左手包裹右手），形成一个不规则的溶洞；双手大拇指并排，压住食指，指间少许留一点儿空隙，外形好像一个扁平的桃子。然后把拇指的第二个关节放到嘴边，向掌心匀净吐气，清脆悠扬的哨声便骤然响起；要是放在外围的手指不断散开、收紧，就又发出节奏分明的旋律；若是模仿布谷鸟啼叫的声音吐气，发出的声响便是布谷鸟的叫声，这声音惟妙惟肖，完全可以以假乱真。

没有任何器具而随手吹奏出如此悦耳的曲调，这一点尤其吸引我们几个小朋友。于是，只要看到老人在楸子树下的身影，大家就背着大人悄悄溜去听他表演，并央求其传授演奏技巧。当然，我们也得替老人用"呕吼！呕吼！呕——吼！"的吆喝声，驱赶着光顾麦田的鸟雀们。

一来二去，不几天我们就把这门简单易学的演奏技巧学到了手。而有趣的是到了20世纪80年代土地下户之后，这块地拦腰划成了几块，我们家正好分得了有楸子树的耕地，不知啥时候这棵楸子树就被人砍去做了柴火。后来每每站到这块石碓旁，就想起当年学手艺的情景。只是自那前后，闹山的麻雀也断然不光顾村里所有的麦田，也就再也听不到厌恶却漂亮的小精灵们发出"吃烩酒，吃烩酒"的盛情邀请了。

春去秋来，伴随与麻雀深入持久的游击战进入尾声，麦子也就打琵琶色了，这个时候，麻雀们也都回归丛林休养生息，麦田也就静静地等候农人们开镰收割了。

割麦子是一件非常有趣的技术活儿，虽时隔多年未曾重拾，却也依然记忆犹新。

待麦苗由青泛黄、麦穗开始勾头之际，就开始收割了。割麦子的镰刀开启有细密且锋利的锯齿，开镰的时候，右手握紧镰刀，右脚在前呈弓步，左脚在后为箭步，也就是保持人们常说的"前弓后箭"的姿势。于此，主要是稳定身子，并借助弓步分担尚未成型的麦把子的压力。

割麦人先用镰刀将带穗的麦秆捞一小把攥在左手，抽出刀把用镰刀将秸秆拦腰割断，基本上这样重复三次，就是半个把子的分量。然后停止捞、割的动作，顺手就近选几根秸秆顺时针将已经攥在左手的麦秆捆起来，这叫打"腰草"，一边腾出五指拿捏更多的麦子。接着再继续收割几镰，直到自己的手掌不能承受为止，就将镰刀刀背朝上掖到左手腋下，再将头朝身后的麦穗顺势翻转到眼前，腾出的右手随手抽出五六根冒尖的麦子，拦腰搭在先前打"腰草"的位置，拇指夹着麦穗，双手合围，右手拽住剩余的麦秆，沿着顺时针方向盘旋后作结。随着麦把子在右手翻转几个跟斗，一个结就打起来，一块麦把子也就此成型，然后随手丢在地上，又继续机械地重复着收割的作业。当然，要是习惯用左手的"左撇子"，只是交换手而已。

农夫不停地挥舞着镰刀，不停地扔下麦把子，先前整齐的麦穗摇摇晃晃被重新规整包装起来扔在地上，几乎掩藏在整齐的未被收割的麦桩里面，远远看去，俨然是巨人在雪地里行走后留下的一串脚印。而最令人亢奋的是听着镰刀割断麦秆的时候那"唰——唰！"的有节奏的声响。这声音抑扬顿挫，干净利落，很有韵律，是刺激割麦人神经兴奋的优美旋律，以至于他们越干越有精神，根本停不下来那前进的脚步。

一夜秋风入曲廊，田园庄稼让人忙；衣冠还是清凉季，又见青山树叶黄。四季轮回一阵风，转眼时令就又到秋季，一位生长在高原藏乡的好友在朋友圈里晒他帮助家人收割青稞的劳动场景，触景生情，便又让我回想起老家那片消失的麦田来。

诚然，曾经生养我的那一片土地，农耕文化已经发生了根本性的变化：因为实施退耕还林政策，种粮食的土地面积减少；因为生态环境日益变好，野生动物数量逐年增加，以野猪和猴子为主的野生动物与人"抢种、抢收"的游击战逐年拉开，且愈演愈烈，导致粮食的种植面积进一步萎缩；剩余劳动力明显增多，人口自然流动迅猛增长……昔日"春天播种、夏天除草、秋天收割"的亘古不变的耕作节奏，在这里逐步退出历史舞台。正如有人风趣地说：未来置身大山深处的农村，随处"枯藤、老树、昏鸦"，难寻"小桥、流水、人家"。

光阴似箭，一转眼我就度过了50多个春秋，属于我们家耕作的土地，有的退耕还林，有的转包给兄弟家耕种，还有的转租给村集体种植了高原玫瑰，而全村乃至全乡的大片土地上，早已看不见了曾经承载生命之力的滚滚麦浪。但更值得欣喜的是，"山在那里，水还在那里，土地也还在那里"！家乡这一片沃土，从栽种罂粟到种植小麦，再到今天栽种经济价值更高的高原玫瑰，带给父老乡亲的不是饥寒交迫，而是丰衣足食。

人往高处走，水往低处流。于人于己，难道还有必要去纠结其他的吗？

消失的水磨坊

一

　　提及水磨坊这个词语，今天20出头的年轻人恐怕浑然不知，或许有人知其然，但不知其所以然。

　　其实，水磨坊就是早些年与人们生活息息相关的传统面粉加工作坊，家乡的人又称其为大磨、水打磨或水磨坊。在中国农耕文明的历史长河中，家乡十来公里的小河岸边，就曾修建有四五处水磨坊。时过境迁，到20世纪80年代，它们就彻底结束了其光荣而神圣的使命，陆续退出了历史舞台。也就难怪在这个年代之后出生的年轻人，㧎（péng，辅助之意）着面柜子长大，吃着白白净净的大箩面馍馍，却不知道昔日传统面粉加工作坊，但我所拥有的那些跟它有关的珍贵记忆，却是刻骨铭心。

二

　　早在汉朝时期（前202—220），人们就已经掌握了利用水力磨面的技术。家乡的水打磨也是根据水能与机械能转换原理设计的一种粮食加工装置——立轮带卧轮再带动冲天柱进行磨面的传统工艺流程，也就是充分利用水流的落差所产生的能量拨动石磨把五谷磨成面粉。其主要由磨坊、水打轮、磨盘和机械传动装置等组成。

水打磨的修建，离不开水源。在横断山区的阿坝大地，水资源极其丰富，可以说，有沟就有淙淙清泉、涓涓细流。人们选择较为开阔的河滩，顺着山势开凿一条差不多3米宽，两三百米长的引水渠，将水流引入磨坊前截流下泄成为动力。大磨设计为圆柱体，分上下两扇，直径相同，厚度不一。取材一般是质地坚硬的青石或花岗石。石磨的大小没有固定的尺寸，根据就地就近取材的实际情况而定，一般情况下直径1.2米到1.5米不等，整体高度约1米。为了减轻水能的负荷，处于运动状态的下扇厚度基本上要比上扇薄三分之一，或更多一些。

石磨上扇的表面外沿略高，微微凹陷，是为方便盛放粮食。中心穿透一个直径约10厘米大小的圆孔，是供粮食下泄的通道；上下扇结合面的中心部位，均开凿有一块直径二三十厘米且略低于轮齿根部的磨心，为粮食沉积、待旋转研磨的空间，为此，其构图似一幅太极图案。石磨的轮齿呈三棱锥体，笔直、均匀，宽约2厘米、高约1厘米，均匀地分散在8或9个扇面上，相邻两个扇面的走向各不相同，顺次通达磨心外边线为尽头，整体宛如一朵绽放的莲花。

石磨的上扇是用井字形的梁柱缠绕着胳膊粗的绳索平稳地悬吊着，四根绳索的中间，拦腰缠绕着一根可以收放的绳索（或皮条），以调节其升降。一般情况下粮食（小麦、胡豆）的加工要经过三次研磨，这道绳索也就循序渐进，先紧后松。下扇则用木料固定在一根约30厘米粗细、被叫着冲天木的圆木顶端，圆木下端则承载着磨车（水轮），底部由生铁浇铸的六角固定，并支撑在被叫着豆腐干的生铁上。下扇石磨的下端是一个环绕一周的木质磨盘，供被磨碎后的粮食堆积，磨盘宽约50厘米。

所谓磨车就是带动石磨运转的水轮，也叫水车，呈圆环状，约莫有3米的直径。其外圆设置有40~60厘米宽的一圈车瓦子，用木板钉制成"<"形，间距15厘米左右。磨坊前3米开外的地方，与磨坊地面平行的进水处设置有3个鱼嘴闸水板，管制沿上宽下窄的水槽下泄水流。

提起闸板，被截流的水迅速下泄冲击水轮旋转，固定在冲天柱上的石磨下扇随之转动起来，被研磨的粮食便从两扇石磨接合部的缝隙中，似流星般轻松愉快地坠落在下端的磨盘上。用能盛放一两公斤的木质戽斗将它们装起来，一次次地放到用四块木料镶成的大笒（用织物特制的滤网）里面去筛，细微的面粉就加工而成。

磨坊里面用来颠簸大笒筛出面粉的动力，也是利用水能研制的动力设施。其工作原理与水磨一致，只是在冲天木的上端一侧，平行增加一个约40厘米高的柱子，形若曲臂——又因其外形酷似山羊头，故又称为"羊子脑壳"。掌握水流的工序非常科学，属于半自动化设计技术。就是在掌握水流带动的闸水板上固定着一根长两米左右的木杆，木杆上端系着一根绳索，一头牵进磨坊系挂在笒柜上，需要打笒的时候，收紧绳索，闸门便随之打开开始作业。

其圆木的下端依然有一圈叶轮，叶轮随水转动的时候，"羊脑壳"随之旋转起来，扣在"羊角"上端的传动轴承——笒扁挑，便连动笒筐在被一根方形木柱固定的区间内来回颠簸，再踏着笒筛被撞击发出的震动旋律，那盛在笒筐里的粮食碎片便欢快地翩翩起舞，那些经不起折腾的面粉，就源源不断地蹿到了笒筛下的柜子里面了。

来来回回，待面粉基本落尽，放回挂钩，关闭闸门，再将被隔离在笒面上的部分，撮起来集中放回石磨中去研磨，如此往返三个来回，留下的麦麸越来越少，堆积的面粉越来越多，包裹在麦麸里面的实体部分基本上就被完全剥离出来，一次磨面的流程就走完了。

此外，还有的大磨被用来研磨油菜籽榨油，叫油磨，在家乡新桥沟也只有一成（副、架），专供唯一一家传统油坊的油菜籽加工。而油坊榨油的工序也非常有趣：从甑子蒸料、铁环扎箍油饼、加尖及撞杆榨油，环环相扣，一气呵成。尤其摆动撞杆榨油这道环节，非常有趣：4个人分列左右，簇拥着约4米长短的撞杆，一个人在尾部掌握平衡，随着号令，同步收放绳索，有节奏地牵引撞杆撞击"木尖"打紧木楔，让有序困在木壳子里的"油饼"里面的油脂汩汩流淌……这一幕俨然是诙谐幽默的舞台剧。只可惜现代加工技术的普及运用，让传统油坊几乎与水打磨同期淡出了人们的视野。

也有的石磨是利用水能带动上扇转动作业，规格尺寸都略小的磨坊叫"小磨"，其结构与功能与大磨的磨子大致相同，只是没有设置水打笒这一道程序，若加工小麦就不能将麦麸分离出来，制作出精细的大箩面，最多重复两次磋磨即可，磨出的面粉被叫着一道细，或连麸面。因此，一般用于除小麦之外的其他谷物的加工。

三

在浩瀚的苍茫中，寻觅人世虔诚的过往；在逝去的时光里，打捞岁月沉积的点滴。从幼年到少年时期，每每从水打磨坊经过，老远就能听到"哐当、哐当"有节奏的打箩声。这石磨、这水打箩的声响，俨然演绎着一部未被整理的乡村历史。

在历史长河中，自打人们掌握了水能磨面的技术，那圆柱形的石磨在水车的带动下，一年四季周转不停。大磨坊、小磨坊和油坊就曾是家家户户必光顾的地方，始终与人们保持着无限亲密的关系。只不过，在20世纪六七十年代，村里成立人民食堂的那段短暂的岁月，它自然就只能专门为人民食堂提供服务。

在故乡那片土地上，家住邻村的大爷爷家三代人曾开过磨坊，而与我同村石匠出身的岳父，生前也曾经营过这个行当，只是当我等还是婴幼儿时，他家管理的李家磨子就被一场洪灾彻底摧毁，至此，老家便只留下修建在进出村子大路口的舒家磨子了。而我从少年成长为青壮年的那段时期，去水打磨坊磨面这一档子事，就已经不复存在。虽然也为石磨，但其动力就由水能过渡到电力了，而轻便快速的石磨也新建在了村子里人口密集的地方。为此，这水打磨便永远定格为儿时的记忆了。

从我懂事之日起，常常跟着大人们一道光顾大磨，自然而然就对大磨很熟悉。大集体时代，虽然人们的年收入不高，有很多时候甚至无法解决温饱，但是不管自家分得的粮食多多少少，各家各户都务必要去磨坊走上十回八回。村村寨寨的村民白天要参加生产劳动，只能抽空前去磨面。他们根据家庭的实际情况而定，没有固定的时间，没有事先预约，所以，往往是不约而同凑到一起。

那个年月，凑到一起候磨，这也是农人们难得的休闲时光。张三李四王大娘，大家可以在这个间隙摆摆龙门阵，待把自己的面推好之后，各自又匆忙地回到自个儿的家。因此，除了生产队总是在夜间开会、记工分，或开展一些文娱活动之外，这磨坊就自然而然成为人们最好的交流场所。

排队等候的时候，虽然有先来后到，大家也都墨守成规，可难免还是有插队的现象发生。这不，我家姐姐就曾与人争过磨子。她说，有一次一个人去磨坊推磨，因为自己年纪尚小，又是女娃子，一个比自己年长的男子插了队，自己也不示弱，就在磨坊里与他理论起来。大家都把口袋放在大磨上互不相让，僵持了好一会儿，店家才来评理，原来彼此都是亲戚，那男子是居住在河对门山上的同门宗亲长辈，当时因为家里的确有急事，没有说明缘由就抢先了一步。话明气散，何况是自己的长辈，姐姐就主动让了位子。

"哎呀呀！鬼女子，当年都是幺爸的不是哈！"真是大河水冲了龙王庙，自家人不认自家人。半个世纪过去了，都已过花甲之年的两叔侄走到一起的时候，也还提及此事。幺爸依然还为自己当时的鲁莽行为而自责，他说："今天，老百姓绝对不再围着大磨转不停了，我们俩叔侄还有自己的子女，也不再为推磨而争得红脖子涨脸了哈！"

往事如烟，一笑了之。

四

水打磨最为繁忙的是年磨，也就是春节前的那一次磨面。这段时间，磨坊的生意尤为火爆，基本上从腊月初开始，那盘旋在龙窝里面的水车就昼夜不停地飞速转动。因为辛苦一年的老百姓，都想在过年的时候，用白白净净的大箩面（第二轮筛出的面粉），犒劳犒劳自己，招待来访的远亲近邻。

每当这个时候，虽然磨坊主人事先已经请石匠将磨损的轮齿翻新如初，以全力提升研磨的速度及质量，但100斤粮食研磨的时间基本上依然要花费差不多两个来小时的时间。按照这样的速度计算，上千户人家排队等候，24小时不停息作业，也基本上要挨到年关时节才能磨完。

记得有一次，还在腊月初，母亲将从集体分得的百十来斤当年新产的小麦淘净晒干之后，由大哥请假赶着黄牛驮到磨坊去推年磨，因为那段时间推磨的人家已经多起来，所有人只好排队等候。等了几天，一大早我就跟着大哥从山上赶到磨坊去磨面，他本想趁早把面推回家再去挣工分，可当日来推磨的人家依然还有很多，所以直等到傍晚时分，还没有排上轮子。大哥说，再耽搁工夫也不是办法，何况回家又远，既然来了就必须推了磨才算事。于是，我们只好在磨坊静静地候着……

十冬腊月，天寒地冻。大白天阳光灿烂，认识的小伙伴很少，我就跑到水渠边去玩耍。夜幕降临，无处可去，也不敢外出闲逛，就只好规规矩矩地打起盘脚傻坐在磨坊墙角的地板上，憨憨地瞧着面前匀速运转的石磨，看那被研磨过的麦粒碎片源源不断地从石缝中撒落出来。

推磨的人或提着戽斗和刮片，或攥着刮刮不停地围着磨盘绕来转去，那"哐当、哐当"节奏明快的打箩声，井然有序，掷地有声，反反复复，声声入耳，犹如催眠的曲子，不大一会儿，就让我的眼皮直打架，忍不住打起盹儿来。哥哥发现我犯困，就用马褂子做被褥，把我卷在一个闲置的面槽里和衣睡觉。

磨坊里装着粮食的大小口袋堆在一处墙角，候着磨面的男男女女还有三五个。他们都来自不同的村寨，我更不认识张三与李四，看他们彼此之间也不熟悉，或许还是第一次会面，但在此刻却彼此都成为了朋友。有的一边给正在磨面的人搭个帮手，一边与大伙儿闲聊，大家你一言我一语，开心地谈天说地，其乐融融。但热闹的是他们，这与我并不相干，只管潜心蜷缩在马褂子里酣睡过去。待到大哥推完磨，把我从睡梦中叫醒的时候，已经是次日凌晨了。此时，磨坊里的人来了去了，去了来了，大约依然有着先前的人数，只是又增添了一些新面孔。我揉揉蒙眬的睡眼跟随大哥走出磨坊，发现地上居然铺起了一层白雪，天空还纷纷扬扬地飘着雪花。我牵着牛鼻绳，待大哥上好驮子，就赶着牛儿踏上回家的那段弯弯曲曲的山路。

五

时光荏苒，白驹过隙。新中国成立之后，尤其是党的十一届三中全会召开之后，举国上下拉开了改革开放的帷幕，历史就此翻开了崭新的一页。当地政府把国家的惠民政策用好用活，咱老家新桥乡所有村组实现了水、电、路和网络全覆盖、全顺畅、全惠及；顺利跨越温饱线之后，又将发展养殖业及特色产业，作为增收致富的有效途径。

六

"唉！那些年昼夜都忙个不停，到头来还是不够吃，现在做一年吃两年！"阔别家乡，重回故土，与年过九旬的伯母闲聊的时候，她总会感慨地说："哈哈哈……你们现在的年轻人太享福了，人家说的啥子楼上楼下电灯电话，千里眼，顺风耳，样样都成了现实。你看，走路有车子，想来就来，想走就走；包包里头有票子，想买啥就买啥……"

当谈及水打磨之事，她就摇一摇头，摆一摆手，十分风趣地说："哼哼哼……甭说了！甭说了！那二年推几斤面要跑一匹山，够你等不说了，围着磨子转他个半天，脑袋都转晕了！哎呀呀……我的老天爷！唉……还是今天的日子过得好啊！大米饭天天有，莫得水打磨也吃大箩面……你看我这把年纪的老人，还有养老金、医疗保险啥的！唉！说一千道一万，活了一辈子人，新旧社会两重天，还是共产党的政策好啊！"

是啊！社会文明进步的脚步声铿锵有力，不断奏出时代发展的最强音。不经意间，一切都在悄悄地发生着惊人的历史巨变。譬如这更为先进的磨面技术的普遍推广运用，彻底终结了水打磨神圣而光荣的使命，逐步让其走到了历史的尽头而自动消亡，让大磨、小磨纷纷淡出了人们的生活。如今，除了极少数小磨仅存于世之外，有的磨坊早已转变职能——成为农家住房、草料房，或供人观赏的一个微型博物馆。尚有那些未曾被毁坏的极少数笨重的大磨石料成品，或斜躺、或仰卧在大山深处蒿草丛生的空地上，舒心地晒着太阳，诉说着昨天发生在自己身边的那些陈年往事……

药山记忆

一

阳光正好，秋色宜人。2021年10月的一个周末，用过早餐，我独自一个人在县城边溜达。

因受新冠疫情的影响，大街上的人非常稀少。当路过近郊一街道铺面的时候，看见两个戴口罩的妇女正蹲在地上，从编织袋里取出羌活晾晒。那些躺在地上的羌活捆子，吸引了我的目光。我走到近前蹲下身子下意识地掏出手机为其拍照，起身却迟迟不忍离去。睹物思情，关于药山的记忆跃然眼前……自己仿佛走进了青年时期上山采药、下山卖药的那个年代。

二

羌活，属多年生草本植物，分布在我国陕西、四川、西藏等地，生长于海拔2000～4000米的林缘及灌丛内。其根茎可药用，性温，祛寒湿，是治疗外感风寒、寒湿痹、上肢风湿疼痛的一味良药。

因其生长周期较长，历年来人们都在采挖，现在已难以满足日益增长的市场需求，一些地方政府早已明令禁止随意上山采挖，而转向推广人工种植。于此，对采挖药山的记忆便显得十分珍贵了！

三

我生长于大山，家乡的土地盛产冬虫夏草、贝母以及羌活等多种名贵中药材。在20世纪70年代，我青少年时期，曾有过几次上药山采挖药材的经历。其中最有趣的是在家乡戴帽中学（初中、小学合办）读书的时候，借暑期与几个十四五岁的同龄小伙伴相约去挖羌活。

当时，我们没有带帐篷（实际是没有），兴致勃勃地收拾一番便上到几公里之外的药山上。我们学着大人们的经验，选择在一棵大杉树下用树枝搭建起一块简易的窝棚。结果天公不作美，当晚居然下了通宵的大雨。

漆黑的夜晚，雨滴持续在松树枝上欢快舞蹈，有的竟然悄悄溜进了棚子，在小伙伴们的脸蛋上不停地飞吻，再者便与之缠绵在了一起——没等到天亮，被褥、粮食和衣物等几乎全部湿透。

好不容易挨到天明，小伙伴们个个像落汤鸡。大家煞费苦心，终于把火塘的火重新点燃，有人狠心添加了几根柴火，便急切地围拢来烘烤衣物。

俗话说，心急吃不得热豆腐。可乳臭未干的一帮少年，哪里懂得这些道理！果然，还没过一刻钟，火塘上方的杉树枝就被腾起的火焰给引燃。转瞬间火光冲天，一个个惊慌失措，只顾起身往外奔逃，哪来得及转移生活物资，再加上水源又远，束手无策，只得眼巴巴望着窝棚被熊熊大火吞没，所幸没有引发森林大火而闯下大祸。可就此没了粮油和被褥，尴尬至极，只得悻悻地背起空背篓打道回府。

四

时光飞逝，转眼我念完了高中，名落孙山而回家种地。受环境影响，上山挖药挣钱便是当时的最佳选项。其间，最难忘的还是跟二姐夫胥洪清和一个邻居结伴去挖羌活。

那天，天刚蒙蒙亮我们就背负行囊向药山进发了。大家沿着羊肠小道翻越后山，再走过一道又一道山梁，约莫当日14时，便到达目的地——崇德沟尾的甘海子，稍作休整便选择了一块半悬着的巨石当着棚子安顿下来。

有道是："远看大石头，近看石头大。石头真的大，真的大石头。"这块巨石底部悬空部分虽没有一般民房的高度，但一米七的个子进出不用弯腰，我们仨睡觉、生火做饭，以及堆放柴火与药材还显得宽敞。

五

药山的生活很清苦。说实在话，药夫子上山基本上不携带新鲜蔬菜。因为时下自家地里蔬菜本身不多，而生长在大山上的石格菜、水芹菜、鹿耳葱和羌活花等山野菜，不但色香味美，而且随手掐来即可。

"咱们家乡好得很：天盏灯，风扫地，油渣根儿壿铺……三吹三打，顿顿酒菜不离……"当地就流传有这样一首有趣的歌谣。

"天盏灯"，是说不用油灯照明，天上的月亮就是上帝恩赐的灯光；荒山野岭，家徒四壁，稍微平整的地面用不上扫帚，自然就由缕缕轻风来代劳了；高海拔地区有一种叫油扎子的植物，其枝干低矮且柔软，割来铺垫睡觉，就是最高档的享受了。

"三吹三打"，指的是在火灰里面烧馍馍。先将面粉用水调和好之后，适度切取一块压成饼状，放到火塘里事先刨好的一块火灰坑里，然后回填盖实，过一阵调个面再继续烘烤一会儿，掏出来用手正反两面拍几下，再放到嘴边吹几口气，意在将残留的灰尘吹掉。当然，倘若有长辈享用，一般不容许晚辈用嘴吹——卫生与礼节同等重要。

此"酒菜"非彼"酒菜"。"酒"和"揪"谐音，这里的酒菜是说从山上掐来的山野菜，用不着刀切，洗净之后直接用手揪成几节放下锅便是了。

不可否认，天长日久，日积月累，民间这些诙谐幽默、形象生动的言辞，便是药夫子野外生存环境及俭朴生活的真实写照！

六

挖药是一项力气活。挖药的时候，有力气的人抡起尖锄，左边一锄，右边一锄，照着苗子背后再一锄下去……"使格扎！"随着一声号令，一块土饼就将药材带出土来！再抡起锄背敲几下，羌活根就归属自己了！我的力气实在不够好，挖一株药材不是三锄能够搞定，而需要耗费比别人多几倍的功夫，方才有所收获。

我知道真正的药农——就如当年在世的父亲，出门了就把药山视为战场。他们不管刮风下雨，不怕烈日灼心，走出门就要等到天黑才回棚！特别是下雨天，落在锄把上的雨水将翻出来的泥土搅和成泥浆，锄把滑到无法使力，顺手揪一把绿叶或者茅草，将泥浆基本擦拭干净，又继续劳作！脚上的一双胶鞋早已被泥浆浸透，行走尤为困难，于是就往鞋内塞一些干茅草做鞋垫以防滑……如果是采挖虫草、贝母等细药的时候遭遇雨雪天气，就披着一张大黄叶子，在雨雪中飘摇成一道亮丽的风景。

七

我们并非造访甘海子的首批客人。周遭生长茂盛的羌活早被采挖，但是不管刮风下雨，我们坚持早出晚归，寻着别人瞧不起的羌活下锄，或跑到更远、更险的地方去采挖。大约这样坚持了半个月，在弹尽粮绝之际，基本采挖够了背子，然后高高兴兴下山去变卖。

清晨，我们用过最后一顿早餐，给自家的一头杂牛上好驮子，还背上百十来斤药材，顺着崇德沟往外走。虽然路途并不十分遥远，却也是出了几身大汗方才到达收购药材的地方。

一路走来，身体瘦弱的我早已汗流浃背，头发丝已经粘在了一起！之前，我们将每天采挖回来的药材头挨着头扎成一两斤左右的小捆，最后才集中放到一块简易的火炕上炕干。因为害怕下雨，又没有雨布，所以火炕就搭在巨石边沿处。我们分别借助两块一米左右高的大石头，上面搭一层小木条，轮流把药材堆放在上面，然后在下边生火熏烤。几处火炕同时生火，在一整天时间里，半间屋大小的棚子里面自始至终闪耀着熊熊的火光，弥漫着一阵又一阵的滚滚尘烟。再加上中途翻炕、下炕之际，熏干的羌活须根和泥土脱落掉在火灰里面，那浓密的烟尘随即弥漫开来……

收购药材的老街旁边有一条小水沟。卸下背篼里的药材，经过检查，还得将其晾晒才能出售。待我小心翼翼将羌活把子摊开在地上晾晒之后，就跑到那沟边洗把脸，顺便简单冲洗一下脏乱的头发，试图赶走那些潜藏的污垢……

八

阴差阳错，我在20世纪80年代末做了村上的一名民办教师，虽然当时连续几年微薄的薪水几乎拿不到手中（集体筹集的部分没有标准，而且都是以乡或者村为单位自给自足，村上的"摊交"款没有收起来，民办教师的薪金自然也就没有着落，后来也再无补发之说，就这样不了了之），也无可奈何，但我始终没放弃自己选择的职业。

"不忘初心，方得始终。"伴随着改革开放的纵深推进，国强民富，家乡人告别苦难，生活水平稳步提高。我也有幸从民办教师转正为公办教师，再后来改行做了公务员，还成长为一名乡镇科级领导干部。今睹物思情，真为自己当年的无能而感到羞愧，却也为自己的执着坚守而欣慰，更为祖国的日新月异、繁荣昌盛倍感自豪！

九

时光荏苒，日月如梭。不知不觉，我已经步入花甲之年，过往有如"物是人非事事休，欲语泪先流"。当年那药山的记忆实在刻骨铭心，没齿难忘。有幸自己喜爱文艺，于是便悉心将这些散落的点滴连缀起来，再逐一汇编到《圣山情结》《格桑花开》《晚春》和即将面世的《走出大山》等几部文集予以珍藏，真可谓：其乐融融，优哉游哉。

心　愿

一

树欲静而风不止，子欲孝而亲不待；阴风惨惨，如诉如泣。2006年4月22日（阴历三月二十五），我的父亲大人在家中去世了。晴天霹雳，这对我们全家来说，是一个肝肠寸断、悲痛欲绝的日子。

天地动容，山河同悲。父亲生前积极响应祖国召唤，曾服兵役3年后又参加过黑水平叛，流血流汗、英勇杀敌，立下战功，这无疑是让全家值得骄傲和自豪的一件大事。而其次子期刚又在部队服役5年，这名副其实的"光荣之家"，让家族备感荣耀和自豪！

光阴似箭，屈指算来老人与世长辞就快十五个年头了，如今每逢新年及父母的忌日，他们的音容笑貌，总会在我的睡梦中浮现，时常醒来却依然停留在梦境之中，这或许就是心灵感应，也是内心始终充盈着的那份永远的怀念吧！

我深为自己失去一位平凡而伟大的慈父而痛彻心扉，为表无限的哀思，也曾写过许多文字，但多言语而意未尽。望云思亲，痛定思痛，今又提笔再将曾经的只言片语一并规整、完善……

二

清朝初年之前，大小金川统称金川，位于四川省西北部，近接成都，远连卫藏，是内地联系西藏、青海、甘肃等地区的桥梁和咽喉地带，自古在川藏交往中占有重要地位。元、明、清以来的历代中央王朝，在此推行土司制度实施羁縻式管理。

清顺治七年（1650），朝廷以金川卜尔吉细内附，授土司职。康熙五年（1666），又以嘉勒巴归诚，授"演化禅师"印。雍正元年（1723），以嘉勒巴庶孙莎罗奔曾从清军平定西藏羊峒有功，授金川安抚司。莎罗奔以属地自号大金川，以旧土司泽旺为小金川，自此，大、小金川分治。

随着时代的发展，大、小金川土司的势力逐渐壮大，土司之间的明争暗斗也不断发生，且有愈演愈烈之势，严重威胁到内地的安全和康藏地区的稳定。清乾隆十四年（1749）、四十一年（1776），朝廷两次出重兵，最终平定了大、小金川土司纷争。当年即在小金川设置美诺厅（相当于今天的州级行政机构）。于乾隆四十四年（1779）改称"懋功屯务厅"。1913年，改名懋功县，1956年正式定名为小金县。

据《小金县志》记载，隶属美诺屯地界的新桥沟，实为旗下的河东、河西两个小屯。民国三年（1914），小金全县设8个团，新桥设河东、河西两团，而民间又把河东的今共和村辖地叫上团，以槽沟为界，毗邻的今团结村叫下团。因这条沟叫新桥沟，1952年成立乡人民政府的时候被命名为新桥乡，1958年改称新桥人民公社，后再于1982年改名新桥乡。

1926年4月，父亲就降生在小金县新桥乡共和村的一个贫苦农民家庭，取名刘树清（实际上字辈为"述"，誊抄有误而导致以同音字替代）。对于固守传统观念的贫民家庭而言，算是一个大惊喜。可在不具备任何接受科学文化知识教育的先决条件下，降生在这块山坡上的孩子，也就只能重复着祖辈们日出而作、日落而息的生存方式，自然而然再成长为普普通通的一代农民。

三

父母亲一生养育了我们7个兄弟姊妹。他们含辛茹苦让各自都成家立业，正当大家的日子逐步好起来的时候，父亲却不幸撒手人寰，驾鹤西去，这不能不说是留在大家心中永远的遗憾！

俗话说，病来如山倒。当年立春之后，父亲的身体开始出现一些小状况，服点药勉强撑了过去。谁知到了清明节前夕，肾炎、前列腺炎、甲状腺囊肿等几种疾病居然同时向他袭来，再加上身体上曾经留下的累累枪伤均出现不同的疼痛症状，旧伤新病层层叠加，致使病情骤然加重，情况陡转直下，父亲原本魁梧而坚强的身子骨一下子就彻底散架了。短短数十日，无情的病魔已经将老人折磨得寝食难安、瘦骨嶙峋，至此再也找不回当年那个一顿要吃一手腕子切刀片馍馍，外加半盆子熬锅肉的铁骨铮铮的英雄汉了。

最痛心的是，几经辗转救治，父亲的病情却丝毫不见有好转迹象！万般无奈，在医院做出最后确诊，明确已经无法救治的情况下，征得父母亲的意见之后，我们只能面对人人都不愿意接受的现实——让他静养在家里，再适量使用止痛药物以最大限度减轻病魔摧残他的痛苦。

四

春天到了，雪融冰化，天气渐暖，丝丝寒意却还依旧弥留在空气中。人们享受着一份春光的温暖，亦能感受到一丝雪气的清凉。那消融的坚冰，北飞的鸿雁，新生的绿草，吐艳的桃李，还有飞絮的柳树……它们都不约而同从沉睡中慢慢地苏醒、复活，呈现出勃勃生机与活力，唯独我慈父的生命却在慢慢地凋零，一步步移向不归的终点。

父亲生前为祖国奋勇当先，为集体无私奉献，为家庭勤勤恳恳。病入膏肓之际，儿孙及亲朋好友、左邻右舍，都来到大哥在城郊的出租屋里，轮流守护着病榻上奄奄一息的老人，陪着他走完最后那段人生里程。

4月19日上午，我守护在父亲身边，发现老人家的状况已经非常糟糕了：小便继续尿血块，咳嗽也日渐加重，痛苦的呻吟声已经变得低沉而柔弱。他耷拉着脑袋，低垂着眼帘，已经连续两日滴水难进了。

"儿啊！你去上班吧！老汉儿我……我还不得……得走！家里还有哥哥姐姐他们在（管我）。"在一阵闭目呻吟之后，他艰难地抿了抿干裂的嘴唇，微微睁开双眼，用极尽沙哑的声音嘱咐道："娃娃，（你们）几姊妹就你（参加）工作了，（你）给我长……脸了哦……共产党培养了你，工作做不好，是……是要受批评……"

话还没有说完，突然间就喘息不止。他努力仰一仰头，痛苦地吞一口唾液，随后就不住地咳嗽起来……

我起身将他扶起稍微坐直，再腾出一只手来，在背心上轻轻地拍着，试图帮助他将堵塞在上呼吸道的痰排出来。

……

经过一番苦苦挣扎，父亲终于成功将些许黏稠的口痰驱赶到了嘴边，但他已经无力将牵丝挂网的脏污吐出来。

我迅速抽回手，将一干净空纸杯的杯口下沿贴着他的嘴唇，顺势将其刮进杯中，然后再将几勺温开水送进他的嘴里漱口，浸润喉咙。

"哎呀呀……这下子对了！"终于，父亲长长地舒了一口气："妈哟！差西花儿（四川方言：差一点）这口……口气就接不上来了，硬是要梗……梗死人了哦！"尔后，急促的气息也稍微舒缓下来，但他仍然痛苦地呻吟着。

为了缓解可能会继续发生的咳嗽带来痛苦，我依然让他斜躺着，然后挨着床沿坐下来，像当年他捂着我冻僵的小手一样，我紧紧地攥着他那仅剩一层肉皮包裹骨头的大手，凝望着那张苍白却慈祥的面容，默默地为他祈祷。

顷刻，他用力试图挣脱我的手，微微睁开忧郁的双目道："去，去开会哈！不要耽搁（误）了你自己的前程！"言毕，长长地舒了一口气便沉默不语，倒头昏睡过去。

是的，真是天不留情，时间也那么凑巧，正当老人病入膏肓的时候，我工作所在的潘安乡政府要召开全乡经济工作会议，我作为政府乡长，当然不能缺席！考虑父亲当下的状况，本来已经向单位告假，但父命如山——一纸"军令"，不可不遵从！我又怎能不明白老人发自内心的深深嘱咐呢？！

生离死别，百感交集。父亲欲哭无泪，欲言又止，寥寥数语，已经让我读懂了他对家的眷恋，对亲人们的依依不舍，对儿女的无限牵挂和殷殷期盼。人生之中，伟大而无私的父母，在我离开时，目送着我的是他们，最舍不得我的是他们。就在这令人揪心的时刻，我除了加倍地关切和无条件地顺从，还能为他做点什么呢？

<h1 style="text-align:center">五</h1>

汗牛地区位于小金县城西南，自古就属其管辖。原住居民以藏族为主。但因海拔均在4600米以上的大哇梁子和蛇皮梁子，筑起一道逶迤的天然屏障，毫无争议地将其变成了小金县的一块偏远之地。

清雍正年间，汗牛归属于小金川土司。乾隆十四年（1749），清朝平定金川地区之后，汗牛屯属"懋功屯务厅"下属的汗牛、宅龙、别斯满和八角屯四屯之一。1954年成立汗牛乡人民政府。后分为汗牛和窝底两个乡。再于1962年，分设汗牛、窝底和潘安三个人民公社。1966年，潘安公社改名为永进公社，1978年再恢复潘安名称，随后再定名为潘安乡人民政府至今。

"哈纽"是汗牛的藏语译音，意为"神的居所"。但在历史长河中，还曾有"汉流"和"陷牛"等名称。传说"汉流"是因为在沟口錾子岩的绝壁上，曾篆刻有此二字，意为此地曾将汉人流放到境内的董家沟富裕洞开采黄金，于是以此命名。

而称为"陷牛"，再音译演变为"汗牛"。就此，我做过专门走访，聆听到这样一个美丽的传说：今汗牛乡地界有一块地名叫热溪海子。这热溪海子是一块硕大的坡地，在其下端是一块凹地，曾经是蓄水的海子（高山湖泊），但是这海子没有（或者看不见）水源，蓄水有明显的季节性，也就是说每当雨季来临之际才会蓄水，最多可达3000平方米，而伴随降水量的明显减少或霜期的到来，海水便会自动消退直到干涸。也有传言：这海子的海水是神水，它与远隔千山万水的西藏某处有名的寺庙里的一泓天然泉水相通，并随其同涨落。

总之，与时令相吻合，当海子蓄水的时候，也正是大地披绿之际，海水清澈见底，周遭的青山及那片庄稼郁郁葱葱，俨然一幅奇异的壮景。而每当枯水时节，这里便是一块空地，空地上有一块巨石，远远望去，其形体酷似一头健壮的公牛，背部还有条状花纹。海水来了又去，去了又来，年复一年，而那石牛却仿佛被永远地陷在海底而不能自拔，于是，当地人就把它称为"陷牛"。

但也说这海子的海水虽然与雨季同步，可并非连年如此，因为它有时连续几年蓄水，有时几年不见踪影；雨水多的年份蓄水，雨水少的年份也会蓄水。更神奇的是，每当海水悄然光临与匆匆离别的时候，一定会出现电闪雷鸣、风雨交加的恶劣天气，由此也会多少引发一些山体滑坡和泥石流等自然灾害。于是，这海子及那头"公牛"便遭到了致命的人为损毁，昔日的壮景自此也就不复存在。

如今，只有正对海子后山的那一片硕大的坡地，有一条隐形直线从中垂直穿过，一边为黑土，一边为黄土，两种颜色互不掺杂，永无变异。时光荏苒，今已少有人去追寻海子神秘的昨天，也少有人去探索这方水土永远闺藏着的神奇之谜。

这个凄美的故事如此代代相传，热溪海子的威名早已远扬四方，当地人索性就管汗牛河流域叫"陷牛"。因四川方言中的"陷"与"汗"同音，而会意字"汗"更容易被人理解、记忆、书写，阅读起来也不拗口。"汗牛"由此得名。而贯穿全境的小河也名叫"热溪"，藏语"昼夜河"之意。总而言之，是是非非无须争论，一切皆为尽善尽美。

六

汗牛地处横断山脉北部支系的邛崃山脉，径流属大渡河水系。这里群山环抱，沟壑纵横，峰峦叠嶂。虽为弹丸之地，却真的难以抵达，轻松往来。

在历史的长河中穿行，追溯那些过往的点滴：准确地说，直到1986年1月1日汗牛区正式通车之前，从县城到汉牛区，要么走沙龙沟，徒步翻越蛇皮梁子这条相对舒缓的捷径，要么走美沃乡翻越大哇梁子，要么就得绕道丹巴县境内，再横渡大渡河，从潘安乡入境。

蛇皮梁子有柴山之意，海拔4833米，徒步翻山越岭的垭口为4611米。从小金县城美兴镇经沙龙乡到汗牛地区，这是一条不足百里的捷径，静躺在历史长河中的悠悠茶马古道。

虽说便捷，可是穿行期间，却若登天般的艰难。沿途要经过大小羊角林、安安桥、何家磨子、闸口石和马厂等地方，再加上山高坡陡，空气稀薄，天气瞬息万变，每前行一步都让人气喘吁吁。"蛇皮梁子九大弯"，当地流传的这句民谣，就道出了翻山越岭的艰辛。出行的人们朝发夕至，单边行程要花费整整两天的时间，才能用脚板将其丈量在自己的脚下，要是遇到暴雨或大雪等极端天气，耗时就更长了。

斗转星移。2009年9月30日，美（沃）汗（牛）路建成通车。这一条公路是从县城美兴镇，经美沃乡翻越4600多米的大哇梁子，抵达汗牛乡，全长仅有51.66公里，是2008年"5·12"汶川特大地震灾后恢复重建，江西省对口援建小金县十大示范工程项目之一。此断头路的顺利贯通，便构成了"美兴镇—丹巴—汗牛—美兴镇"的交通环线，更加便捷了汗牛地区的出行，彻底解除了群众出行和辖区资源运输及产业发展的瓶颈，也让蜿蜒盘旋在蛇皮梁子上的那条茶马古道，就此终结了其与人方便的神圣使命，成为汗牛人永世铭记的一段艰辛历史见证。

绕道丹巴，是通往汗牛地区的另一条通行线路。

从小金县城出发，沿小金川顺流而下，到丹巴县城后再沿大渡河继续下行20余公里，方抵达丹巴县格宗乡一个叫亚堡的地方，至此便到达隔河相望的潘安乡了。

从丹巴县城南端大渡河的起点顺流而下，是有名的古丹（巴）金（汤）道。而这段路几乎是在高山峡谷中蜿蜒盘旋、曲折迂回，其沿河两岸的断崖绝壁数不胜数……

在《丹巴县志》里有这样一段文字描述："路途艰险只可步行，有的路段上倚悬崖峭壁，下临万丈深渊，过往行人胆战心惊，如'步接步''脚踏窝''怀抱石''猴子路''狗爬岩''老鹰石''鬼招手''攀一线'等即为险要地点的小地名。"无需多言：滔滔江水，波浪翻滚、惊涛拍岸；万丈山崖，阴森恐怖、遮天蔽日，令人不寒而栗。有人说，在峡谷中穿行，就如同去阴曹地府走了一遭——惊恐万状、死而后生！

在到达亚堡的路途上，就有一处万丈悬崖——长偏桥。这段悬崖有300余米长，下起河脚，垂直向上也超过200米，其断面若刀劈斧削一般，如果没有一双翅膀，根本无法逾越。

出于好奇，我曾对至今尚残存断崖中心位置的古栈道进行过粗略的考证：栈道结构分为上下两层，一字排开顺断崖向两边伸展。近两米宽，最下面是枕木，长有两米多，间隔约为两米，牢牢地插在人工开凿的石臼里。枕木上面顺河道均匀地安放有直径二三十厘米的梁木，梁木上再横着并排铺放着相对粗细的原木或是缝中劈开的木柴为路面（至于路面的真实状况，因无法实地踏勘，尚待查证）。栈道外侧没有设计护栏（或许已腐朽而消失），滚滚江河水在近在咫尺的脚下怒吼着，危险程度可想而知。其险峻至极，无不令人毛骨悚然。俗话说，人定胜天，这项工程真不失为人类征服自然、改造自然的伟大创举。

新中国沿大渡河西岸新建了瓦（斯沟）丹（巴）公路之后，人们南来北往自然不经过长偏桥这一段古栈道，而要到对岸的汗牛地区，就只有横渡大渡河。在没有架设桥梁之前，自制的牛皮船或小木船，自然就成为两岸民众往来的主要交通工具了。

时过境迁，当国家生产有钢铁产品之后，直径超过5厘米的8根钢绳，便在此凌空横架为桥。可这三岔河口风力实在猛，索桥屡次被掀翻而被迫中断交通。为了解决两地居民的出行困难，再次拉起风险更高的单根钢绳（溜索）滑行。悠悠荡荡，虽然一滑而过，但就曾有人不慎坠落河中而命丧黄泉。

人类在进步，时代在发展。到了20世纪80年代中期，政府又组织修建起承载量为5吨级的钢索桥，可不几年也因跨度太大不堪重负而断裂。直到20世纪90年代，小金县人民政府采取政府项目支持、群众集资投劳等办法，修建了跨度为120米、承载量为15吨级的水泥公路桥梁，汗牛公路也随之建成通车，天堑终于变通途。而如今，又因大渡河流域水电开发，亚堡地界及潘安乡城门村大部分河谷地带成为猴子岩电站的库区。高峡出平湖，汗牛大桥再次被更为高大的水泥桥所替代。

时光荏苒，沧海桑田。汗牛的交通瓶颈被彻底解除，人民无不为之欢欣鼓舞。只不过当下父亲岌岌可危的境况着实令人倍感惆怅。虽然上班去的旅途不会翻山越岭，也不担心走悬崖绝壁，滑高空索道，当时有且只有绕道丹巴这段路程的路况还很差；但单位的移动通信尚未开通，唯一一部卫星电话，因供电不足和接收信号极差等原因，基本上无法正常通话联络！

是啊！父亲就如一棵老树已经无法吸收水分，并消化营养，生命极度衰竭。一切都在预料之中，但又无可奈何！此别将意味着什么，我心知肚明。虽然到单位来回不到300公里的路程，但是此刻它在我的眼里，已经胜过高高耸立的蛇皮梁子，胜过大渡河沿岸险象环生的悬崖绝壁、惊涛骇浪。顷刻间，这段路就变得那么遥远而漫长！

当我与父亲和亲友们道别，依依不舍踏上行程的时候，并没有父亲当年奔赴战场那股子火热激情，三步一回头，腿肚上好似捆绑着几个大沙袋——拖沓而沉重！我多么希望苍天有眼，顿生奇迹：让父亲晚一点离开我们，或者能重新站立起来啊！

七

最美人间四月天，一江春水花烂漫；遥看西山风云起，片片白雪落山涧。眼下，大山里的杏花谢了，桃花也谢了。和风细雨暗送春潮，增添绿意，让墨尔多山下道路两旁的柳枝催生出了片片新叶，田边地角的小草与禾苗，已经呈现出郁郁葱葱的新姿态，唯有那遥远的大山深处，还闺藏着皑皑白雪，这些无疑是大自然予人们最炽热的馈赠。

面包车在坑洼不平的道路上颠簸着，我无心欣赏车窗外那一路崭新的景象，满脑子翻滚着的尽是父亲的身影……

1950年，家父应征入伍，在茂县独立二营服役3年后光荣退伍。1956年，家乡的土地改革结束后，正当人民群众以无比饱满的政治热情和生产积极性，迫切要求组织互助合作社走社会主义道路的时候，黑水县少数不明大义的地主和反革命分子组织闹事，父亲受命参加了平息事端的民兵队伍。我懂事起，就时常听到他给我们讲述他引以自豪的军旅生活。尤其值得一提的是他参加民兵去黑水县维护社会稳定的时候，自己身负重伤，荣立了二等功。

人间万象，世事难料。憨厚老实的父亲没有因此被政府安排工作，仗着健壮的身体，他死心塌地当农民。可是阴差阳错，让他终生遗憾的是那张立功证书被收回而不慎遗失。

"命运是天定的，幸福是自己的……"每每想起这些，我们也为他老人家感到遗憾，却也无不引以为豪。无疑，这就是家父在我们心目中最伟大之处……

八

貌若潘安，是就人之外表而言。古代十大美男子之一的潘安，是西晋著名文学家，河南巩义人，籍贯河南中牟。诚然，自古以来，人人都有爱美之心，男女都不例外。同样是对美好的追求，我亦执意向往，并奔那英俊之男子而去。

现实生活中的潘安，并非有如男人阳刚之气度、风韵与潇洒。它位于汗牛山谷的尽处，是阿坝州南端小金县的最南端，素有阿坝州的南大门之称。它与甘孜州丹巴县和康定市接壤，处在两州（阿坝、甘孜）、两县（小金、丹巴）、一市（康定市）交界处，今乡政府所在地潘安村后山的那一道山梁自古被称作潘安梁子，其非藏语音译，有"彼岸山梁"之意。1962年，汗牛地区分设汗牛、窝底和潘安三个人民公社之后，潘安方才正式作为行政区划的名称而被载入史册。

在我看来，就其境内的潘安和中寨两个村至今残存的几座雄壮碉楼推测，此地无疑曾经就是善于修筑碉楼的藏族人居住的地方。由"彼岸"到

"潘安"，或许与藏、汉语及方言的习惯性发音密不可分。

潘安辖区面积153平方公里，辖潘安、伙地、城门和纳东4村11个村民小组，时年居住有藏、羌、回、汉等各族群众405户1745人。虽然是全县人口最少的乡镇，但是就在这群山环绕、峡谷幽深，几乎无一块巴掌大小开阔地的沟谷之中，却储藏有丰富的黄金和优质汉白玉、大理石等丰富的矿产资源。再因其特殊的地理位置，自然举足轻重！守土有责，更何况是召开经济工作会议。

名人不用指点，响鼓不用重槌。孰重孰轻，自有分寸。这或许就是父亲在弥留之际一再催促我辞行的最主要原因吧！

九

回到单位，加紧组织筹备经济工作会议的同时，我的心里依然时刻惦记着躺在病床上的父亲。忙完一天的工作，当夜深人静的时候，总感觉到父亲就在我眼前，习惯地用手捋一捋他不太稠密的那一撮花白胡须，与我问这问那，开开心心地拉家常。末了，还情不自禁地整理着家庭档案中那些极其珍贵的历史碎片，又想到他被病魔无情折磨的痛楚情景……

1983年，我高中毕业却名落孙山。或许真是"皇帝爱长子，百姓爱幺儿"，七姊妹中，我和两个哥哥都念完了高中，唯有我又经历了几次三番的补习，但终究还是与"金榜题名"擦肩而过，可是全家人都没有过多的埋怨，这一点在我的心里也非常清楚。要报答父母的这份养育之恩，感谢兄弟姊妹对我的关心爱护，就只有握紧锄把，老老实实修理地球。

待我告别学生时代，开启社会实践的人生旅程之时，村里的土地已经承包到户。当时，我们和邻居家都购买了集体变卖的草房或仓库等集体财产。这些设施虽然非常实用，但离家较远，爬坡上坎，使用起来非常不便。是否可以拆迁？乡村干部也没有一个明确的答复，大家都很迷茫，也不敢轻举妄动。于是，我斗胆把这个困惑形成文字，寄到了阿坝报社，试图得到编辑的解读。

说实话，我的这一举动是否恰当？报社编辑会不会作答？心里着实莫得数！未曾想到，一篇以《集体变卖给农户的房屋能不能拆迁？》为题的读者来信很快就见报了。"可以拆迁！"毫无疑问，当时这在农村的确是一个普遍问题，党的机关报自然及时给出了权威、明确的回复。

就这样，简短的一篇读者来信——豆腐块大小的文章，不但帮助家乡父老解除了一大困惑，自己还就此成了一名业余通讯员，也点燃了我对文艺创作的激情！

"期荣，你的文章在报刊上发表了，很好！"恩师刘继光看到我发表的读者来信后夸奖了我，"改革开放让祖国的面貌焕然一新，农村是一片广阔的天地，那里有很多写作题材，只要坚持笔耕，一样有出息！"目不识丁、饱受没有文化之苦的父亲，此前也不止一次鼓励我要向家族中一位舞文弄墨的长辈学习。

热爱是最好的老师。自此以后，我就在劳动之余，尝试着用笨拙的笔墨和相机，坚持把耳闻目睹的真人真事记录下来。天长日久，围绕家乡发展变化，彰显社会新成就、新风尚、新秩序的新闻、散文、诗词等各种体裁的文字稿件，以及风光、人文类新闻摄影作品，一篇接着一篇，一幅接着一幅，见了报，上了刊……

与文艺结缘，首先是借助《阿坝报》（《阿坝日报》的前身）这个平台，使留有自己姓名的一页页钢笔字，变成了油印的铅字。日积月累，笔耕不辍，每每从邮递员手中接过刊载有自己作品的报章杂志的时候，自豪感油然而生。偶有所获，一时间竟然还误打误撞成了新桥沟，乃至小金县乡村里的文化人。

不可否认，这在父母及亲朋好友看来，是值得高兴的事情，但从他们的微笑中，似乎看到了更大更高的期望。当然，确切地说，这就是改变自己人生命运的一块基石！

十

是啊！父亲不但给予了我生命，而其军人的光辉形象着实影响了我一生。我能够从一名普通群众，最终走上乡镇科级领导干部的岗位，充分实现人生的价值，离不开他的言传身教和谆谆教诲。

我知道，父亲在从军的日子里，深知自己没有文化，就积极参加识字班的强化学习，让自己基本上能够书写出名字和简单的日常用语；军事训练特别卖力，苦练杀敌本领，总是在最短的时间内，熟练掌握军事技能。因为他身强力壮，所以就当仁不让地成为了一名重机枪手。在军训行军拉练中，他为了减轻身体素质较差的战友的负担，除了肩扛重机枪外，还主动超负荷背负相当于3名战士的军事装备。

复员退伍回乡后，父亲先后担任过互助组组长和全公社的民兵连长。在此期间，他组织带领群众搞好生产劳动，粮食产量逐年提高，因成绩显著，生产队多次夺得全公社范围内的先进流动红旗，他也因民兵工作和生产劳动成绩突出，多次受到县、乡各级的通报表彰和奖励。

此外，大多数时间里，他都被调派出去给合作社找副业，不管是长期还是短期，都圆满完成了定额任务。

年过半百之后，父亲再没有被安排出门挣钱。有几年，在秋收时节用机械脱粒小麦的时候，他保持军人作风，长期坚守在传送麦把子进机械的重要岗位上，由于没有条件采用防护措施，致使肺部吸入大量灰尘，从而引发严重的尘肺疾患。由于家庭穷困，只断断续续在药铺抓几服中药治疗，没有到大医院接受良好的诊治，致使病情没有得到有效控制，反而愈发严重，幸亏得到县民政部门的关心和帮助，让他及时去阿坝州人民医院接受抢救治疗，方才化险为夷、幸免于难。

但遗憾的是因这场大病，父亲基本上丧失了劳动能力，不得已才承担了劳动强度较轻的川贝、大黄、秦艽、当归等多种道地中药材家种的活计。大病初愈后，他独自一人跋山涉水、风餐露宿，采集（购买）来野生种苗。经过几年精心的实践、探索，几种药材的种植基本上都获得了成功，只可惜受制于多种因素的制约，让种植技术的推广、普及遗憾止步。

步入晚年后，为了不给子女们增加经济负担，他曾和母亲一道，力求自食其力，直到古稀之年也始终坚持独立自主、自力更生的养老方式。为此，在二哥期刚的关照下，父亲跟随农村剩余劳动力转移及人口自由流动大军的步伐，从农村到了城市。曾做过门卫，摆过地摊修鞋，还捡拾过废品以添补家用。

十一

父亲在家族中，也备受敬仰。因为他当过兵，立过功，说话做事当机立断、干净利落。他对家族的血脉亲情那一档子事，也最为热心。"水有源，树有根。"这是他常说的一句话，为此，还经常教育我们要弄清楚自己从哪里来，姓什么，叫啥名字。要孝老爱亲、邻里和睦。

是的，我们家族于1840年左右从乐至县古钦民乡（今双河场乡）迁入小金，在美沃屯之河西屯甘沟地界定居下来。但非常遗憾的是，200多年没有家谱资料流传于世，致使家族的来龙去脉根本理不出一个完整的头绪。在跨越两个世纪的岁月里，因为贫穷，因为接受的科学文化知识有限，族人也根本没有组织过一次有族人代表参与的交流活动，就更谈不上组织寻根问祖及修谱之类的事宜，以至于彼此之间的血脉亲情已经淡漠。

世人皆有祖，有祖未尽知；人不知其祖，何以言敬祖；人若不敬祖，何以谈忠孝；人不尽忠孝，何以立身处世而教子孙焉！即使没有文化，可父亲生前还是曾多次深入内地寻根问祖，但因掌握的家族信息不准确，寻找的方法与措施单一，所以皆为竹篮打水一场空。

盛世修志，家兴修谱。在父亲及几代热心家族血脉亲情的族人的感召下，略懂一点理论及社会知识的我与几位同门宗亲一道，欣然从前辈们的手中爽快地拾起接力棒，工作之余齐心协力，用了几年的时间，四处寻访，八方查证，不但寻找到了川内的祖籍地，而且将根源追溯到湖南隆回老家，基本理清了同门宗亲的迁徙路线及世系图。

在寻根问祖的道路上，借助快速便捷的通信、网络技术，尤其得到文朋诗友及家族长辈们的全力支持，广大族人的积极响应，终于在2019年春成功编撰了首部族谱资料，了结了家族认祖列谱的一桩美好心愿。

十二

回单位组织召开会议，时间不会耽搁太久，我满以为父亲不会那么快就匆匆离开人世，一定会等我为他送终！可万万没想到这一去，却成为今生与老人家的永别……

4月22日，在我离开家的第三天，也正是乡政府会议召开的当日凌晨4时30分，父亲竟然就匆匆告别人间，去了极乐世界。

俗话说，母子连心。其实，父子也同样连心啊！

父亲去世那一夜，月明星稀，乍暖还寒。我总是心慌暴躁，时过零点也毫无睡意。单位的同事都早回寝室睡觉了，借助柔弱的星辉，我却还独自一人在场院里转悠、转悠……终于静下心来回寝室上床睡觉，但依然翻来覆去难以入眠！

也是老天有眼，那一夜单位卫星电话的信号还算正常。凌晨，当我刚刚迷迷糊糊进入梦乡的时候，隔壁电话室的牛先文书记接听了从家里打来的电话。他过来敲门把我叫醒，沉重转达了父亲已经不幸去世的噩耗！

远在天边，身不由己。纵然此刻插翅飞回家里，也只能瞻仰棺木里那一具冰凉的尸首。我禁不住热泪盈眶，失声恸哭起来……

因为工作，无怨无悔。只可惜在父亲与世长辞的最后时刻，我居然没有能够为他老人家送终，这不能不说是做儿子最最遗憾的事了。自古忠孝不能两全，我崇敬、爱戴父亲，父亲疼爱我，理解、支持我的事业，坚信他在天之灵是不会责怪为儿的不孝！

十三

"亲厌尘纷寿终正寝归蓬岛，儿慈手泽眼流双泪滴麻衣。"父亲撒手人寰，永远离开了这个世界。在马不停蹄地赶回家为其料理后事的面包车上，我一言不发，强忍着内心的悲痛，时而用噙泪的双眼，漫无目的地眺望窗外，时而锁眉沉思，深情地追忆着慈父待我的好来……

我小学和初中阶段的学习成绩，在班上名列前茅，这让父母及兄弟姊妹们都非常高兴。但是，离开新桥老家进县城读高中后，却突然产生极度厌学的情绪，成绩一落千丈，以至于一度被迫中断了学业。

1981年秋，从家乡的初中毕业，考入小金中学高中部就读。那时，党的十一届三中全会已经召开，家乡的家庭联产承包责任制已全面推开，改革开放的大潮正激荡全国各地，但是我们家庭的经济状况却实在不容乐观。

家里给我的生活费每周仅有2到3元钱，将其中的2元换10斤左右饭票，若有剩下的就是在校五天半的菜票了。虽然有时也有从家里带的一点现成蔬菜作添补，伙食团素菜的最低价也仅为5分钱一份，而学校每月也要发几块钱或更多一点的助学金，但是往往挨不到周末，我就已经囊中羞涩，腰包里几乎再也拔不出半毛钱了。更何况有时候从周一开始，压根儿就没有分文的菜钱！而自己心里也非常清楚，根本不可能伸手从母亲那里再多讨要一点生活费！因此，但凡学校组织周末的野餐（炊）活动，因为根本无钱购买零食，又没有蹭饭的坏习惯，就只得选择放弃。

记得有一次周末，父亲发现我是故意躲避，也不管不问野外活动需要增加一笔不小的开支，就强迫我一大早赶回学校去参加集体活动。尽管我在他跟前磨磨蹭蹭、迟迟疑疑好一阵，但最终不敢开口索要分文，只得服从命令。幸亏那次活动离学校比较近，赶上了活动，但当中午同学们高高兴兴围拢来午餐的时候，我只好独自一人悄悄溜到一边去玩耍，估摸着大伙儿用餐完毕之后，才又重新悄悄地融入其中。

在老家中学读书的时候，学校用一间教室做寝室，全班十几个住校生，夜晚扎堆睡的是通铺，倒也未觉寒冷。进县城上高中了，学校有专门的寝室，里面挨挨挤挤安放着10多架木质高低床，几乎把窗户遮挡得严严实实，过道十分狭窄。不管冷热的天气，在寝室里自己并不规则的床板上，就对折铺着一床用牛毛纺织的薄薄的水毯，水毯上再铺一床单人藏毯，唯一一床被子也十分单薄，枕头是用旧衣服填充而成的，枕巾的样子自小就没有见过。天热的时候自然凉快，极端寒冷的天气就难熬了。

"童子不冷，酒不凝！"虽然俗语如此，但或许是营养欠佳的缘故，我自小就怕冷！准确地说，冬天来了，有好多寒气袭人的夜晚，自己辗转难眠，久久无法入睡。瘦小的身躯，在那床铺上来回翻滚发出的吱嘎声响，远比熟睡的鼾声要大得多！

毫不夸张地说，很多时候，几乎全是和衣蜷缩在被窝里，朦朦胧胧挨到天明！当然，曾经也尝试与同学搭个伴儿，但床铺又窄，谁又愿意与穷困的自己抱团取暖呢？事实证明这也只能是一种臆想！

唉！说来有些无奈，还有些诙谐、幽默。那几年，家乡的人都把去县城念书的学生称为"拿工资"的。我知道母亲最怕周末给我开"工资"。

我理解家里的困窘。散学后徒步行走近20公里的碎石泥结乡村公路，爬十来里羊肠小道直奔家门，狼吞虎咽地吃上两顿饱饭，睡上一个温暖舒服的好觉，便是我当时最美的愿望。

自然，我心里非常清楚父母的期盼，也时常回想起父亲军旅生活经历的那些艰难困苦，但是一个尚未完全懂事的孩子，并没有把自己看成是一名军人的儿子，竟然因为饥寒而退缩，励志成才竟然成为脑海里一个空洞、缥缈，甚至模糊的概念！

因为放弃，成绩自然一塌糊涂，成绩太差了，自然不是受人喜欢的学生，不得已只得选择退学。

回家后，十多岁的我几乎不能承受集体劳动的强度，村干部照顾，让我到牧场上去协助牧民放牧……但是，这份差事毕竟时间不长，父亲看在眼里，急在心头。一年之后，他再次拽着我进县城去求学。

"古人说，吃得苦中苦，方为人上人。你晓得家里头并不富裕，挣钱不容易！在学校不要贪耍，农民娃娃要安心读书，才对得起我们哦！"每当我从母亲手中接过被她连同手巾卷成纸卷儿的生活费，小心翼翼地塞进自己的上衣口袋里，再提上她烧制好的一盅土菜离家的时候，总会收到他们不厌其烦地一通告诫。

也许是尝到了苦头，在父母的耐心鼓励支持下，千辛万苦又重回学堂之后，自己才终于静下心来好好学习。虽然连续三年参加高考，但终究没有实现金榜题名，跨入人人羡慕的大学校门的美好愿望！

十四

"老树新枝舐犊情，世间无常失亲恩；依稀昨日怀中泪，盖地铺天成绿荫。"父母与子女之间的关系与缘分，是在有限的时光里，慢慢地变远，渐渐地消失，但那份血浓于水、恩重于山的亲情，永远也无法割舍，且陪伴着我们走过每一个难忘的日子，谱写着我们无限精彩的人生。

时光荏苒，白驹过隙。自1986年9月在小金县新桥乡共和村小学担任民办教师以来，在30多年的工作中，先后做过民办教师、公办教师、公务员。担任过县委宣传部宣传干事、新闻科长、副部长，乡政府乡长、党委书记、人大主席团主席，县文化体育广播电视新闻出版局党组书记、副局长等领导职务；是中共小金县委十届委员会代表、小金县人大第十二届委员会委员、小金县第十届纪律检查委员会委员、小金县总工会第六届委员会委员。

铭记党恩，唱响生命。生在红旗下，长在新中国的我，得益于社会发展的好环境，满腔热情地融入声势浩大的改革大潮，自知为官一任，权力在手，就意味着责任担当，就意味着敬业奉献。从乡村小学讲台到县委大院，脚踏实地朝前走，尤其是从2005年7月到2010年3月，当我临近不惑之年，走出县委大院，安安心心在潘安乡工作的那段短暂而美好的时光，不但开启了一段新征程，也留下了人生最美好的回忆。

1999年2月，我有幸从村小学一步跨入县委大院，在县委宣传部做理论宣传工作5年之后，被组织破格提拔到潘安乡政府担任乡长。

为了转变当地干部群众的思想观念，把握时代发展的脉搏，紧跟时代前进的步伐，我组织带领全乡村支书、村委会主任、会计和妇女主任，赴金川、马尔康、理县、汶川等地考察学习。"衣食无忧开开心心养天年；风雨不浸真真切切谢党恩。"心系孤寡老人，在州、县民政部门的关心支持下，建起全区唯一一座敬老院，把党和政府的关爱惠及偏远的乡村，让全区所有孤寡老人暖心齐聚、颐养天年；新建起卫星地面接收站点，彻底解决全乡的通信困难；抓住地震灾后恢复重建的契机，积极争取基建项目，终结了4个村没有一寸像样村级公路的落后历史；彻底整改输电线路，动员全乡劳力齐上阵，且抬且拽，硬是靠人力将一根根水泥电杆及输电设备安装到全乡，一举解决绝大部分农户的用电困难；协同配合，强化管理，让各矿山企业都规范生产作业，将各种矛盾纠纷控制到最低限度。

十五

常言道："虎父无犬子，上阵父子兵。"在父亲的影响下，我的二哥刘期刚于1981年应征入伍，让军人之家锦上添花。退伍老兵再送新兵入伍，父亲为送子参军的梦想实现而感到无比自豪。在送别身穿绿军装、佩戴大红花的儿子从军之际，他老人家激动得热泪盈眶："儿啊！当兵就是为了保家卫国，你一定要刻苦训练，不给老爸丢脸，要为祖国增光添彩啊！"

二哥在阿坝军分区服役长达5年之久，从警卫班到汽车兵，其间曾受到过军训嘉奖，还光荣加入了中国共产党。几经辗转，始终从事着司机这个艰辛的职业。

他是都江堰市古堰公交有限公司102路公交车驾驶员，从事公交驾驶工作近5年里，创造了零事故、零违章、零投诉的优良业绩。为此，2017年到2020年，四年四大步，从一星优秀驾驶员晋升到四星优秀驾驶员。

有着35年党龄的二哥常说："虽然我已经从部队转业了，但是我从未忘记作为军人的使命和品格。"是的，正因为他是军人的儿子，又曾经有过5年的军旅经历，就此形成了吃苦耐劳、精益求精、严于律己的品质。

干一行爱一行，敬业精业的精神在他身上得到了充分展现。公司对他予以高度赞扬：他是一名老党员，有着坚定的理想信念，讲党性、重品行、作表率，树立了遵纪守法、热情服务、助人为乐的为人民服务良好形象。再因他"有啥就直说"的直爽性格，还曾为公司管理工作提供了不少建设性建议。

有人说，公交车驾驶员是城市的"摆渡人"，他们每天都坚守在岗位上，为大家出行提供服务，用自己的"辛苦指数"换取市民的"幸福指数"。他自然明白自己肩上的责任与担当，总是以饱满的热情、高尚的情操，践行着窗口行业文明使者的责任。2020年初突发新冠疫情，他主动请缨，利用自己的休息时间参与公司崇义、郫都区界牌处的防疫检查工作，对所有乘坐201路公交进入都江堰的人员进行体温监测和个人信息登记，严防疫情以此途经进入都江堰市。

四川省交通运输厅、四川省总工会授予他"2020年四川省最美公交司机"荣誉称号。他所在的公司，还号召全体员工以刘期刚同志为榜样，求真务实、爱岗敬业、无私奉献，做一名优秀的新时代公交人，助推都江堰美丽宜居公园城市和国际化生态旅游城市建设。"把平凡的工作做到极致。"都江堰报社、电视台相继对他的先进事迹进行了跟踪报道。而他膝下长女也成长为了一名光荣的人民教师。

家道兴旺、后继有人。父母膝下满堂儿孙，在踊跃向贫困挑战的奋斗历程中，一个也不甘落后——人人勤俭持家，个个爱岗敬业。大姐全家随父母从小金老家到都江堰市务工，20年后的今天，早把这里当成了第二故乡。

特别是得益于国家对基础教育的重视，孙子辈基本上都受到普及九年义务教育及寄宿制、书学费减免等政策的惠及，有的还考上了大学或中等专科学校，好几个人光荣加入中国共产党，其中还有七八个通过公开招考途径，走上了党政机关或企事业单位的工作岗位。他们有的是公务员，且已成长为基层领导干部，有的是医务工作者，有的是辛勤的园丁，还有的选择创业打拼，一应都秉承家风、勤奋努力，成为单位的业务能手、科技致富的带头人。我的长女刘琳还获得了"全国模范司法所长"荣誉称号。

十六

随着时光的流逝，历经沧海桑田，苦难已经过去，历史翻开了崭新的一页。当父亲不幸离开我们之后，家乡紧跟时代前进的步伐，已然发生了翻天覆地的巨大变化。

穷则思变，当地政府把国家的惠民政策用好用活，所有村组实现了水、电、路和网络全覆盖、全顺畅、全惠及。顺利跨越温饱线之后，又将发展养殖业及特色产业，作为增收致富的有效途径。自2015年开始，在乡、村两级组织的共同鼓励支持下，积极参与小金县清多香玫瑰种植专业合作社，在"公司+合作社+农户+基地"的发展模式中，我们村上首先开始试种高原玫瑰。经过几年的潜心经营，今年最高亩产已经从几十元飙升达到18000元左右。

这猛然翻了几十倍的经济收入，简直就是当初想都不敢想的天文数字！祖祖辈辈耕种的那一片土地，虽然五谷杂粮都能产出，但高半山最好的还是以小麦为主。普遍亩产就是三五百斤不等，土地承包责任制实施前，那些农业科研试验田的优质肥沃且精耕细作的土地，亩产也就是六七百斤。如果用今天的市场价格来计算其经济价值，根本超不过1000元！

相信父亲若是知晓"地大物薄、人口众多"的家乡发生这一系列变化，尤其是与他自己当年带领群众进行农业生产取得的那些成就的巨大差距，他内心也一定会感到无比欣慰！

十七

人生旅途，娶妻生子，成家立业，我一步一个脚印。有了付出，有了一份稳定的职业，还收获着一份份沉甸甸的礼物：2003年、2004年，被阿坝日报社评为优秀通讯员；2008年，被中共小金县委、县人民政府评为汶川特大地震抗震救灾先进个人；2009年，被中共阿坝州委、州人民政府授予"民族团结模范"称号；2014年，被中共小金县委评为优秀党组书记……

文学艺术是自己今生的业余爱好。自发表第一篇"读者来信"开始，自己坚持不懈，勤奋努力，成功加入了省级作家和摄影家协会。

截至目前，已先后在国家、省、州、县级报刊上发表作品3500余篇（幅）65余万字。有的作品还收录入《全国精神文明大典》《阿坝文库》等各种文集。有多篇（幅）文艺作品先后荣获全国或省、州举办的赛事奖项。

调研文章《怎样正确理解和把握"三个代表"在农村，切实为群众办实事》，荣获阿坝州庆祝建党八十周年理论研讨会优秀论文奖。

散文《夹金情缘》《古堡寻幽记》，分别获得阿坝州民族团结进步有奖征文优秀奖，《绿色生活，美丽阿坝》获2020年阿坝环保世纪行活动征文优秀奖；诗词《若尔盖诗语》，荣获四川省文化和旅游厅举办的"安逸走四川"征文大赛纪念奖；摄影作品《金猪贺岁》，被收录入中国摄影家协会主办的中华人民共和国成立70周年"我和我的祖国"大型摄影征集活动作品集；《黑水县羊茸哈德村》荣获四川省新闻学会、四川日报社联合举办的"发现天府·建筑之美"入围佳作奖。

曾担任文艺季刊《夹金山》（内部刊物）主编；主持编撰《四川省阿坝州小金、甘孜州丹巴县刘氏族谱》；先后公开出版发行《圣山情结》《格桑花开》和《晚春》三部文集；创作了《雪山·雪莲》《温馨家园》和《党旗飘飘》等20余首歌词……

毋庸置疑，我的成长过程，以及所取得的一点成绩，完全是父母养育、教导，共产党辛勤培养，再踊跃投身社会主义大家庭熔炼的结果！

一句话：没有共产党就没有新中国！没有无比强大的国防作坚强保障，就没有太平盛世，也就没有我们今天的幸福生活！

十八

"有口皆碑留遗范，无言敬奉寄哀思。"父亲去世后，正在上大学的长女刘琳曾撰写了一篇题为《老爷，您一路走好！》的文章，真切地表达了她对自己阿爷的沉痛哀思。她在文章结尾处这样写道："老爷，您一路走好！我从内心祝福您在属于自己的那个世界里开开心心，快快乐乐！"

我想，这也是我们全家及所有亲人，对已故前辈最虔诚的祝愿！

人生一世，的确有许多不如意。父亲离开我们近5年后，母亲也追随她的丈夫而去。

有道是：一朝失去成追忆，再次相见在梦中。母亲李成珍同样出生在河东屯下团一个苦寒的家庭里，外婆没有进过学堂，却凭其聪明才智记住了一大堆《增广贤文》里的良言警句，并用那些为人处世的观点，严格规范自己及子女们的言行。作为长女的母亲，自幼便接受了家庭的良好教育，但同时也经历了太多的艰难与困苦。有喜有忧，有苦有乐，进而造就了其诚实、厚道、温柔、贤惠的良好品性。

是的，在我们的心目中，母亲处事循规蹈矩，向来与世无争。她没有文化，也不善言辞，当然更不会花言巧语。自我懂事之日起，就没有见过她与邻里发生任何细小的争执，也从未有过一句对他人评头论足的是非话语。因此，不论她走到哪里，都受欢迎，都受尊敬和信任，家里自然就时常有前来到访的客人。为此，从青春年少到满头银发，刘婆婆身边自然也就有很多老少朋友，他们还会时不时给她馈赠一些小礼物——要么是蔬菜、水果，要么是一些糖果、糕点。

母亲是一名普普通通的农村妇女，家庭主妇，也是一名军人的合格妻子。她是家庭的脊梁、父亲的坚强后盾，与父亲患难与共、相濡以沫五十余载，圆满跨越"翡翠之喜"的美好婚约。她一生还非常乐意与人为善——给人说媒。值得骄傲的是，与她自己的婚姻一样，成功撮合缔结的十多对姻缘，没有一例走到半途就分道扬镳的。

路漫漫兮，人生如梦。情切切兮，可堪回首。父亲去世之后，还发生了一件趣事。遵照祖传习俗，自父亲离别人世之后，我的头发、胡须百日不得清理。因为我满脸络腮胡，不到两周时间，已经判若两人。县委书记见我那副老态龙钟的仪表很不满意，就找我曾经的直接领导、宣传部部长转达训示：

"你的下属，才从县委下到基层几天，不注重形象，竟然自由散漫，年纪轻轻就那个样子，像啥子话？！"

"这是小金的民间习俗：自己的父母过世，要守孝百日不理发须！"部长回复了书记。

我将此事给母亲说了。母亲委婉地劝我说："就是嘛，你是干部，领导咋个说，你就咋个办嘛！只要（你）心头孝敬（爸爸）就对了！"

记得高尔基曾说："世界上的一切光荣和骄傲，都来自母亲。"是的，十月怀胎的辛苦和分娩的切肤之痛让妈妈最能体会骨肉亲情，日常起居上的悉心照料，以及对孩儿的成长教育，更加深了彼此之间的感情，母亲对孩子的爱，已经不是用"慈母手中线"缝出来的衣裳就能够完全代表的了。

毋庸置疑，是母亲把我带到了人世，让我今生今世能健康成长，学有所成，学有所用。这一切离不开父亲的言传身教，同样有母亲的辛勤付出！

十九

光阴似箭，日月如梭，转眼就是15个年头。俗话说"无路庭前重见母，有时梦里一呼儿。"每每回忆起我和父母亲相处的朝朝暮暮，想起父亲曾经那些坎坷的人生经历，那些无法言表的愤懑与积怨，那些值得骄傲而永世铭记的点点滴滴，我总会百感交集，不禁潸然泪下……

诚然，父母与我们是最为亲近的人。但是我们总有一天，会挣脱他们的怀抱，脱离他们的视野，去走我们所选的路，去走属于我们自己的路。

我也深知，父母省吃俭用、勤俭持家，默默无闻，无私奉献。他们的一生平凡而伟大，对儿女们恩重如山。他们的不幸离去，留给我们的只有深深的悲痛和永远的怀念。

在生一世两依依，缘去阴阳终别离；昨日孩童怀中泪，今朝老树护新枝。此时此刻，我也只能虔诚地三叩首，庄重敬言："敬爱的阿爸、阿妈，安息吧！请您俩放心，和谐盛世，儿孙们永远不会令你们失望！"

难忘的一天

　　今天是2020年5月12日。12年前的2008年这一天，在中国西南的阿坝州汶川县，发生了一场里氏8.0级特大地震——"5·12"汶川特大地震。这是新中国成立以来破坏力最大的地震，也是唐山大地震后伤亡最惨重的一次。

　　地震发生当天，我在所在的潘安乡政府上班。记得当时，县公安局的胡启鹏等几位民警来辖地寻访，他们办完事，吃过午饭，大家正在办公室闲聊……办公室在4楼，我下楼一趟回去，刚刚落座沙发，突然听到沉闷的呜呜呜声响，紧接着大地就开始剧烈地摇动起来——十分清楚，发生了地震。

　　我的座位离门口最近，开始我们都十分淡定，继续闲聊。我说："不要慌，等一下就过了！"可是，剧烈的摇晃并没有如人所愿即刻停止。这一下，大家就有些着急了。我一边起身往门外跑，一边招呼大家道："有点凶的样子，大家赶紧跑下楼去避险……"

　　我们全体在岗职工，加上公差的民警有十来号人，大部分都很快就跑到门前的坝子里。只有胡启鹏同志落在了后面，原来是忙中出错，他不幸在楼梯上扭伤了脚踝，来到坝子上的时候，他已经是一瘸一拐的了。

　　潘安乡政府位于潘安沟的狭小冲积扇上，坐西向东，四面环山，俨然就是在一道沟壑底部中央。尤其是对面的山体十分陡峭，地势险峻，险象环生，汛期经常有山洪、泥石流灾害发生，有时候，飞石都会跌落到离政府办公楼不远的地方。大家站在坝子中央避险的时候，剧烈的震动还在持续，只见前后左右的山头，岩层崩裂，尘烟四起，纷纷有山石滚落下来……说实在话，当时，我们所有的人都已经惊恐万状。因为，在沟壑深处，根本无路可逃，不说如雨的飞石随时会砸到头顶，要是面前的5层楼房轰然倒塌下来，一切后果可想而知。

所幸的是，大地震发生了，余震不断，山头的飞石并没有更多地砸到我们所处的位置，楼房也没有倒塌。可是通信中断了，我们无法与100多公里外的县委、县政府取得联系，这里瞬间成为了一座孤岛。

稍微镇定之后，大家就在猜测说，地震这么厉害，震中肯定在甘孜州康定哪个地方。因为我们乡所处的位置是两州（阿坝、甘孜）三县（小金、丹巴和康定）交界地带。就近的康定的地震带上，曾有地震发生。

没有通信联络，不知道震中在哪里。但是，灾情调查得立马进行。待到剧烈的振动稍微缓解一点，我就在水泥坝子上，立即组织召开职工会议，做出工作安排：按照包村干部的工作职责分工，留一名工作人员留守值班，随时联系县委、县政府，听从工作安排，其余人员由包村领导带队，火速分赴潘安、火地、城门和纳东4个村调查灾情。

工作安排就绪，我与包村干部一道去了纳东村调查灾情。全乡基本没有村道，也就谈不上借助交通工具了，而狭窄的机耕道也仅有几公里，不能通向所有寨子，大家只能靠甩火腿。一路上余震频发，随时都有山石滚落，可我们都顾不得个人安危，沿着羊肠小道爬山进村寨。

我们首先到了纳东寨子，看到很多村民的房屋墙体裂缝厉害，村民杨文林及很多老百姓的厨房都是一层土坯瓦房，房屋上的瓦已经所剩无几，再看厨房里也是一片狼藉。每走一处，我们首先是询问人员伤亡情况，再大致了解财产受损情况。

在村干部的共同努力下，我们很快走访完4个村90%以上的农户，对全乡的基本灾情有了一个大致的了解，所幸没有房屋倒塌和人员伤亡。我回到乡政府已经近17点了。电话依然没有信号，政府办公大楼不敢贸然亲近，我们的邻居——潘安村龚仲康的家是一层土坯房，相对来说，比较安全，他们家的电视基本能正常收看节目。刚刚回到驻地，就从电视节目里得知这次地震的震中在本州的汶川县映秀镇。

一直担心乡里乡亲们的生命安危。调查完灾情，无人员伤亡，一颗心就落了地。给全乡村民继续做好防震减灾知识普及，详细统计灾情，让一切有条不紊地进行，就是我们最大的职责。可一个新情况，让我和同事们感到万分的焦急与不安！

当时，我的同事中有一名特殊身份的人，他就是阿坝日报社下派驻我乡潘安村的田敏同志。当天，我们纷纷下村调查灾情，他也到潘安村去了，在村上走访时，从村民家的电视了解到地震基本信息。震中，有他父亲在内的7个亲人啊！

这个消息是他18时左右，从村上回来才告诉我的。当我们知晓这件事后，心又悬在了空中，大家心里都为他的亲人们祈祷。可是，亲人生死不明，看到已经面无表情、垂头丧气的田敏，我的心情更加难过——震中，这个字眼，对于任何人来说，都明白其真实含义！虽然当时并不十分清楚灾情到底有多严重！

我安排炊事员给他煮了一碗鸡蛋面，可他哪里有胃口呢？就一直守候在龚家的电视机旁边，瞪大眼睛，目不转睛地关注着每一段新闻节目……我们大家都陪着他，陪着一个无助的儿子，焦急地等待震中传来一个有关自己家人的好消息！

夜幕降临，我们在惊恐与焦急的等待中，昏昏沉沉度过了人生最难忘的一天——2008年5月12日！好人一生平安，万幸的是，我们乡的群众暂时安然无恙，而后来得知田敏的亲人们也只是不同程度地受了伤。时过境迁，12年光景转眼即逝，这一天却就此留在了我的记忆深处。

是啊！今天的幸福生活来之不易！珍惜现在，活在当下，就开心过好每一天吧！

我和铠的小故事

铠，姓刘，名铠文，是我的外孙。2018年秋季学期上小学一年级。他自幼与我相处，于是，爷孙俩自然就有一些感人的小故事……

爱护环境

孙子上幼儿园的路上，有一排银杏树。

深秋时节，金色的叶子不断地从树上掉落下来，铺在道路上。凌晨时分，凉风习习。我送孙子去上幼儿园，看见环卫工人一边清扫，树叶还不断地往下掉落。

时到中午，我和孙子再打这里路过的时候，路面上几乎没有一片叶子。

"外公，地上的树叶咋不见了？"走着走着，孙子好奇地问我："外公，外公，我们早上路过的时候，地上有很多树叶，这会儿树叶咋不见了，它们都跑到哪儿去了呢？"

"呃……它们都在垃圾桶里边睡觉。"我边走边回答道："树叶掉落在地上影响了环境卫生，环卫工人就把它们都清扫到路边的垃圾桶里边了。"

"呃！知道了！"孙子点了头，望了望大树，若有所思地对我说，"外公，这树叶掉地上不卫生，那些爷爷奶奶扫地也很辛苦！要不，把它们都给砍掉，就再没有树叶掉落了！环境好了，那些爷爷奶奶也就轻松多了啊？！"

"不行！不能砍树！"

"为什么呢？"

"因为这些行道树，是为美化环境而专门栽植的啊！"

"呃！我明白了，有树木，环境就漂亮！"

"对啊！有良好的生存环境，小朋友才能健康成长！"

"呃……我知道了！上课的时候，老师也给我们讲，要爱护环境！"孙子蹦蹦跳跳跑进了幼儿园大门。

做　梦

时令进入初夏，天气转热，陪4岁的孙子铠文午休。孰料，无论怎样哄，都无济于事，他始终翻来覆去不肯入睡。

没辙了，我就举起一块塑料片，以示警告。

"外公我睡，我睡觉了，你不打我哈！"动作有点夸张，但还没有落下来，他就急切地告饶。

"那就好，你就学着外公，把眼睛闭上，静静地躺一会儿就睡着了。"我哄啊哄，自己已经进入半睡眠状态，窸窸窣窣，窸窸窣窣……身边却始终有动静，感觉到外孙根本就没有入睡的迹象。

"外公，我给你说个事情呢！"几分钟过后，他干脆又开口与我聊天了。

"你说嘛，啥子事？"我十分友好地回答，"你把事说了就睡觉哈！"

"好吧！我给你说了就睡觉。"他习惯性地用手拽着我的耳朵，很认真地问我，"外公，你做梦不？"

"要，要做梦。"我回答说，"人要睡着了才做梦！不信，你就好好睡觉，睡着了也要做梦！"

"呃……"他若有所思地回答我的话，好像明白了一些道理，嘴里不住地念叨，"呃！睡着了才做梦！睡……着……了……才……做梦！"可是，眼睛却依然瞪得老大，俨然不能入睡。

李冰是个大英雄！

"为什么呢？"与上幼儿园的外孙在一起，他总是要问我这个问题，经常弄得我措手不及。

这不，他们学校门前有一条小河，叫走马河。也许是一条灌溉渠的缘故，所以又叫红旗渠。

这几天，河水断流露出了河床。我们路过的时候，孙子就好奇地问我，"外公，这河里的水咋没有了？它们都流到哪儿去了？"

"这水，这河水啊是被管理人员排到另一条河里面去了吧？"在河岸驻足观看，我只有凭自己的猜测回答他说："都江堰有个专门管理河水的单位，他们可以调配河里的水。"

"为什么呢？不会是真的吧？"孙子有些疑惑，有些不相信我的答复，"外公，那么大的水，都可以弄起走啊？"

"行啊！完全行！"

"行，那你给我讲讲，他们咋有那么大的本领，把河水弄走了的？"

"好！好！我给你讲吧！"经不起他的穷追猛打，我耐心地给他讲道，"历史上，都江堰归蜀国管理。这个蜀国啊曾经有个当官的叫李冰。他看见从大山里流出来的岷江水，经常把成都平原的农房和良田冲毁，于是就组织人员，修筑了都江堰，把一条河分成几条河。这样一来啊，春夏时节，河水涨起来了有地方流去，就不会把房子、土地冲毁了！当枯水期，水位下降的时候，又可以把这条河的水排到另一条河里去。"

"呃……我知道了！"孙子专心听我讲完，点了点头，认真地说："外公，我知道了，李冰与变形金刚一样，是个大英雄！我要像他那样勇敢！"

"对！李冰就是治水的大英雄！咱们铠文长大了，一定比他还厉害！"但看铠文的脸上，露出了得意的笑容。

骗　局

　　周末，4岁的孙子扭着我玩游戏。

　　"外公，来，你拿一把枪……"孙子一边拿一玩具枪给我，嘴里一边安排，"外公，你演的是坏蛋哈！我要消灭坏蛋！快，你用枪打我……"说着就提起冲锋枪，跑到沙发的另一头躲藏起来。

　　"快，敌人来了，给我打！"孙子猛然起身，对准坐在沙发上的我一阵猛烈地扫射。

　　我应声倒地。

　　"这是玩游戏，外公，你起来打我嘛！"停止扫射，孙子要求我向他开枪。

　　"快，你用枪打我嘛！"

　　"要得，我开枪了！"遵照孙子的安排，我叮嘱道，"我是坏蛋，要向英雄开枪了哈！你要掩护好自己呃！"

　　"不！我不怕！"孙子并没有采取措施掩护自己，就站在我面前，还张大嘴巴，一边做出疯狂吞食的动作，一边高声叫喊，"外公，你使劲打嘛！"

　　"为啥不怕？英雄就不怕啊？！"

　　"不是，骗你的！"孙子一边说，一边对准我的枪口，张大嘴巴来接子弹。我很是不解，就停止射击，问孙子道："你不怕子弹吗？"

　　"哈哈……外公，我给你的枪里面，全部装的是葡萄子弹，你打过来，我全部给你吃了就是了！"

　　"呃……原来如此！我是被敌人给骗了！"

　　"哈哈哈……外公被骗了！哈哈哈……"孙子一阵狂笑。

又到"六一"

明天，就是"六一"国际儿童节了。

我们家现在有三个儿童——外孙铠文、筱芮和奥奥。虽然时间已经过去了半个多世纪，但每每看到他们因为要过节了一蹦一跳的高兴劲儿，我打心眼里高兴，同时也会情不自禁地回想起自己当年那个难忘的儿童节。

曾记得在家乡上小学二年级的时候，儿童节庆祝活动项目之一是安排在学校旁边一段稍微宽且平直的土路上赛跑（这条路现在是水泥路面了）。老师把参赛的10个人分成5组，轮到我参加比赛了，我双手合十，使劲往掌心里吹了三口气，再把两只手掌来回搓几下，然后弓着身子……算是做好了充分的赛前准备！

随着老师的口哨声响，我一个箭步冲了出去……可还没有冲出几步，右脚上只有半截后跟的布鞋就不听使唤，只听到"嗖"的一声，便飞到路坎下的麦地里去了！此刻，虽然脚上已经没了鞋袜，可我却没有放弃比赛，毅然光着脚板，一瘸一拐坚持跑完全程，并且是第一个冲过终点，以小组第一的好名次进入半决赛。

同学帮我捡回那飞出去的布鞋，让我做好继续比赛的充分准备。可自己总担心这只破鞋子还是要与我捣乱，左思右想，索性再把另一只鞋也给扔了，光着脚板参加决赛。可因为那路上全是小石子，每跨出一步，脚板钻心地疼痛，我根本不敢拼尽全力去加速、冲刺，比赛结果那就不言而喻。

　　回到家里，妈妈问我儿童节得到啥奖了。"只有一个'三好生'奖状！"我低垂着脑袋，低声细语地回答，"短跑没有跑好，就是自己的鞋子……"妈妈把我紧紧搂在怀里，半晌没有说一句话。

　　妈妈找来针线，给我把鞋子打了补丁，过了几天又赶着给我做了一双新布鞋。当我穿上新鞋的时候，她笑着说："下一次比赛，就跟得上伴儿了！"我穿上鞋，在妈妈面前走了几步，高兴地说："谢谢妈妈，我保证不得掉队！"

　　今天，当我看到孩子们都穿上一身新衣服、新网鞋，在他们父母的陪同下去过儿童节，心里感到无比幸福与快乐！

石牛情缘

　　泉水含羞细细流，桂花溢彩是清秋；

　　人间何处寻幽静，古蜀青城赛九州。

　　从都江堰市聚源镇乔迁入住石牛社区将近一个年头了。每当清晨，伴随黎明的曙光揭开天幕，我都会习惯性地推开窗户，对着赵公山东麓的韩家垭口来一个深呼吸，尽情享受着这惬意而美好的新时光！

　　是啊！有人说，李白在这里读书练剑，张道陵在这里羽化登仙，杜甫为它的天下幽代言，这便是青城山。当生长于大山深处的我，追逐夕阳的余晖，与这拥有世界名堰都江堰的仙境朝夕相处、无隙相拥的时候，心里便有一种莫大的幸福。

　　都江堰石牛社区（村），于1952年由今玉堂镇三台大队划出，新成立石牛大队，因境内沙沟河中有石牛堰而定名石牛。1962年至1983年，为石牛大队，1983年后，改为石牛村。2011年后改为社区，且被划归城市社区之列。

　　社区地处玉堂街道北部，有G213线和连接青城山与都江堰景区的有轨电车穿越其间，是进出家乡阿坝州的必经之地。面积2平方公里，辖4个居民小组，常住人口约3100人。

　　我与石牛社区着实有缘。30年前，兄长期刚把年近花甲的父母，从小金县新桥乡农村老家，接到今都江堰市玉堂街道阿坝州教委干休所，谋得门卫一职业。后来，离异之后的他娶石牛村张氏为妻，自己的户口随迁而来，成了地道的石牛人。父母也就在玉堂生活20余年。

光阴似箭，转眼到了2018年，经历"5·12"汶川特大地震的都江堰市，吹响灾后恢复重建的宏伟号角，为加快城市西区的建设步伐，政府引入房地产开发商万达集团（后转让融创集团），几乎将石牛社区辖地坝区土地整体征用，启动道路、桥梁及安置和商品房等建设项目。筑巢引凤，让社区实现了由乡村到城市的转型。

伴随城市建设的稳健步伐，石牛社区旧貌换新颜：迄今辖区有5个住宅小区、一所公办实验中学，有成都松柏仙台公墓等6个企事业单位。幢幢高楼拔地而起，鲤鱼沱大桥、鑫玉大道、环山旅游大道等道路、桥梁相继竣工投入使用，秀气、整洁的石牛社区，宛如雕刻大师精心制作的一枚印章，被镶嵌在了岷江左岸、赵公福地，绽放出绚丽的光芒。

有人说，大山的月亮，比不上城市霓虹灯的诱惑。与大多数大山子民向往繁华都市生活的心理一样，即将退休的我和家人一番合计，于2000年，加入都江堰市轰轰烈烈的购房大军之列。谁曾想到，花重金新购的这100来平方米的斗室，居然与沙沟河西岸兄长的故居近在咫尺……这或许就是我与这片土地不解缘分的又一见证吧！

也许是出于自己对文艺的特殊爱好，当自己入住石牛之后，除了时常上到楼顶"收割"都江堰市天空的梦幻光影，对石牛的历史渊源也产生了浓厚的兴趣。

通过走访社区书记马林和查看《玉堂镇志》（1911—2011）等有关资料和书籍得知：灌县（今四川省都江堰市）玉堂街道辖地在古时均属古蜀国之地。境内的赵公山盛产天麻、山药等名贵中药材，环山一带储藏有黄金和玉石。从唐朝开始，这里又兴起陶瓷业，人们便将其称为"金玉满堂"之地，"玉堂"之名由此而来并沿用至今。

原石牛村地界有一条沙沟河，河里碧水长流、滔滔不绝。相传两岸庄稼长势良好，却无缘无故屡遭人为践踏毁坏，村里人便自发组织暗中察看，欲一探究竟。

经过耐心守候，居然发现是一头体格健壮的牛作祟！众人欲将其捉拿，可那牛行动十分敏捷、快步如飞，一溜烟直奔沙沟河而去，随即销声匿迹。

人们坚信就是困在河中那块体形如"牛"的巨石得道显灵与民作梗，可是一连几天如此这般皆让其逃脱，人们愤懑不已而又无可奈何。这时，村里有老者认为那是神灵不得冒犯，须祭祀供奉，方能保一方平安。可事与愿违，虽然人们焚香祈祷，顶礼膜拜，可在接下来的日子里，这牛继续在夜色的掩护下窜出来捣乱。民众对此已无计可施，便将此事告诉了治水英雄李二郎。二郎闻后大怒，随即在村人的配合之下，凭借神力将其彻底制服，并掏出牛心弃于赵公山下，以儆效尤。自此，沙沟河两岸风调雨顺、人畜平安。

后来，人们又群策群力在石牛困水之地兴建了石牛堰堰塘，确保了两岸百姓旱涝保收。新中国成立后，人民政府在沙沟河上游兴修水电站，那石牛被炸毁，从此彻底消失在了人们的视野。

传说总归为历史的沉淀，真伪并不重要，重要的是民族优秀文化的传承与利用。有人说，世间没有白费的努力，也没有碰巧的成功，一切无心插柳，其实都是水到渠成。石牛之地从古至今虽然没有涌现聪慧过人的贤达人士、江湖奇人，但勤劳智慧的石牛人兴堰惠及千秋万代之举，是不争的事实——沙沟河有石牛，便有石牛堰，有石牛堰便有了日新月异的石牛社区。正是：源起岷江水，归流蜀地春；时光泻千里，恩惠后来人。

今非昔比，石牛社区曾经虽有名噪一时的陈家大院，但怎能与数十栋林立的高楼及宽敞的院落相提并论；南来北往、四通八达的便捷交通网，串珠成线、连点成片，这是石牛先民根本无法预见的现实。社区现有"两委"成员7人，党总支下设支部2个，党员65人。其工作重心便是遵照城市建设、管理要求，突出为民服务的宗旨，协助做好学校教育、医疗卫生等各项工作，努力为当地居民及来自西藏、青海、甘肃，以及阿坝藏族羌族自治州等地的外乡人，营造安宁祥和的人居环境。

是啊！欣逢盛世，作为"天府之源"的秀美都江堰，抢抓机遇，奋力发展，未来可期。今生选择"金玉满堂"之地颐养天年，尚有与民为善的"石牛"作伴，实乃悠哉、乐哉！

上坟记

扫墓，川西地区的人们习惯叫上坟。

家乡的人们通常选择在大年三十、清明节上坟。岁末上坟是给列祖列宗、列位已故至亲报告一年来的悲喜与得失，更是送去新春的祝福及钱财。而清明节是约定俗成的阴节——悼念亡人的节日之一（另外一个是阴历七月十三日，叫作"月半"）。每当上坟之际，晚辈要准备祭亡人用的日常用品（包括烟酒、糖果糕点、肉食、香、纸钱、鞭炮等），到死者坟前进行祭祀，以表后人对已故人的思念之情。

"睛点龙飞去，珠还蛇舞来。"临近除夕，我照例去给已故的父母及长辈们上坟。

我的老家在新桥乡下。因为工作的需要，也是他们在生的期盼，父母在十年前即随我搬家进了县城。可是在进城几年之后，他们俩都刚过古稀之年就先后病故。遵照双亲的意愿，没有把他们的遗体送回乡下，而是在县城后山山坡上一块弃耕多年的土地上将其安葬。

这段时间以来，每当午后都要起风，上坟要烧纸，燃放鞭炮，焚香祈祷，眼下水冷草枯，一旦不小心点燃山火，那不仅仅是犯罪，也是对脆弱生态的极大摧残，一切小心谨慎为好。所以，按照当地的习俗，我们在集市上购买了钱纸、香、鞭炮、糖果糕点、酒水等祭祀用的物品，赶在中午之前来到父母的墓地。

"爸爸、妈妈，我们来给你俩上坟来了……"摆好供果，我将燃烧的香攥在右手，在坟前肃立，口中念念有词，虔诚地向在天堂里的父母陈词。"一晃又过去了一年，感谢你们在天之灵，还有刘氏门中高尊远祖的不尽关照，你们的后人们都身体康健、心想事成、顺顺利利、万事如意……春节要到了，送来钱财香烟，愿你们也过一个快乐祥和的新春佳节！"

我掷香三叩首，随即将其分别安插在父亲和母亲坟墓的周边。安插完毕之后，我们小心翼翼地在墓前的石窟中点燃钱纸，彼此都随口念叨："爸爸、妈妈……"

"噼噼啪啪……"急骤而响亮的鞭炮声响，宣告上坟仪式的完结。香还冒烟，钱纸尚未化为灰烬，我依然在父母的坟前守候着，要做到人走火灭，也是不想匆忙离开。望着已经有些褪色的墓碑，浏览着亲手撰写、镌刻的碑文，我打心眼里感到自豪与满足。

我不是石匠，不懂篆刻工艺，只是父母将我送进高级中学的大门之后，今天能写出一两段像样的文字而已，所以，我总感觉要为老人们多尽一份孝心。于是，爷爷、奶奶、爸爸和妈妈四位老人的墓碑，就由我亲自选材、磨制、打造、撰写碑文并镌刻了上去。按照石匠师傅指点，用錾子做成的这几块石质墓碑，虽然不比专卖店的成品精致，但那碑上毫无书法功底的文字总显得那么苍劲有力，那么清晰而明了。

至于其他长辈的坟墓大多都在乡下，有时候要专门去上坟，倘若没有去，平时有机会回老家的时候就顺便上炷香，化些钱纸以表心意。还有的确实不能亲自前往，也就托人捎去自己的心意，代为上坟。我想他们一定在九泉之下也瞑目，也会为我等祝福安康。

其实，上坟的主旨大凡就是生者对逝者的悼念，对人世间美好生活的热切期盼。要是那香、那纸，那糖果糕点，那美酒、熟食……他们都能真切享受，那真诚期盼的话语他们都能听到，那就没有阴阳之分！而我们做晚辈的心里都非常清楚，那仅仅是一种纯朴而充满理性的精神寄托，是活着的人的自我安慰。与其说是生者对亡灵的倾诉，不如说是生者之间的相互安慰与鼓励。

这个时候，我看见我们的周遭，河的对岸山坡上，男男女女、老老少少，三五成群，在山路或者墓地行进。他们有的已经给老人们上完坟准备回家，有的刚从家里来到墓地，浓烟四起，鞭炮声此起彼伏，静寂的荒野显得异常热闹起来——这场景持续的时间虽然不长，但它却是人性演绎最美丽的篇章。

抑或上坟在各地有各自的一些讲究，但这是祭祀死者的一种活动，是中华民族几千年沿袭的传统。人生一世草木一秋，面对时光的飞逝和生与死的不尽轮回，我们应该做些什么？还能够做些什么？这样想着，我们踏上回家的路。

寻根记

世人皆有祖,有祖未尽知;人不知其祖,何以言敬祖;人若不敬祖,何以谈忠孝;人不尽忠孝,何以立身处世而教子孙焉!

经过两年多的艰辛努力,《四川省阿坝州小金、甘孜州丹巴县刘氏族谱》终于编辑成书付印了。这是首部记述家族200多年历史的文献资料,它了结了小金、丹巴两地刘氏支系寻根问祖、认祖列谱的一桩心愿。

故事还得从几年前说起。那是2017年春,在参加我族定居甘孜州丹巴县一房宗亲子女的婚宴上,有人提议家族要适时举办一次联谊活动,此提议很快得到了大家的积极响应。但要组织一次活动非常不易,要像模像样地召集大家聚聚,最主要的是要弄清楚家族的历史渊源!

1840年左右,我族先辈刘氏荣义、荣杨和荣州弟兄仁,从四川乐至县钦民乡(今双河场乡雷钵庙村或龙溪乡水口寺村,两村相邻为同一始祖)迁徙进入四川省阿坝州懋功县(今小金县),在河西屯甘沟(今新桥乡头卡村)地界定居。迄今已有180余年的历史,繁衍后世7代近700之众。且不说,此前这一支系的来龙去脉,根本没有一个完整的头绪,就是在这近两个世纪的岁月里,族人几乎没有组织过一次有族人集体参与的交流活动,至关重要的是,未曾组织修谱之类的事宜,以至于彼此之间的血脉亲情,有一些淡漠。于是,集体商议,聚会自然重要,理当率先组织寻根问祖,编撰族谱。

本着为家族历史留一点笔墨,使这一血缘关系如江河之水源远流长、发扬光大的宗旨，我们开始谋划家谱资料的搜集整理。编撰族谱，寻根问祖是第一要务，可是180多年几乎无文字留存，寻根问祖该从何入手？这是摆在我们面前的首要难题。

幼年时代，听父亲给我们讲述过高祖安葬的地方，但对家族的根源不得而知。自己慢慢长大成人，但对家族的事情根本就没有足够重视，很少去拜祭家乡那片土地上埋葬着的最高辈分的长者。

寻根问祖，理当自此开始。因为也曾听到前辈们说过，家族的几位先祖的墓地立有墓碑，但根本没有走到近前察看，自然就不知晓到底记载了些啥内容。当家族集体商议启动寻根问祖之事后，我首先就想到了这一点。于是，迫不及待地去到安葬老祖先们的坟地进行实地考察。

风和日丽，艳阳高照。在初冬的一个上午，我来到了老祖先的墓地，满怀虔诚地庄重祭拜一番之后，端详起那些大大小小的墓碑。

那基本上完好的几个坟茔，大都立有墓碑，其规格、字体及篆刻工艺各不相同，也不能算大户人家一流水准的碑刻，但历经至少130多年风霜雪雨的风化、侵蚀，却只有极少数文字因风化或上坟烧钱纸而损毁。我逐一仔细辨认，并用相机微距予以拍摄记录，以便通过电脑技术精确显示，后再根据前辈们的口头传颂——印证，没费多大工夫便将所有碑文完整无缺地复制了出来。在大山深处的那个年代，也绝非富甲一方的大户人家，尚能将其先辈集中安葬，且有较为完整的碑文记载，并不多见，这不能不为咱先辈们孝老爱亲优良的传统美德点赞！这也让我坚定寻根问祖的信心。

从墓碑上依稀能辨认的文字记载考证：刘荣义为兄长，系四川省乐至县钦民乡许家沟生长人氏，出生于道光甲申年（1824）八月初九戌时，光绪甲申年（1884）二月初三子时，在懋功河西屯甘沟病逝。其墓碑为光绪十一年（1885）二月立。老人膝下有四子，分别为刘怀赓、刘怀堂、刘怀禛和刘怀清（钦）。其大房安葬在杨棚子，墓碑被损毁，生卒年月不详；二房妻子何氏身世不详，仅从安葬在其左侧的墓碑上留下的文字知晓，她亡故于宣统二年（1910）四月。如果就此推测，倘若他们为同龄人，老人应该是年过八旬的寿星。

在何氏左侧，安葬着一位女性马氏老人。其坟茔完好，墓碑碑文显示："真命嘉庆乙亥（1815）年四月二十四日寅时生，光绪甲申（1884）年十一月二十一日辰时归老。"立碑人为孝外孙：刘怀赓、刘怀堂、刘怀祺和刘怀清（钦）等。据此推断，该老孺为何氏的母亲，也就是刘荣義的岳母。其归西之后，由刘氏外孙们于光绪十一年（1885）二月，为其立碑以示铭记。

再往左马氏坟墓的左边，为刘荣杨老人的坟墓，坟茔完好。碑文记载，其为盘龙沟新房子生长人氏，道光十三（1833）年八月初一生，于光绪二十三（1897）年三月十六酉时在懋功西屯病故。墓碑立于光绪二十五（1899）年二月。膝下有两男，即刘怀山和刘怀东。在其左边和前方位置，还有两座有些破损的坟墓，据说都是刘氏家族成员的墓地，左边已垮塌的坟墓，没有墓碑，推测应该为老人的妻子。前方已经没有坟墓土堆的墓地，据说安葬的是一位他们同辈姑妈身份的老人。

虽然没有家谱资料，但是几块墓碑记载了家族极其珍贵的历史资料，真让家族倍感荣耀，也让四邻肃然起敬，刮目相看。虽然关于刘氏三兄弟迁徙入懋功的具体时间、年龄、是否携家带口等无文字记载。但这足以引导后人去追踪家族的迁徙情况了！可乐至县那么大，钦民乡在哪里？许家沟又在何处？摆在眼前的一连串难题，让激动的心情一下子又平静下来。不过，好歹找到了关键的县市，而不是像先前寻根那样去瞎碰。

家住丹巴的刘继荣阿爷于解放初期，前往安岳或乐至寻根。20世纪80年代初，家父刘树清也曾只身前往这些地方寻找宗亲。但是他们基本上都是誊抄或者记下了本支刘氏的字辈，并没有留给后人更多的文字资料。除去家父说他曾到了乐至县的倒流镇（今回澜镇），见到了刘氏宗亲族人以外，其他均没有说明到底到过哪些地方，遇见了哪些人，是否找到了祖上的出生地，见到或了解到返回老家的刘荣州本人，或者其后裔等本门族人。

此外，丹巴县的刘启航在安岳寻过亲，今小金县新桥乡北马村居住的刘荣杨之后刘树根携子刘启军，于2015年至2016年又前往乐至、安岳寻亲，他们先后到达乐至县的盘龙镇和安岳县的周礼镇等地，见过同门宗亲，但是寻根路上，依然没有寻找到真正的根源。

俗话说，办法总比困难多。随着社会的不断发展，借助便捷的网络技术，我终于查找到了乐至县，再查找到与许家沟有关的行政区划信息。尤其是联系上了四川安岳、乐至县及广汉等地的宗亲，后又联系到湖南隆回的宗亲的一些信息。我和兄长刘启刚，在热爱宗族文化传承的同宗宗亲彭州晚户刘继伟、安岳先户刘彬（光字辈）、安岳茂户刘光超等的支持下，没有间断彼此间在微信和qq上的密切联系，并于2017年10月，先后三次前往乐至县双河场乡、龙溪乡及周边地区寻根，基本了解到高祖刘荣義和刘荣杨的出生地，以及该地家族的祖籍来源、族人繁衍生息与迁徙的大致情况。

2017年10月3日和29日，得到了乐至县的同姓兄长刘思源、双河场乡张开明的友情相助，刘启刚夫妇和我先后两次结伴前往乐至县双河场乡和龙溪乡寻找祖上出生地及宗亲。虽然没有找到与本门宗亲有紧密关系的族谱资料，也没有确认刘荣義、刘荣州和刘荣杨三弟兄的关系，以及刘荣州的去向，但是根据存留在小金新桥头卡村地界的坟墓碑文，基本确定刘荣義的出生地为乐至县钦民乡许家沟，即现在的乐至县双河场乡的雷钵庙村或相邻的龙溪乡的水口寺村一带。刘荣杨出生地为盘龙沟新房子，即双河场乡的盘龙沟地界。2018年1月2日，我和丹巴县刘启林、北马村刘期均夫妇，再次前往乐至县龙溪和双河场乡地界，寻找族谱资料，就邦燕公碑文、高屋基的记事碑、许家沟及磐龙沟地界等进行进一步考证核实。

通过对当地同字辈宗亲的走访得知，居住在此地的刘氏宗亲一世祖为刘邦燕，邦燕公的配偶为王氏，膝下有两子，分别为正国公和正朝公，弟兄俩膝下分别育有四、五房子孙。其字辈经确认又与湖南省邵阳市隆回县刘氏义甫公后裔世系吻合，言下之意，小金、丹巴刘氏乃湖南隆回的义甫公后裔——为义甫公下洞然公膝下的茂户后裔。

至此我支刘氏的迁徙路径已经清晰，大致为：祖籍湖南隆回，始祖宋朝义甫公。湖广填川时由邦燕公携子首迁四川乐至，后由荣義、荣杨、荣州公等从乐至迁阿坝州小金县安居。20世纪20年代末，刘荣義的三子刘怀禛举家搬迁到甘孜州丹巴县岳扎乡地界定居。

明末清初，天下大乱，内有盗匪为患，外有金虏入侵。国力衰竭，社稷危殆，哀鸿遍野，民不聊生。《荒书》中说：四川盆地残民无主，强者为盗，聚众掳男女为脯食，血腥屠杀战争不息，瘟疫随战争接踵而至，尸横遍野，虎狼出没，荒无人烟，整个四川地区人口急剧减少九成以上，就是四川省府成都城内也有猛虎出没，大摇大摆地在大街上觅食，遍地呈现萧条凄惨之景象。为了恢复四川的生产力，当时的朝廷决定从湖广移民入川，"湖广填四川"应时而生。历史上大规模移民填四川达七次之多。

几百年来，由于楚蜀两地相隔千山万水，两地宗亲，少有往来，特别是近百年以来，两地宗亲们大都忙于生计生存，两地往来就彻底中断，音信杳无，四川阿坝州小金县和丹巴县刘氏三兄弟，自1840年左右，从四川乐至县迁徙进入，至此与四川乐至县等地的宗亲也因路途遥远从未联系，更谈不上与湖南祖上血脉相认，故未曾保存有族谱资料，也未从高祖刘荣义的出生地寻找到族谱资料，这真是甚为遗憾！但是，通过族人的不懈努力，寻根问祖初见成效——基本理清了血脉，基本破解了"我是从哪儿来的"这一道人生难题。

光阴似箭，转眼又过去一年。回想起寻根问祖的一路艰辛，有苦有甜，有喜有忧，令人终生难忘。

在寻根问祖的路途上，启刚兄开车尚为新手，在去乐至县龙溪乡途中，遭遇连绵细雨，狭窄的村道更加湿滑，车险些侧翻稻田，侥幸排除险情再上路，车胎又被锋利的混凝土块划破而动弹不得……我们第三次前往乐至走访的时候，启林兄弟重感冒正在医院输液，听说要去乐至寻亲，他坚决要求停止治疗，驾车载大家踏上寻亲之路。从早到晚，几百公里路途颠簸下来，他的病情明显加重，不得不星夜赶回温江，继续接受治疗。

看到兄弟为了找寻到祖籍地的艰辛付出，自己非常感动，以至于忘记了痛风、踝关节疾患、神经性耳鸣等病痛的烦恼，废寝忘食广泛查阅、收集志书文本及地方流传民间的传统文化资料，以及与刘氏门中有关的各类史料；利用人脉关系广泛联系省内外宗亲，终于与湖南隆回县、乐至县、安岳县、广汉市、彭州市，以及成都市及其周边市县的刘氏宗亲取得了联系，建立了感情，并多次多方拜见请教，获得许多宝贵的资料，使族谱资料内容更加详尽、丰富。在族谱编辑制作上，更是讲求精细排版设计，逐字逐句反复酝酿修改，以确保族谱资料相对完整，具有可读性和史料收藏价值。

在寻根问祖及整个族谱资料搜集中，涉及本门刘氏前世今生的所有资料，参照了湖南宗亲刘国政（刘期墅）组织编撰的《邵陵隆回刘氏总谱》《邻水刘氏总谱》等刘氏族谱资料（有的给作者署了名，有的未曾注明）；有关刘氏义甫公十五户的记载、世系及班次表校对等，得到了素未谋面的湖南隆回宗亲刘期贵（奇户）、刘期墅（刘国政，奇户）、刘期虎（富户）和刘正华（茂户，光字辈）、刘文成（茂户，继字辈）、刘光惠及江晓莲（奇户，光字辈）夫妇、刘志平（期字辈）等提供的族谱资料查询印证。虽然没有找到乐至县当地族人保存的族谱资料，但是我族祖辈荣义、荣杨公的出生地，以及邦燕公下至荣字辈族人的相关史料记载，是在刘继伟、刘光超、刘光斌等的引导下，得到乐至县双河场乡人大主席张开明，宗亲刘光勇、刘期儒，家门兄长刘思源等的鼎力协助，通过查看邦燕公的墓碑碑文——得到了查实，并通过湖南宗亲保存的老谱记载得到进一步印证。族人刘述基，湖南宗亲刘期贵、刘志坚，彭州市宗亲刘应茹，阿坝州文化局原局长冯传登，著名书法家王程、杨四光，好友杨军、周德彬等，知晓我族编撰出版族谱，激情挥毫泼墨，赐予极其珍贵的一幅幅墨宝，以示祝贺。就在族谱资料最后定论之际的宗亲聚会上，安岳的刘光超、刘勇彬，广汉的刘光勇，彭州的刘期洋，成都的刘继伟，甘孜州丹巴县梭坡乡籍刘氏树槐等宗亲，都提出了宝贵的修改意见和建议。所有这一切，都不是用金钱能够买来。虽然，截至目前有些资料尚需查证、完善，但至少可以这样说，我们找到了本门刘氏的根源，为家族的文化传承立了一块基石。

寻根问祖路千里，血脉亲情皆可依；一世人生匆促过，且欢且乐倍珍惜。家族文化的传承，就是中华优秀传统文化挖掘、传承、保护利用的重要组成部分。"修谱积德承先贤，敬祖旺族启后世。"我们还成功编撰了27个篇章的族谱资料，较为清晰地呈现了湖南隆回县和四川乐至、小金、丹巴县的历史渊源及现状，尤其是图文并茂地展示了家乡的自然风光、风土人情。此外，也收录了部分宗亲的书法、摄影、文学作品。正如阿坝州原文化局局长赠言的那样，我们的族谱是家族的一部珍贵史料，也是对外宣传的一个窗口；是真真切切的积德，是对民族文化的保护、挖掘与传承，更是对中华民族传统美德的继承和发扬。

一副对联

　　祭祀先祖，是中华民族供奉祖先、孝敬老人、孝道文化教育的一项传统活动。它表达了炎黄子孙对家乡、故土的热爱和眷恋，是中华民族敦亲睦族、行孝品德的具体表现，是人们生活在这片古老土地上的幸福和动力。

——题记

　　清明节前夕，我和两个哥哥相约，去乐至县龙溪乡水口寺村地界，给本门刘邦燕等先祖上坟。当天上午，我还在医院治疗痛风顽症。趁着在城市公交公司做司机的二哥轮休之际，午后结束治疗，我们就从都江堰市出发，急急忙忙驱车向目的地进发。

　　阳春三月，万物复苏。都江堰到乐至地界的天气都十分晴朗，车在高速路上飞驰，顺着车窗往外眺望，花草树木已是葱葱郁郁、花团锦簇，令人赏心悦目。

　　祖籍之地，乃亲近之地。1840年左右，我族刘氏荣義、荣扬和荣州弟兄仨，从四川乐至县钦民乡迁徙进入四川省阿坝州懋功县（今小金县），在河西屯甘沟（今新桥乡头卡村）地界定居。迄今已有180多年的历史。其间，我族刘氏小金、丹巴支系人丁兴旺，已经相传了7代人，但因种种原因，其后裔没有一部完整的族谱资料，也未曾组织编撰。为了结族人心愿，我便自2017年10月至今，4次踏上乐至县寻根问祖。

　　我族始祖讳仁仲（字义甫），从江西泰和县由官宦迁入湖南隆回，至今有800多年。大宋年间，义甫公受朝廷委派担任潭邵（今湖南长沙、邵阳）二州刺史。老谱记载："恩铭潭邵，平郴盗，洗同蛮，几经永丰大江东，见雷鸣观前有野曰：屯兵坪，山环水秀，故呼子伯良而家焉"，这是我祖落户湖南隆回的始迁地，四世祖逆流而上，迁至杜石田心（今桐木桥），此便是我族十五户刘氏之发祥地。相传一世祖刘邦燕，字伯昌，清顺治十七年（1660）庚子十一月十七日酉时生，为义甫公后裔文恺公之长子，殁葬于四川省乐至县龙溪乡水口寺村地界，其殁葬具体日期不详。先祖走湖广省麻城县（今麻城市）金滩镇进入四川乐至县古钦民乡（包括现在的双河场、龙溪乡、回澜镇、通旅镇、石湍镇、东山镇、孔雀乡、佛星镇部分及天池镇部分地区）。据本门老谱记载，其当初插占之核心地为高屋基，即在今龙溪乡水口寺村所辖之地，也就是安葬祖公的山下。

　　岁月如歌，斗转星移。其历代后世皆细心看护墓地，并数次修缮，最近一次立碑为1871年，迄今有150多年的历史，历经风霜雪雨，坟头已经有一些破损，非常欣慰的是其墓地墓碑向前倾斜，大部分深埋地下，从而减少了风蚀对其的损伤，让其99%的文字得到了保护。去年，当地宗亲在清明节之际，又将坟地进行了修缮，让其墓碑完整显露出来。此行，在祭祖的同时，对此碑文记载进行进一步考证，以求查实相关内容，解除心中的一些疑惑。

　　"派发三楚儿孙远，恩流四川万代兴。"这是墓碑的对联。抑或是没有一睹真容之故，此前真没有在意，自认为就是民间常用的通俗言辞而已。今日完整呈现在我们面前的时候，让我对其产生了浓厚的兴趣，认真品读，顿然对族人的聪明智慧及大度气概再生由衷之敬仰。

　　此碑高1.82米，宽1米有余，取材整块青石，厚有0.2米，非常有气势！在当地不能称为绝无仅有，但为数不多。从碑文记载看，除了镌刻有膝下三代儿孙姓名及妻室姓氏之外，落款尚有"匠师"和"首事"之人的名字。而这些人是他的第五、六、七代子孙，言下之意，立碑并非其近代儿孙，而是时隔百年之后的后裔所为。再从墓碑左右罗列的时间辨析：乾隆四十七年（1782）仲春月朔二日谷旦；同治十年（1871）仲春月中浣望六日谷旦。足以尽显其后世对其祖宗的无比尊敬与爱戴之心，亦彰显其后世之昌隆。

而就墓碑对联内容，岂能用普普通通予以形容？显然不能！明末清初，天下大乱，内有盗匪为患，外有金房入侵。国力衰竭，社稷危殆，哀鸿遍野，民不聊生。《荒书》中说：四川盆地残民无主，强者为盗，聚众掳男女为脯食，血腥屠杀战争不息，瘟疫随战争接踵而至，尸横遍野，虎狼出没，荒无人烟，整个四川地区人口急剧减少九成以上，就是四川省府成都城内也有猛虎出没，大摇大摆地在大街上觅食，遍地呈现萧条凄惨之景象。为了恢复四川的生产力，当时的朝廷决定从湖广移民入川，"湖广填四川"应时而生。历史上大规模移民填四川达七次之多，从入川形式看，主要有三种方式：一是奉旨入川，二是求生存入蜀，三是经商入蜀。

"派发三楚子孙远。"从字面去理解，指的是此房族人的祖籍在湖南、湖北三楚之地，现子孙远居四川（与下联呼应），他们的先辈积极响应朝廷之号召——奉旨入川。虽然后世心里依然存有"远离故土，背井离乡"的些许无奈，但是家族的迁徙之因清清楚楚、明明白白、真真切切、坦坦荡荡，无怨无悔。凝练的一句话，道出了族人对国家的热爱之情，同时还隐含对儿孙们"祖宗虽远，祭祀不可不诚"的诫命，虽然自古忠孝不能两全，但虔诚是做人的本分。

"恩流四川万代兴。"下联的"恩"字，画龙点睛，既有族人对四川当地农业、经济、文化等的贡献之恩，也有川人对族人的知遇之恩。相互帮衬下，万代兴则是对定居四川的族人的希冀。

据史料记载，清政府施行了一系列"填四川"政策，主要是鼓励外省移民入川垦荒。如规定凡愿入川者，将地亩给为永业。各省贫民携带妻子入蜀者，准其入籍等。在赋税政策上实行额外的优惠。康熙下诏对移民垦荒地亩，规定五年起才征税，并对滋生人口，永不加赋。还规定移民原籍地当局和入四川落业定居地当局，配合移送核实，安排上户籍、编入保甲。这些政策为移民创造了好的环境和条件。知恩图报，不是说在嘴上，写在纸上，能在老人的墓碑上镌刻下来，那就是流芳百世的千古定论。姑且不管此联出自谁的手笔，不可否认这就是刘氏家族遵从尊老爱幼的孝道文化与知恩图报传统美德的座右铭。

　　"归去坐西穷远方，一弯福地葬伯昌；受朝派发别三楚，奉命入川居异乡。早起勤劳置家业，晚来秉笔写华章；鸿鹄星彩泽今世，后代儿孙续兴祥。"

　　艳阳高照，春意盎然。我们驻足祖公坟前，点燃红烛与香，化了纸钱，敬上美酒，一叩首，二叩首，再叩首，刘氏邦燕公携家带口受派入川，遵纪守法、勤劳耕作，薪火相传，生生不息，兴旺发达的祥和景象跃然眼前……

故乡的云

　　登高望远，被白云爱恋过的故乡美景便尽收眼底。待我小心翼翼地将其一一收藏，然后让它们在自己的笔尖下吐露芬芳，并随那悠悠白云飘向远方，便成为了内心深处永久的感动，不灭的记忆。

八美纪行

协德的油菜花

步入夏日，气温开始逐步升高，坐在山区小县城的家里，也感觉到有些闷热，再加上不时有山洪泥石流的相关新闻出来，因此就打算宅家避暑避灾。

7月22日傍晚，在都江堰居住的二哥给我发来微信，说想一起去甘孜州八美镇看赛马！

单说赛马这事，我不是十分感兴趣，曾拍过很多次赛马的场景，都没有获得几幅像样的照片！但是二哥邀约也不好拒绝，于是我随即与在甘孜州八美镇协德街村安家的兄弟期建取得联系，打听一下赛马及其他信息，比如青稞、油菜花风景……

"哥，这段时间的油菜花正开，可以来看看哦！"期建明白我们的来意，详细地介绍了当地的一些情况：一年一度的赛马、跳藏戏，再加上一望无垠的油菜花也盛开……了解到这些情况，我答应与二哥同行去八美走走看看。

7月23日早晨，二哥驱车从都江堰市出发，到小金已经是正午。简单吃了午饭，我们就沿着小丹路西行而去。

车在宽敞的道路上行进，沿途的那些风景都留在记忆之中，但是时下烈日当空，也不是摄影的好时段，何况室外的温度也在30℃以上，所以懒得停车去赏景，索性让其从自己眼皮子底下一一溜走。

当我们翻越疙瘩梁子之后，豁然呈现于眼前的景象顿时让我们兴奋起来：夕阳西下，一缕阳光从云层中穿透出来，投射到金色的高原的盆地间；几条蜿蜒的道路横七竖八，将金色的油菜花田分割开来，一簇簇绿树和整齐划一、色彩亮丽的藏式民居镶嵌其间，俨然一幅幅精美的油画。此情此景，不由得想起曹雪芹《杏帘在望》所描写的景致来："一畦春韭绿，十里稻花香。"只不过，眼前这绿并非韭菜，这花也不是稻花，而是高原油菜花。

我们急切地停下车，选择最佳观景点，架起相机狂拍一通，竭力定格下一幅幅唯美的高原夏季景象，才又往惠远寺赶去。

时不我待，当我们边走边拍，磨磨蹭蹭赶到协德街村民众聚会的地方时，这里早已曲终人散，不得已只好去寻找住宿了。

兄弟期建外出务工了，弟媳热情地将我们接到他们在惠远寺旁边的家里小坐。这时候在八美镇上班的侄儿光明听说我们到了八美，也兴致勃勃地从镇上开车赶来迎接我们。

八美镇离协德街村不远。一阵寒暄之后，侄儿说镇上的条件也不错，第二天要带我们到墨石公园去看看。

赛马就在协德街村惠远寺前面的赛马场举行，我本身对拍摄赛马不是十分感兴趣，听侄儿说要带我们去墨石公园游览，我的兴趣一下子就来了，而二哥知道赛马场不是在他心目中的草地上，也多少有点失落，于是，我们就决意跟侄儿一道去八美镇上住宿，待到第二天一大早去墨石公园走走看看，随后再返回来看赛马。

离开协德街村朝八美镇出发，天色已经昏暗下来，还在路途居然下起了暴雨。俗话说，彩虹总在风雨后！在这一马平川的高原，倒是不担心山洪泥石流，反而为大自然的恩赐所欣喜——摄影者渴求的天气！

雨中的墨石景观

吃过晚饭，侄儿说他刚接到通知，第二天早上要参加一个重要的会议，所以不能陪我们一起去墨石公园了。不过，他说我是省摄影协会和作家协会的会员，景区是欢迎我们免费进入景区采风创作的！末了，他还说已经与景区那边的一个经理联系过了，明天早上直接去找他带我们就行了！

次日凌晨，天空依然被乌云笼罩，雨还依然淅淅沥沥地下个不停。我们赶在开园的时候驱车到了景区门口，但看前往公园观光的游客，排成长长的队伍。我随即与李经理通了电话，顺利地从售票窗口拿到了一张免票的单子，坐上观光车，朝公园进发。

道孚中国墨石公园被誉为"中国最美景观大道第八美"，是格萨尔王发祥地之一，也是道孚八美之一。我对其早有耳闻，前几年，走丹巴到康定，又从康定走塔公草原返回，这样的行程不止一次，但始终没有深入其间观赏石林，总认为那墨石没有啥稀奇的地方。这或许是因为在大山里成长的孩子，对大山的形象见惯不惊吧！

不过，身为大山的孩子，又因为今生与文艺结缘，让自己始终对大山敬畏并充满深深的爱恋——不忍离去，不能离去！

观光车的行程并不远，也就几分钟时间！以至于同行有人惊呼道："这一截截路，几个拐就把我们给忽悠了哈！"不过这阴雨天气，简短的行程就将我们载到了完全能俯瞰墨石的高地，也是一件好事。

下了车，依然细雨蒙蒙，我们撑起伞与其他游客们一道行走在青稞地中间的栈道上，也就是200来米的行程，便来到了墨石公园的制高点。

举目眺望，朦朦胧胧，整个公园尽收眼底，俨然就是一个硕大的石林沙盘。第一次欣赏这刀劈斧削、峰峦叠嶂的纯墨色世界，倒真让我的内心感到震撼。

是的，我曾了解到八美石林是由三叠纪板岩构成，受第四纪以来的新构造运动影响，沿康定—道孚—炉霍一线形成了著名的鲜水河断裂带，断裂带中的岩石，受到挤压、剪切，发生破碎、糜化，形成构造糜棱岩。它在八美附近最为典型和集中。断裂活动形成的糜棱岩由于青藏高原隆升而被暴露出地表，这些胶结疏散的糜棱岩，遭受雨水的不断冲刷，风雪的铲刮，重力崩塌等作用，就形成了状若石林的景观。因这种岩石软弱且含钙质，千百年来，经大自然风雨流水的侵蚀，相对柔软的部分消失，留下坚硬的固体形态，进而造化成了今日千姿百态、雄奇壮观的土石林景观。

作为一个摄影迷，虽然细雨蒙蒙、淅淅沥沥，但依然舍不得眼前晃动的景致。我将雨伞手柄插在左边的上衣口袋里，试图让头顶上的伞遮住雨水，端起相机记录下雨中的墨石景观，以及撑着伞，或穿着雨衣与我一样在栈道上漫步的游客们。

大自然的鬼斧神工着实令人心悦诚服，尤其是这雨中的景象别有一番滋味。二哥已经随人流消失在石林之中，当我沿着栈道快下行到石林中央地段的草地上时，天空的雨点少了许多。我驻足打量四周，用镜头追寻着一个一个的亮点。

只见草地右边尽头处，不时有几个人来来往往……远处凸起的石林挡住了灰蒙蒙的天空，那些要么撑着雨伞驻足不前，要么蹲下身子将背影交给我，把目光投向石林景观，要么埋头专注玩着自己手机的身影，完全就是精心策划的美学构图，怎不让人欣喜若狂！他们走进了我的视野，我定格了他们奉献给摄影师的唯美画卷。

拍完这一组镜头，我又情不自禁地来到先前那些免费模特儿所处的位置，想探究一下他们为啥要在此停留的缘由。

原来，在草地的尽头前是一条沟，这沟不是很深，约莫有10来米开阔，把草地与石林间隔开来。站在草地边沿，放眼石林是一个绝佳的位置，而眼前的石林中便有不少游客来来往往，那纯的黑与五颜六色的服饰交相辉映，俨然就是画中之画、景中之景了！果不其然，在石林右上方一块U形缺口处，便出现了两把唯美的花伞，好似特意为我安排的点缀之物。

撑伞的是两名少女，右边一位穿着花裙子，她撑着花伞保持站立的姿势。左边靠前那位穿着黄色衣服的女孩位置明显较低，只见她时而把伞撑起来盖住了上半身，时而又把伞扛在肩头，不断摆弄着姿势，明显是让后边站立的伙伴儿给她拍照。这一切被我从相机的长焦镜头里看得一清二楚。不可否认，她们被这美景所陶醉，我也被风景里的画卷所吸引，以至于痴迷地追随她们的背影而去。真应了有句成语所说的那样："螳螂捕蝉，黄雀在后。"美哉美哉！

　　两把花雨伞消失在我的视线里，于是我便跨越深沟，朝着她们消失的地方奔去……果不其然，刚才那两名少女沿着一条小路，下到了石林深处，继续用手机相互定格自己的各种倩影。

　　这时候雨已经基本停了，我的眼前就是一片墨的世界——墨的山峦、墨的沟壑。在这墨的世界里，两个不是墨色的青春靓丽的身影在灵动，她们让我忘情地追踪墨的世界，记录下唯美世界里的唯美。真是珠联璧合、相得益彰！

　　是的，八美墨石公园的山体造型，在地质成因和自然环境方面十分特殊。眺望石林，群峰汇聚，万塔林立，峥嵘起伏，层峦叠嶂，景象万千，如同有人精心制作的山地盆景。身临其境，深感目不暇接，令人流连忘返。有人说，这些石林有的像白鹿望天，有的似猛虎下山，有的仿佛猕猴酣睡，石柱、石笋、石蘑菇、石莲花更是千姿百态、栩栩如生，犹如童话迷宫一般。八美土石林的绚丽景色，堪与南方著名的喀斯特石林景观相媲美，类似的土石林景观在国内尚未见报道，在世界上也极为罕见。

　　身置景中，心由景动，虽然意犹未尽，依依不舍，却终要就此别过。即将离开墨石公园的时候，天空又下起了倾盆大雨，不得已，我们又改变了原来去看赛马的计划，驱车朝着心之所向的高原深处进发，意欲寻找更美的风景……

古堡寻幽记

2020年5月的最后一个周日，有幸与摄友们一道，再一次来到神秘古堡——日尔乡的董马藏寨采风，一心想要多拍拍夏日里的藏寨丽影及其周边那些美丽的杜鹃花。

说实在话，一个地方去了还想去，总有他的理由。当然，我等一次又一次地光临这个藏寨，是酷爱影像艺术的缘故。但是，有人说，去过一次两次就行了呗！何况那寨子也就那么大片儿，左拍右拍，不就是那副模样？但从摄影的角度出发，不同的时间段，就有不同的光影效果。

出发前夜，我在手机上查看过天气预报：当日是晴天。预感可能没有啥收获，可相约同行的雪山侠客和雪山雄鹰兄弟俩跟我说是去拍人文片子，只不过我自己觉得得找模特儿才有创作的感觉。难道就去抓拍几张前来欣赏杜鹃花的游客不成？心里一直藏着一个疑惑。不过，反正退休宅家也莫得更多的事儿干，又逢周末，外孙也有人带了，给自己腾出时间出门溜达溜达，又何乐而不为呢？于是，就欣然随他们一同前往董马藏寨。

按照行程安排，天还没有亮我们就从县城出发了。驱车一路向东，沿沃日河逆流而上，还未到沃日镇地界，透过车窗往外瞧，东方开始露出鱼肚白。兼职司机雪山侠客说要到沃日镇的木栏村去接李姐。此刻，我才恍然大悟，估计这李姐就是他们俩今天请的模特儿了。好！有模特儿就有戏！心里暗自高兴起来……但也不知道这李姐是何方的绝色美女，我一直把心中的疑问压在喉咙，跟着他们到寨子上去接人。

　　我们驱车深入木栏藏寨，在李姐住处附近的柏油路边停下车，等候这位模特的大驾光临。此时，天已开亮，但见天边的云彩由淡红变乌黑，再变雪白。虽然这高原的气候瞬息万变，但是我举目眺望沃日河谷，摄影人所期待的云遮雾绕的梦幻景致，却丁点儿没有在眼前闪现。

　　地处沃日河谷西岸的木栏村地势开阔平坦，土地肥沃、日照充足，是小金县的苹果主产区之一，这里盛产的金冠苹果驰名中外。宽阔的油路新建成不久，宛若一条黑色的飘带在绿色果园及其农舍前后蜿蜒盘旋，有几户早起农户家的楼顶，已经徐徐升起了缕缕炊烟，俨然是一道亮丽的风景。虽然没有邂逅自然奇观，但眼前新颖别致的田园风光，着实让我有些许凉意的心情顿时愉悦起来。

　　"对不起，让大家久等了！"过了一会儿，终于见到了身着藏服的模特李姐，她从农户家中匆匆忙忙走出来，手里还拧着几个大包袱和手工刺绣使用的木质架子，边走边与大家热情地打着招呼："哦呀！硬是感谢你们对我的鼓励支持，感谢对别斯满服饰的宣传推广了哈！卡卓哦、卡卓！卡卓……"

　　哈哈哈……不看不知道，见了不奇妙。原来她就是自己早年就有幸结识的王家寨村的著名刺绣人，也是声名远扬的别斯满服饰的传承人李琼坪。此刻，我一下子就明白今天拍摄活动的主题了。

　　李姐年近半百，她就是董马藏寨土生土长的人。20多年前，经人介绍，下嫁到毗邻的结斯乡王家寨村。昨天是来这里走亲戚而留宿在此，顺便还带上了今天拍摄所需的服饰、道具。她个子不高，长得端庄秀丽，细眉细眼，举止落落大方，对人轻言细语，镶着花边的藏式头帕下，渗透着高原红色泽的瓜子脸上，始终挂着微笑，一副地地道道的嘉绒妇女形象。她清早的穿戴并非特色民族服饰，但十分简朴、得体。我们打过招呼，寒暄几句之后就钻进了车，大家说说笑笑，一溜烟朝董马藏寨奔去。

　　董马藏寨地处日尔乡西北部的一处山坳，与结斯乡接壤，背靠阿坝州理县，属典型的高山村寨。传说杜鹃花是由一种鸟吐血染成，其花朵圆润、厚实，色彩奇异、迷人。生长在董马藏寨阴山区域的杜鹃花就有这种特质，且很有名气——据专家考证，方圆几里的杜鹃花，竟然多达7个品种，有深红、淡红、玫红、紫、白等多种颜色。春夏之交杜鹃花盛开之际，村寨周遭成片丛生，桦树、青杠和杉树林中，随着海拔的递增而呈现出花团锦簇、五彩缤纷的艳丽景色，着实令人目不暇接。"花开旷野落缤纷，醉意馨香撩丽人；信步云天知你我，杜鹃绽放谢红尘。"我曾以《杜鹃礼赞》为名，予以赞美。此前也是赶在一个周末，我和好友们相约到过这里欣赏杜鹃花。那天是一个阴雨天气，整个藏寨浓雾弥漫，虽然杜鹃花还没有完全绽放，可此情此景甚是唯美。于是，触景生情，抓拍过几幅风光照片后，又即兴在手机上草拟了一首小诗："四月尽芬芳，云烟蔽艳阳；随君乡间走，老寨好风光。"

记得前几年的一个晚春时节，我们赶来董马藏寨看杜鹃花，恰逢一场春雪降临。站在村口眺望，只见藏寨四周都铺满了白雪，村落的寨楼依山而建、错落有致，其轮廓清晰明了。笼罩藏寨的雾轻柔而美丽，时而像一群身着轻纱的仙女，自下而上，在藏寨的头顶飘然而过，时而又像一块徐徐落下的帷幕，将整个村落遮挡得严严实实，让没有被积雪完全覆盖的寨楼及麦苗青青的地块儿朦朦胧胧、若隐若现，而田边地角的围栏、土坎及零星的几丛灌木，上面堆积起茸茸的白雪，宛若洁白的花朵尽情绽放，俨然一幅别致的"花海"景象，正是："唯美轻纱锁寨楼，玉满青山杜鹃羞；敢问高原三春景，雪莹董马尽风流。"此情此景，于生长在大山的我而言亦是难得一见，自己长时间陶醉其中。

可今日日出东方，蓝天上朵朵白云，时而挡住灿烂的阳光，给这片土地投下斑驳的光影。这虽对风光摄影有益，却缺少了藏寨常有的雾气腾腾的梦幻景象，还是有些不尽如人意。而前来赏花的外地游客也多，不过他们并不全活跃在我们所处的杜鹃花丛中！我们张罗了一阵子：反光板、脚手架各就各位；李姐的唐卡刺绣、村子里几个身着节日藏服的小姑娘，纷纷逐一登场——一场专题人文纪实摄影创作活动，像模像样地摆开了阵势。

董马藏寨是小金县古老的寨子之一。因其境内嘉绒藏族民风淳朴，民俗文化浓郁，自然风光优美，已先后获得全国第二批"中国少数民族特色村落"和四川省第三批传统村落的殊荣。是的，潜心古堡寻幽，追踪藏寨秘境，倘若没有丰厚的藏族文化元素作支撑，就谈不上真实的人文专题纪实摄影。

据史料记载，清朝乾隆年间，为确保西南边陲的稳定、安康，清政府毅然不惜耗费大量人力、物力和财力，曾两度出兵金川地区。待漫长的战事结束后，清廷在这里实行"改土归流"政策：移民设屯，戍兵镇守，管理地方事务，以恢复正常的生产生活秩序。战事的核心区——今小金县域内"四屯一土"中的"别思满屯"便由此而来。大小金川地区的时局相对安稳、太平后，机智灵敏、行动迅速且骁勇善战的嘉绒屯兵，曾先后数次被朝廷调派到新疆、西藏、台湾和浙江等地，参与平息叛乱、抵御外敌入侵等战事，且屡立战功，一时间名声大振，由此也多次受到朝廷的奖赏。造型及刺绣风格蕴含藏族和满族特色的别斯满服饰，就是该屯保留下来的最有力的奖赏物证之一。据了解，迄今为止，在整个嘉绒藏区，唯有结斯乡完好地保护和传承着这种式样的民族服饰！更为珍贵的是，结斯乡王家寨村的个别藏民家里，至今完好地保存有几件曾经赏赐所得的清服饰。

这些服饰，袖口似清代官服——出奇宽大，几乎为正常服饰的两倍还要多。刺绣精美绝伦，色彩搭配雅致至极，每一件都堪称珍品。这些刺绣，从一朵小花，到一个人物，都是惟妙惟肖、栩栩如生。图案中的一只只蝴蝶展翅欲飞，一朵朵花蕾含苞待放。而人物则灵动活现，面部表情自然、呼之欲出。有手拿扇子微笑的书生，提着灯笼的书童，以及戴官帽的官人，每一件衣服似乎都在讲述着不同的故事。凡是亲眼鉴赏过服饰的刺绣专家，或者文物管理专职人员，都一致认定此乃清宫廷服饰系列产品，对适量融入嘉绒藏族文化元素的创举，更是啧啧称赞。而嫁到藏寨的李琼坪，自幼心灵手巧，勤奋好学，一门心思学习藏族服饰的缝制，尤喜爱古装的刺绣及样式，名正言顺地成为了这个服饰的第三代传承人。今日将其绣织的画面，镶嵌在与别斯满毗邻的被鲜花掩映的古老藏寨之中，既锦上添花，又相得益彰。我为眼前的景致所陶醉，也叹服两位兄弟摄影创作的精妙构思，全身心融入他们安排的拍摄节奏之中。

我们在杜鹃花盛开的地方忙前忙后，也寻机会抓拍光影变幻时藏寨的景象，以及游客融入鲜花丛中一些小景。根据拍摄需要，李姐更换了包括别斯满服饰在内的好几套民族服饰，她刺绣的过程，有条不紊，井然有序，不论是在樱桃树下、鲜花丛中，还是寨楼内外；不管是大场景构图，还是近距离微拍都令人满意。景色迷人，画面感人，一些好奇的游客及摄影人也情不自禁围拢过来，纷纷参与到我们的拍摄之中……此情此景，着实令人回味无穷。

午饭是在村支书家吃的土火锅。几乎都是纯天然无污染的山野菜，即晒干后再文火炖煮的石格菜、菌子、蕨菜、鹿耳韭等。火锅表层，均匀地铺了一圈半肥半瘦的腊猪肉，把野菜遮盖得严严实实，很是美观、别致。餐桌上还摆放着几盘黄灿灿的酥油和锅盔馍馍，以及其他配菜。火锅早已开了锅，那溢着清香的热气悠然升腾，满屋子弥漫……如此造型独特、色香味俱全的特色美食，不用说外地游客了，就是我们这些当地人，看到都馋得直流口水。尤其是用刚从丛林里采来的新鲜的鹿耳韭叶子卷一片老腊肉，那香辣、鲜美的味道，简直清爽极了。

村支书是当地土生土长的藏族汉子，他淳朴友善、热情好客，虽然已用过午餐，但还是热情地陪我们喝酒、闲聊。他说，董马藏寨的藏语名叫"琼娜"（琼隆），藏语译音，一目了然：既盛赞嘉绒藏族碉楼建筑艺术之奇秀，又夸耀其"瑶林琼树，袅袅娜娜"之俊美。的确，这里地势相对开阔、平缓，土质肥沃，物产丰富，曾是碉楼林立、人丁兴旺，也算得上富甲一方。那些被毁的老宅里面，似若焦炭的粮食都有几尺厚，有一处寨楼的废墟里还挖出很多完全透明的碗；后山的梁子上留下的战壕遗址有很多处，其周遭散落的炮弹及兵器也不少。无需疑惑，这些传说故事，以及真实的遗址、遗迹，就是这个寨子历史盛况的有力佐证！

中午过后，我在寨子里还抓拍到好几个精美的画面，自我感觉十分满意。譬如，嘉绒女子倚着墙角举目仰视的瞬间，从柴垛上取柴火的情景，在凉架（晾晒未脱粒的粮食或草料的木架）下小憩的情景，以及几个姐妹在古树下闲聊的场景……

坦诚地说，这就是我对董马藏寨所蕴藏的深邃的民俗文化肤浅却真切的认知吧！遗憾的是，当日还没有退休的同事老杨请我吃饭，这件事安排在先，也不便推辞，我没有参加完整的拍摄活动，多少留下了一些遗憾。

不过，我和两位兄弟后来各自编发的精美图文，先后在省州新闻媒体或网络社交平台上刊发出来，一度引起了社会各界的广泛关注和一致好评。

在拍摄过程中，我们还了解到另一件令村里人高兴的事。村支书说，今年上级又答应暂时给村里几十万元资金，再修补一下通村的这一条水泥道路，给外来的游客创造更加安全、舒适的出行条件。是啊！"绿水青山就是金山银山！"青山环抱，春和景明的董马村，依托天然优势和人文资源，内抓建设，外展形象，通过近几年来的不懈努力，已经初步找到了致富的门路。今年前来寻访、赏景的人络绎不绝，宅前屋后车水马龙，门庭若市，很多时候，已经无法满足旅游接待的需求。

是的，其实美就萦绕在我们身边，只需要你用心去发现。迎着朝阳，去古堡寻幽，但几段肤浅的诗文及几幅美图，并不是我们的目的，深度挖掘、着力传承和展示这些民族文化及自然风光，以丰富乡村旅游内涵，助力经济社会的快速发展，才是咱们最大的心愿！

"闺藏"山间的丽景

　　"炮路",顾名思义就是运送大炮的道路。此处"炮路"即为乾隆两征金川时运送武器弹药的交通要道,也就是现在阿坝州小金县崇德乡翻越空卡梁子到金川县卡撒乡的这条便道。时过境迁,经历200多年的风霜雪雨,它已不再是交通要道而彻底荒废,但其轮廓依然清晰可见。

　　早有所闻这条路上风景绝美,适逢周末,县文联及作协、摄协的几位朋友相约,驱车领略了她的妩媚丽景。

　　清晨,从县城出发,越野车在崎岖蜿蜒的山路上颠簸行驶,车内放着悦耳的藏族音乐,但我们都无暇欣赏,目光贪婪地欣赏着车外的风景,时而一条瀑布坠下山来,时而穿梭在幽静的原始森林,时而奔驰在广袤的草原中间,时而一条小河欢快地向我们车后淌去。

　　一下车,我们顿时惊呆了,这哪里是人间,分明就是仙境,或者就是陶渊明笔下的世外桃源。只见碧绿的草地上,哦!不是草地啊,分明是仙女们以绿作为底色,在上面镶嵌着红、黄、紫、蓝、粉等各色花朵的地毯,从脚下一直延伸到山巅。一头头黑色的牦牛像一颗颗黑珍珠散落在这块地毯上。一条小河像一条银飘带从地毯中间穿过。我们都很担心脚落到地上会把这块华丽的地毯弄脏。

　　来不及休整,我们一口气从沟谷爬上右边的半山腰。远远望去,甘海子、水海子宛如仙女的明眸,镶嵌在翠绿的山谷之中。那深邃的目光似乎在深情地呼唤着我们到来。

用镜头记录下这醉人的美景，以及身边娇艳的繁星般美丽的花朵，我们在当地向导的带领下向甘海子进发。

甘海子海拔在3800米以上，但这良好的植被不会让你有缺氧的感觉。只见湖面平静得像一面镜子，又清澈得像少女的眼睛，当你静静地打量她的时候，她也静静地回望着你，清澈透明！蓝天、云彩、群山、森林、野花倒映其中，你的心也无比宁静。偶尔，轻风拂过，湖面泛起丝丝微澜，那幻影就慢慢地散开，阳光在凌波上闪耀，瞬间，这湖就变成了撒满珍珠的海。漫步湖边，饮一捧湖水，甘甜甘甜的，这大概就是甘海子的由来吧。湖边湿地上长满绿草，黄色、紫色的野花或星星点点、或成片成片地开满其间，给甘海子这面镜子装饰上了瑰丽的边框。我们欣赏着这旷世美景都无话可说，只有静静地切换着快门，留下她绚丽的风姿。

在向导的催促下，为了尽快赶到下一个景点双海子，才依依不舍离开了。

双海子在甘海子上方500米山坳处。正午，听着小溪唱着欢快的歌，呼吸着山林清新的空气，我们沿着杜鹃林绿地小道上行，却没有半点高原反应。不时回望甘海子，她随着你的位置高度变幻着色彩，一会儿如玛瑙般深绿，一会儿如珊瑚般碧蓝。甘海子，五色的蜜糖海子。

从甘海子到达双海子的路程分为两段，即高山杜鹃林和乱石坡。花期已过的杜鹃林郁郁葱葱，翠绿得可以拧出水。穿行在其中，鸟鸣啾啾、泉水淙淙、微风习习，宛若世外桃源。过了杜鹃林便是极具艰险的乱石坡了，这也是为观赏双海子的勇者设置的一道坎。这里人迹罕至，没有路，巨石嵯峨，嶙峋起伏，直插云霄。就是我以前登顶的四姑娘山三峰的岩石坡也没这么难走。

杜鹃林上方就是乱石坡，小溪在乱石坡下却不见了踪影，只听得到坡里流水不停的轰鸣声。乱石坡由花岗石胡乱堆砌而成，大的如卡车，小的如鞋盒，有棱有角。你须手脚并用才能攀登，甚至可以在乱石上跳跃着跨行，幸好这石头长有小而硬的凸起，一点儿都不怕滑倒。坡度很大，朝上望去，巨大的、棱角分明的乱石悬在你的头顶，像快要滚落下来似的。你还有点担心，似乎你一不小心，踩掉一块活动的石头，会引起连锁反应，让乱砌的巨石失去支点而坍塌，瞬间将你埋葬。你不由得会心惊肉跳。但这一切担心都是多余的，经久堆积，已让乱石坡无比稳定。乱石坡，惊而不险。随着海拔的升高，越走越吃力，但你随时可以坐在或睡在巨石上休息，喘气，可以看看乱石缝间开着红花的红景天、黄色的吊钟报春、小杜鹃树，拾一片野生的雪茶来尝尝。

历经两小时的跋涉，到达双海子，这里海拔约4700米。双海子由高低两个海子组成，落差近40米，处在山的浅坳之间，面积皆不大，皆五亩左右。西北面是怪石嶙峋的山峰，东南面是较平坦的山脊。湖边少有绿草，靠山一侧是冰碛碎石，方形石、巨型片石遍布。湖水清澈透明，可见湖底。下午3点过，阳光正盛，天空无比蔚蓝，少风，白云抱团如棉，云卷云舒。双海子将群山、蓝天、白云统统敛入其中，清晰可见对称的镜像倒影。站在双海子东南面的山脊上，崇德沟、空卡梁子和群山尽现眼前。近处的山峰夏季没有雪，山峰怪异耸立，支着云伞，撑着天。有的像一条羊肠小道从谷底直达陡峭的空卡梁子垭口。"空卡梁子栽望杆"，本地人用这句话来形容空卡雪山的险峻。没有风，一切显得无比沉寂。药夫子赶着一群驮马从梁子小道上缓缓下行，叮当的铃声好像在讲述200多年前的历史。空卡梁子是大小金川的界山，翻过梁子就是金川的卡撒。崇德沟是清高宗乾隆派兵两征金川必经之地，是运送土炮、弹药和行军驻军的路线，称"炮路"。定边将军温福就是从此路抵达金川平乱，在木果木之战中陨落。

傍晚，夕阳为群山抹上一层金黄，山峦显得金光灿灿。该下山了。约1小时，再次到达甘海子。夕阳下的群山，光影斑驳陆离，映入湖中，堪称奇观。山的轮廓，背光的阴暗部分和金黄色的明亮部分，与湖中的倒影对折合成，或像一簇簇利箭、枪矛，或像纺锤、树叶、扇子。东面平缓起伏的山脊，一线金黄，映入湖中，就像一条金龙在水中游弋。湖东浅岸，三两株山麻柳在暮色中显得突兀高大，黑色剪影和浅岸映入湖中，简直是一幅绝美的水墨画。

天色将暗，才肯离去。驱车回到牧民马老二家食宿，老街村"两委"早已安排牧民为我们准备了可口的美食。牧场已通电，坐在火塘旁很温暖。查看着相机、手机上的照片，谈论今天看到的美景，大家都啧啧称奇，对这一天的体验感到非常满意。手机无信号，发不成微信，很觉无奈。牧民大嫂端上手抓牛肉、野菜、野菌，满满地摆了一桌。喝着热腾腾的奶茶和煨煨酒，在欢声笑语中，在醉意朦胧里，一天的疲惫早已没了。饭后，走出门户，寂静的山谷没有任何光污染，黑色的天幕里，满天星斗，星河灿烂。摄友们又兴奋不已，赶忙架起三脚架，拍了一阵星空才肯作罢。

次日凌晨，一心想着去水海子，就早早地起了床，顾不得吃早饭便驱车到达水海子谷底。朝霞慢慢地出现，天际一片绯红，群山在暖阳中惺忪地睁开了眼。草地上的各色绿绒蒿、紫色海仙、黄色钟花、蓝色龙胆、蓝色鸢尾上挂着露珠，散着清香。红嘴鸦、画眉鸟在林中、草甸上飞来跃去觅食。挤了奶的牦牛也成群地向草山进发。清晨的山谷充满了生机。

水海子距离县城17公里，还是小金县城美兴镇居民的重要水源地之一，牲畜能进入的地方都设了围栏保护。我们小心翼翼地走过溪边的独木桥、河滩湿地，穿过翠绿的杜鹃林，水海子便出现在眼前。她坐落在半山腰上，三面环山。湖边水草丰茂，鲜花盛开。与甘海子相比，水海子更大、更深、更高。清澈的水海子，更像仙女用的梳妆镜，也像一颗遗落在绿色的丝绸之上的蓝宝石。我陶醉在这天然的、质朴的美中，无法用文字形容这种美。鞠一口湖水，洗一捧脸，四仰八叉、惬意地躺在葱茏的草坪上，用圣洁与美丽涤清凡尘的杂念与喧嚣，我的心也像湖面一样平静了，像天空一样晴朗了。不知不觉已经10点，这时才感到自己的胃在闹意见了，虽然大饱了眼福，胃却饥肠辘辘的，我们便依依不舍地离开了。

一切都还没看够，我依依不舍地离开水海子，悄悄地离开崇德沟，不忍心再去打扰她的静谧。

黑水的彩林

2016年金秋时节，趁羌历年假日，我与摄友颖春先生相约，去他们黑水县拍摄彩林。

10月末的一个早晨，我驱车从都江堰出发到黑水县城与他们会合。午后便到了县城芦花镇。颖春和另外两位伙伴已经去"三奥"雪山踩点，返回途中，被村里办酒碗儿的车辆挡住去路而前进不得。几乎等到掌灯时分，他们才返回县城。这样一来，一起在县城周边走走看看的计划泡了汤。

"三奥"雪山由奥太美、奥太基和奥太娜三座独立的雪山组成，一字排开，遥相呼应，是当地民众心中的圣洁之地。时下秋色正浓，自然在我们的拍摄计划之中。颖春他们前一天去的时候，因为天气原因，根本没有见着山的真容，次日凌晨5点，我们便驱车再向雪山进发。

在藏经佛典里奥太基被称为神山之首，能驱魔除害，降福于百姓。每当节日、婚庆与收播时节，当地民众都有朝着雪山祈祷的习俗。当我们在德石窝村道尽头停下车，徒步来到人们祈福的这一处最佳观景点时，东方才露出鱼肚白。极好的天气，绝佳的拍摄环境，大家冒着寒冷赶紧支好三脚架，等待第一缕阳光亲吻山的那一刻。

伴随红日冉冉升起，蓝天下，晶莹的雪峰熠熠生辉。微黄的高山草甸，绚丽的彩林，舞动的经幡，掩映着潺潺的溪流，古朴典雅的藏寨，让人赏心悦目、心旷神怡。我们不停地调整视角，用相机和手机，定格雪山及其周围那一幅幅多姿多彩的唯美画卷。

从"三奥"雪山观景点往回走，我们来到距离县城几公里的哈姆湖驻足眺望，欲将这一处绝美的景色收入囊中。

一泓清溪翠玉镜，斑斓秋色染彩屏，奇异山谷别洞天，梦幻哈姆似仙境。日上三竿，哈姆湖广阔的湖面似若明镜，两岸层峦叠嶂的青山，倒映在水中，浑然一体，美不胜收。岸边的落叶松已经开始变黄，而阔叶树或红或黄，在阳光照射下显得分外迷人。我们下到湖边，选定最好的机位，陶醉于这别致典雅的山水图中。

颖春说，黑水的彩林面积堪称"世界之最"，主要分布在奶子沟、卡龙沟、达古冰川、扎窝和晴朗等地。几天的假期要走完这些地方，也只能走马观花。为此，我们把重点放在了天然氧吧——奶子沟。

行车途中，颖春介绍说，他们县按照打造全域旅游格局的总体部署，沿途几个乡镇"三微"景观的特色已经彰显出来。事实如此，在游人如织的奶子沟"百里画廊"穿梭时，但见奶子沟山谷的桦树、松树、柏树、枫树、青冈、花楸、白杨、沙棘、海棠等竞相溢彩。晴空万里，白云飘飘，那紫红、粉红、橘红、棕红、鹅黄与草绿等交错搭配，尤为富丽堂皇、流光溢彩。奇异的雪峰，俊秀的山川，美丽的藏寨……一步一景，大自然的鬼斧神工与人类的聪明才智完美结合，令人仿佛走进了陶渊明笔下的桃花源。

诚然，黑水的红叶彩林早就以"百里画廊"闻名遐迩，再辅以雪山冰川的多样景致，已经享誉大江南北，越来越受到游客及摄影人的青睐。几天的行游，尤使我震撼的还是被称为"神仙居住的地方"的羊茸·哈德藏寨。

羊茸·哈德，是一处整体移民搬迁的新寨子，当地人叫"冬巴嘎"，意为"神仙居住的地方"。两年前的初夏，我曾跟随一个采风团进到寨子走访过。或许是还在建设之中的缘故，有关其传说中的美，我还真不敢苟同。而此行，我们两天三次爬上对面的山坡，俯瞰被秋色渲染的"冬巴嘎"之后，顿时消除了我的那份疑惑。生于大山、长于大山的我，也不能不为她的优雅喝彩：苍松叠翠、层林尽染，流光溢彩；古朴典雅的藏式寨楼炊烟袅袅，经幡飘动，游人如织，祥和安宁，俨然一幅恬静的乡村画卷。好一处人间仙境！

那几天，我们几次三番站在对门半山腰眺望：一块硕大的扇面被山涧流水分成阴阳两半，羊茸·哈德寨子就新建在这块大扇向阳的一面，40多栋精致的藏式小别墅，顺着地势错落有致地摆放在被森林簇拥的缓坡上，如潮的游人纷至沓来，漫步其间，悠闲自如。时下，山神特邀画仙，用特制的画笔，刻意将环绕寨楼的那些杉树、白杨、麻柳、青杠、红豆杉等知名和不知名的树叶，分别涂抹上缤纷浪漫的色调，将别致的寨楼、幽静的小巷装扮得分外妖娆。夕阳西下，寨楼一角高耸的白塔金光闪耀、熠熠生辉，更显藏寨的梦幻神秘。我们亢奋着，走了又走，选了又选，在拍摄点位痴心守候，翘首以盼自然的光影，尽情地摄取秋色掩映下这一处集生态旅游、民俗文化、休闲度假于一体的"中国幸福藏寨"绝美景致。

"黑水彩林是被打翻的颜料盒，是彩色的立体画廊，是摄影师的天堂"，有人如此描述黑水的彩林。黑水多彩林，装扮若仙境；山川相呼应，绝世好风景。虽然没有走遍黑水的山山水水，但我已经满足，因为亲眼见证了百里彩林"层林尽染、万山红遍"的浑然大气、诗情画意；欣赏了这耀眼的红、灿烂的黄、醉人的绿，它们在雪山下、峡谷中、藏寨旁、小河边风情万种、婀娜多姿。

新月弯弯星相随，彩林溢彩千山醉；一夜秋风飞雪到，银装素裹送君归。专程去木苏乡美丽藏寨溜达一圈之后，结束了我们的行程，当即将离开这片美丽土地的时候，天气突变，一场雪悄然降临，几乎将黑水多彩的山川整体覆盖。返程了，我的思绪依然停留在那神奇的雪山、古朴的藏寨和醉人的彩林。

此文曾发表于《民族》2021年11期

夹金情怀

流云飘逸美轮奂,白云皑皑映碧天;独立寒秋极目望,群峰沐浴写刚坚。我平生敬畏雪山,把巍巍夹金大雪山视为心中敬仰的圣山,无数次登上白雪皑皑的雪山之巅,眺望远方,体验红军将士长征的艰苦卓绝,接受爱国主义和革命英雄主义教育,亦是出于对摄影艺术的钟爱,欲将其四季美景一一收入囊中。

一

夹金山又名"甲金山",位于四川省阿坝藏族羌族自治州小金县南部,海拔4114米,藏语称为"甲几","夹金"为音译,很高很陡的意思。这是中国工农红军长征翻越的第一座大雪山。

夹金山地势陡险,山岭连绵,重峦叠嶂,危岩耸突,峭壁如削,空气稀薄,天气变化无常。当地流传着一首民谣:"夹金山,夹金山,鸟儿飞不过,人不攀。要想越过夹金山,除非神仙到人间!"

2018年冬至第二天,我与摄友马克、雪山侠客一道,又一次登临山巅赏拍日出、云海美景。星夜出发,当我们来到被冰雪覆盖的夹金山顶的时候,正是微曦初露:能见那洁白的云团如潮水般漫涌,莽莽苍山只剩峰顶若隐若现;蜿蜒盘旋的盘山公路,为茫茫大山勾勒出柔美的线条,如此仙境让人如痴如醉,仿佛自己也是一朵流云。正是:人去山还在,冬春自有期；潜心是风景，又见彩云曦。而向东的天边始终有一道红晕，那红晕深深触动了我的心灵，禁不住坦言道：是谁／把蔚蓝天空渲染／让红霞飞舞／是谁／把这红霞采摘／撞击俗人的眼眶／是太阳还没爬上山尖／是人们还在被窝酣眠／一起出发／铭记旅途的时光／期待璀璨的朝阳……

记得上一次也是星夜赶到夹金山顶，一轮明月尚高挂在偏西的蓝天。天还没有大亮，不敢贸然上山，我们只好在车内休整，等待东方露出鱼肚白，才背起行囊沿着山脊爬到高处放眼东方，期待冉冉升起的朝阳……可当太阳爬上了山坡，西边天空的明月还依稀可见。我们又转过身举起相机拍下难得的日月同辉景象。意犹未尽，末了还即兴赋诗一首：

一轮明月挂云端，溢彩金阳吻玉峦；
身置神山览奇景，我心狂喜忘天寒。

真是其乐无穷，一切尽在不言中。

二

山高人为峰。夹金山南麓是雅安市宝兴县的硗碛乡。自山顶往南，地势逐步下降，不再有山峦与主峰抗衡，地势开阔绵延几十公里望不到边际。每到隆冬至初春时节，因为海拔及气温的变化，乳白色的云雾就随之徐徐展开，静静地依偎着雄奇的雪山之巅，柔柔地把无数的沟壑守护着、装扮着、亲吻着……旭日东升，云海荡漾，交织着雪山，映衬着蓝天，好一幅美丽的画卷。漫涌的云潮，比起大海的壮阔汹涌，更多了一份温暖柔软，更让人心生依恋。

天下云海众多，但真心觉得夹金山波澜壮阔的云海奇观更让人心驰神往。

因为在垭口处已经不止一次遇见这美丽的景色，而今天的云海并不是夹金山云海之最。经过大家短暂的商议，就直接下到半山腰的云海边沿，与之来一次更亲密的接触。

在山顶的时候，茫茫云海在我们脚下，而此时此刻，我们已经涌入她的怀抱。那般广阔，那般轻柔，那般洁白……怎不叫人神魂颠倒！

真是每一次与之亲近，皆有不同的收获。当我们驱车下到距离云海最近的观景点时，太阳还没有完全出来，眼前白茫茫一片，天边依然是一道绯红。我们站在那一道山脊，顶着呼啸的寒风，赶紧架好脚架，调整机位，准确捕获日出前后夹金云海那蔚为壮观而又含情脉脉的亮丽风景。

一抹夕阳照松雪，晶莹剔透妙无言。祥云瑞气起天地，逐浪舟航渡险关。终于，太阳从远山慢慢爬上来，万道金光直射眼前，让最远的云海镀上金色，再让周遭的山峦熠熠生辉。随着镜头快门发出轻快的声响，一幅幅精美绝伦的作品随之诞生。

太阳慢慢升高了，那浓密的云层开始减退，我们又走近云海深处，亲近神秘的大自然，将雾凇奇观一一收入镜头中。夹金山雾凇奇观虽然没有绵延数十公里，在规模上稍逊吉林雾凇，但也不失秀丽妖娆！

艳阳高照，虽然已不是旭日东升的拍摄佳境，但眼前缥缈的云雾，若隐若现的雪山、森林、沟壑，还有蔚蓝的天空……数不清的精美画面，不断跃入眼帘，大伙为之沉醉，流连忘返。

三

身置苍茫云海间，心潮澎湃，言不尽巍巍夹金山气壮山河之震撼。此刻，我的思绪突然有一种莫名的冲动，不禁想用笨拙的语言直抒胸臆：

西风残照
把寒冷送达
千家万户的烟囱
至此不断烟火

村头那棵大树
残留几片黄叶
在狂风中摇曳
田地里，庄稼已经收割

农人，架着牛
用泥土将微黄的绿草掩埋
要酿制那一碗油水
再杀死万恶的虫子
还脚下的泥土以
充足的养分

遥想当年，在这夹金山上
那个盛夏的日子
接连几天，却是雪花飞舞
一支队伍，要从山下上来
去遥远的北方，战斗
一路艰辛，压在他们身上的
早已是一片雪白
风和雪，无情地捶打着
将士们那瘦弱却坚毅的身躯
有多少人就此永远倒下
长眠于此
有多少人就此站立，稳如泰山
走出困境，迎接曙光
他们，用生命写就人生的灿烂与辉煌

山巅艳阳高照，
热气腾腾，似若火塘
那旺盛的火苗
驱赶着无情与冷漠——
他们，终于把红旗插到了夹金山巅
胜利了，让这支队伍欢呼雀跃

寒冬的早晨，日出东方
我驻足苍茫云海间

眺望金色的大地

虽是寒风凛冽

却执意要看那风起云涌

要以镜头记录下的美景

代表耕耘土地的农人们

托付那南飞的大雁

遥祭一份真诚的祝福——

天寒地冻，水冷草枯

活在天国的英烈们

你们还好吗

　　"夹金山，就是我们心中最高的山！"马克老师提着相机，走到我近前言道，"生长在夹金山下的子民，小小摄影师，就应当用自己的这些美图，与山外的人们分享，让更多的人知晓夹金山，也以此来遥祭二万五千里长征那些翻越夹金山牺牲的英烈们！""对头，对头！这是我们应当做的！"一旁的雪山侠客也随声附和，"我们不但要拍精美的图片，而且还要再多整点文章，图文并茂地传播出去，让山外之客多了解这大美的夹金山哈！"随后，我借助新媒体手段，将此行的作品，制作成"美篇"或"今日头条"等分享出去，一些网络平台争相转载，点击率一路飙升，文朋诗友直抒胸臆、赞叹不已。千里之外的浙江省文友张召清先生，擅长吟诗作对，他对红军长征爬雪山、过草地那段艰难史实了如指掌，在欣赏了我分享的美图之后，分外高兴，即兴题联相赠，以此表达他内心那份深邃的感触：青衣始处，峡谷幽深，飞瀑出平湖，云海苍山齐日月；红色渊源，征途险绝，旌旗凝铁血，丰功伟业耀乾坤。

　　是啊！夹金山，一座神奇而秀美的雪山，因震惊世界的红军二万五千里长征而闻名遐迩。作为大山之子，今日只有呈上这雾雪之唯美，倾诉心中的仰慕，表达由衷的敬畏，与尚未亲近夹金圣地的文朋诗友们尽情分享的同时，愿能触动你沉寂的心弦，一起为这壮美的雪山风光和附在其间的凄美故事歌唱吧！

金秋，醉美"四姑娘"

秋天是远足的季节，秋色是醉人的风景，秋意中透着的那股子怅然情调，很容易挑动人的心弦，让人有种放下一切，奔向远方的冲动。

2014年10月24日至27日，几经努力，"金秋小金行"基层创作培训笔会在我的家乡，美丽的四姑娘山下隆重举行。来自阿坝州内的近30位作家、诗人，与小金县作家协会的20多名会员济济一堂，交流培训、参观考察，共同为小金文艺事业发展勾绘描摹、添油鼓劲。

培训会进行了交流发言。安排与会作家、诗人们专程考察了小金县境内的达维喇嘛寺、会师桥和天主教堂等中国工农红军长征红色文化景点，以及沃日土司官寨、县城美兴镇等集镇建设、新农村建设示范点，深入到优秀民营企业——九寨天然葡萄酒业有限责任公司生产基地进行调研，还深入到四姑娘山风景名胜区——双桥沟景区和四姑娘山进行采风活动。秋色正浓，秋景正好。大家对小金灿烂的红色文化、厚重的历史文化，以及集镇建设、新农村和特色经济发展建设成就赞叹不已，被四姑娘山景区斑斓的秋色及四姑娘山的俊美身姿所陶醉。

四姑娘山、双桥沟、长坪沟和海子沟共同组成了450平方公里的四姑娘山景区。2006年，景区与夹金山国家森林公园一道荣膺"世界自然遗产四川大熊猫栖息地"称号，成为阿坝州第三个、四川省第五个世界自然遗产地。特殊的地理和气候，为各类珍稀树种、飞禽走兽提供了良好的生存环境，正是"一天游四季，一年四季游"，景区的山水之美，令人目不暇接，有人如此感言：九寨归来不看水，四姑娘山归来不看山。

双桥沟，自西北向东南绵延34公里，沟内山势陡峭，峡谷幽深，山水相依，云遮雾绕，宛若人间仙境，被誉为山峰的博览园，沟壑的陈列馆。按照行程安排，与会的作家、诗人朋友们赶在早上8点，就搭乘景区观光车向双桥沟内进发，开启我们笔会采风活动的行程。

当太阳从东方冉冉升起，没有一丝云彩，没有一粒尘埃，瓦蓝的天空洁净如洗，日月宝镜山、五色山和尖山子等座座山峰犹如出水芙蓉，尤显得清晰明了、端庄秀气、动人心魄。

"哇！太美了……太美了！"当车过阴阳谷，到达第一个景点"日月宝镜"标牌的时候，从右边车窗往外看到那雄奇巍峨的山峰，整车人情不自禁欢呼雀跃，"停车、停车……我们要拍照片！"有人甚至高声闹嚷起来。

"不急，不急！美景多得很！还有盆景滩、四姑娜措、布达拉峰、红杉林……"作为东道主，我站在观光车师傅的旁边，越俎代庖，接过讲解员手中的麦克风，主动向大家介绍双桥沟的美景来："双桥沟风景，最为集中，最为迷人，在长达30余公里的双桥沟内，挺拔险峻的山峰比比皆是……沟内有17个观景台、54个景点，要拍照的地方多、多、多！"

说话间，观光车已经在我们计划逗留的第一个景点盆景滩停了下来。师傅把前后两道车门同时打开，40多号人倾巢而出，哄抢着那醉人的美景……

树神奇，水灵异。盆景滩得名于在溪水中干枯的沙棘树。据考证，溪水中含有丰富的钙化物，沙棘树在被泥石流掩埋致死之前，根部就附积了大量钙化物，它们枯而不竭，死而不倒，保持着挺拔优美的姿态。这些屹立水中的沙棘枝干，脚踏清清溪流，头顶白云蓝天，拥抱雪山草地，构成了绝妙的天然盆景，是双桥沟的一道独特景观。

这时候，金色的阳光还没有完全铺洒在山谷之中，蓝天下远处凛冽的雪峰，在五彩斑斓的秋色掩映下，显得更加雄奇伟岸。在我们的眼前，俊俏的山峰、色彩斑斓的森林、草甸，还有身姿骨感的枯树，都一应倾倒在了宁静的河面上，湖光山色，相映成趣，自然天成，妙趣横生，无法比拟的这般景致怎不动人心魄、震撼人心！大家心潮澎湃、激情飞扬，好似山谷中一群饥渴难耐的大象，突然见到了一泓清溪，完全不顾被栈道上薄薄一层霜滑倒的危险，一窝蜂拥上河边的栈道。

"哇！啊……""咔嚓、咔嚓……"刹那间，手机、相机齐上阵，聚焦着这大美的景致。大家你拽我，我拉你，不时交换角色，相互拍照留念，女人们再摆些姿势，来几张迷人的特写……此时的盆景滩，只听到大伙儿的赞叹之声和相机快门按动的声响。

"喂！各位文朋诗友，抓紧时间看一看、瞧一瞧、照一照！留下美好而难忘的瞬间哦！"看着大家兴奋的情景，我也抓紧时间拍得一组照片，又开始吆喝起来，"双桥沟是四姑娘山的后花园，盆景滩的水是上天赐予的圣水，浸泡左手能够升官，浸泡右手可以发财，今日文友聚会，机会难得！如果浸泡双手则会走桃花之运哦！心诚则灵，大家不妨试试！"话音未落，逗得大家开怀大笑："要得、要得！抓住机会，走一回桃花运！哈哈哈……"这笑声舒心开怀、发自肺腑，回荡盆景滩，萦绕双桥沟。

长坪沟，古木森森，林壑幽美，群山环抱，水漫草甸，俨然一条绿色走廊，时下秋色正浓，这一户外运动的理想之所，尤显得分外迷人。四姑娜措、布达拉峰、红杉林景点，一幅幅精美绝伦的山水风光画面，就这样徐徐展现在了我们的眼前，让所有人为之惊叹，为之欢呼，为之流连忘返。

还在红杉林景点驻足赏景的时候，我与《剑南文学》和《草地》杂志社的几位主编、编辑们站在一起，欣赏美景。绵阳市作协副主席、《剑南文学》杂志社副主编王德宝十分感慨地说："四姑娘山的景色太美了，尤其是双桥沟雄奇、秀丽的山峰，还有森林、草地五彩斑斓、落英缤纷的秋色，着实让人着迷。身居大都市，难得见到如此美丽的景色，参加这次培训笔会，收获太大了！"

时间过得飞快，离中午12点用餐的时间不足1个小时，我们计划从红杉林景点返回到布达拉峰景点的牛棚子用餐。出发前我招呼大家务必集中行动，可当准备返回的时候，已经有小部分人员提前行走在了返程的路上，各自去赏美景去了。当车到中途野人峰景点的时候，留在车上的人再也按捺不住心中的激情，索性集体要求徒步返回营地。

40多号人，分散在野人峰到布达拉峰脚下的河谷之中。他们三个一群四个一路，或游走栈道，或在林间穿梭，再高声呐喊三五声……完全敞开了心扉，释放激情，给美丽的景色增添了一道亮丽的风景。

"布达拉峰，海拔5240米。传说在很多年以前，西藏那边要修建一座宫殿，就派出了许多金刚到处去寻找修建方案，其中有两个金刚千辛万苦，跋山涉水来到这里，发现这座山非常独特，如获至宝，于是拿出纸和笔，对这座雄伟壮丽的山峰的形状进行勾画，由一个金刚送回西藏。佛祖看后非常喜欢，就按照这张图纸修建了举世闻名的布达拉宫。"我走在摄影爱好者的队伍之中，一边拍照，一边给大家讲述关于布达拉峰的传说故事，"一个金刚回西藏之后，另一个金刚留下来守护着这座神奇的山峰，天长日久，最后坐化在此山的左侧，形成另一座山峰，人们称之为金刚山，因其形状像牛心，故又名牛心山……"

"这里是双桥沟看山最理想的地方，向右看是猎人峰与圣母峰，两峰连绵，好像一个睡美人；向左看是金刚山、野人峰和金枪岩；往西看，一片雪山形如雄鹰展翅欲飞……"好不容易聚齐用餐已经是13点了，四姑娘山镇镇政府的同志早已为我们安排了丰盛的午餐。席间，我还不时为身边的人介绍周遭的一些景点："沟内处处皆景，而景景有别。有撵鱼坝，还有犀牛望月、企鹅嘴、尖刀山，真可谓'横看成岭侧成峰，远近高低各不同'……在双桥沟里，既有低海拔地带的桦木林、柏杨林、青冈林，也有高海拔地带的云杉、冷杉、红杉，还有成片的沙棘、灌木、落叶松。这种立体分布的植物与雄壮奇特的高山结合，就构成了双桥沟壮丽的自然景观。"

"美！实在是美！"来自马尔康市文联的杨素筠女士和茂县的著名诗人雷子不约而同感慨道："我们都是第一次来到四姑娘山，欣赏到如此美丽的景色，完全出乎意料。双桥沟真的很美，这风景巴适！"

"没有想到我们家老公家乡的美景真的这么巴适！这个金秋的相约简直太值得了，我为小金的人和景色所陶醉！哈哈哈……"交流中，马尔康的诗人向瑞玲女士也为之而叫好，"双桥沟山水相依，草木相间，云遮雾绕，简直就是人间仙境。身为小金的媳妇，我为此而感到无比地骄傲与自豪！"

　　"就是，就是，现在是秋季，要是夏季来双桥沟，眼前的景色又是另外一番意境。"接过话题，我继续给大家讲解，"珍珠滩是双桥沟景色一绝。每年开春，雪水从崖壁上垂落下来，在阳光的照射下，犹如粒粒珍珠撒落，景色十分迷人。而有如人生果坪、水草坝和撵鱼坝几个百亩大的草甸，生长在沼泽里的花儿形成一条一条的花带，那景色无与伦比，特别是那簇簇野花散发的清香醉人心扉。"

　　从双桥沟出来，笔会团队一行人又驱车到了四姑娘山镇的沙坝村民俗文化展览厅参观，随后再驱车到猫鼻梁观景点眺望四姑娘山主峰，完成与圣山相约的心愿。

　　四姑娘山位列"中国十大登山名山"之列，素有"东方圣山""户外天堂"之称。四座连绵不断的山峰，从北到南，一字排开，如四位妙龄少女，手捧洁白的哈达，冰清玉洁，挺拔俏丽。这些山峰主要由石灰岩构成，由于大自然常年的风化剥蚀，使山体十分陡峻，犹如刀切斧劈。主峰南坡飞挂数条冰川，冰川舌直指山脚。西坡和北坡是令人望而生畏的数百米高的陡岩，然而陡岩之下则是绿草、森林繁茂，谷溪清澈的高山植被带。时值金秋，落叶松、杨树、柏树、桦树叶子五彩斑斓，如才艺出奇的国画大师，打开神仙的调色盘，这儿画一条浅黄，那儿着一绺暗红，这儿抹一点橘黄，那儿再涂一块青绿，将圣洁的四姑娘山装扮得分外妩媚动人。

　　"山美，水美，人也美！"虽然相比上午在双桥沟时的天气稍差一些，但完全能够欣赏四姑娘山俊秀的容颜，这使大家格外亢奋。阿坝州文联主席周文琴女士和《草地》蓝晓主编都十分感慨，她们对小金风光大加赞赏，对培训笔会的成功举办给予充分肯定。她们说"金秋小金行"培训笔会内容丰富，收效很大，让参加活动的文朋诗友看到了小金的变化，感受到了小金厚重的文化、浓郁的民风民俗，也欣赏到了四姑娘山唯美的秋色，受益匪浅，感受多多，真是不虚此行。而作家唐远勤女士，干脆就留下来与几位摄影爱好者们一道，守候太阳赠予四姑娘山那最后一抹金色。

　　是啊！四姑娘山景区清秀俊美的景色，是大自然的恩赐，无不令人赏心悦目，而文朋诗友们心中正孕育的美，要比这美更加多姿多彩。

漫步，在那一片花海

小金乡村的五月，是恬淡而又舒缓的，就像一个刚刚出落得美丽漂亮的少女，并不会因为自己还不丰满而显出莫名其妙的急躁，也不会因为自己还未成熟而慢慢地表现。你看那漫山遍野的羊角花朵，早已吐出芳香的花蕊……此时，你在小金的乡村随处走走，秀丽的景色，着实会让你流连忘返。

是的，在小金赏羊角花，的确是一件十分惬意而开心的事情。

早听说日尔乡有个董马藏寨，那里的杜鹃花十分迷人。特别是前一阵子，欣赏过摄友们创作的精美作品后，便有了亲自前往的想法，可由于各种原因一直未能如愿。

今年初夏，在美丽的羊角花盛开的时节，日尔乡第二届羊角花节如期举行，数千名山外来客纷至沓来。我便与乡民及四面八方的游客一道，如约而至，在一份浪漫与宁静中，寻找久违的驿动，心的生命在延续，脚下似乎踩醒了一池的梦幻细语，把初夏的心事一一渲染。

虽然时下还不见大面积杜鹃花盛开的壮观场景，但那夹杂在桦树、青冈和杉树林中几个品种的杜鹃花，或蓓蕾初绽，或含苞待放，或竞相绽放出深红、淡红、玫瑰、紫、白等多种色彩的花朵，让前来赏花观景的人们十分欣喜，大家纷纷扎进了花丛，再摆出一个个姿势，用相机或手机，贪婪地将缀满小水珠的花朵和花骨朵，连同自己的身姿一道定格为永恒。

结斯乡王家寨村我曾去过一次，那不是去赏花，是走访古老的藏寨——

古老的别斯满藏寨。董马寨的羊角花节刚刚结束，邻居王家寨又借助辖区内广袤的羊角花吐艳佳期，开展民俗文化展演。接二连三的民俗活动，着实掀起了小金乡村旅游的一个小高潮，前来观光旅游的人络绎不绝。我和几位摄影人自然也欣喜若狂，毫不犹豫地加入赏景观花的人流。

结斯乡是嘉绒藏族民俗文化保存相对完好的地方，藏民的服装很具特色，特别是清乾隆两征金川之后，实行的屯兵制度，训练有素、骁勇善战的嘉绒屯兵临危受命，南征北战，出生入死，屡立功勋，清廷便赏赐给嘉绒屯兵清朝女式宽袖服饰等珍贵礼物。

民俗文化展演地点在村寨后山的草坡上，草坡的边沿就是成片的羊角花。喜欢打扮的藏族同胞们，这儿一簇，那儿一堆，或站立碧绿的草坪聊天，或席地而坐围成圆圈饮酒作乐，给蓝天白云下的草甸再添美丽的色彩，特别是当他们穿着珍藏或仿制的传统服饰歌舞的时候，那舞动的画面，直叫热爱生活的观众如痴如醉。而手拿针线活儿的藏族姐妹们，在羊角花下摆动身姿，那古朴典雅的柔美与五彩斑斓的靓丽完美结合，此情此景所凸显的深邃意境自然不言而喻，让摄影师们在按动快门的刹那不住叫绝——巴适！简直太巴适了！

如果说在董马藏寨和王家寨村，我们已经被羊角花的美所陶醉，那么，当邂逅结斯乡大坝岭的那一片花海，就不能不说自己的视觉神经被重重地撞击，禁不住要为之疯狂。

当日上午，在王家寨看民俗文化展演的时候，眺望远山，偶然发现云遮雾绕的河对岸半山腰的大坝岭藏寨后山，硕大的一片紫色格外醒目，毫无疑问，那是一片羊角花。几个摄影人非常兴奋，约定去大坝岭一看究竟。

离开王家寨，已经是午后时光，我们迫不及待地奔大坝岭而去。可是还在路上，天气突变，开始下起雨来。路况不熟悉，担心塌方，同伴高老师有些泄气，提出掉转车头，打道回府的意见。不到黄河心不甘，我却执意要求按原计划不变。

通往大坝岭的村道不是很宽阔，但都是硬化的水泥路面。冒着蒙蒙细雨，我们小心翼翼地左拐右行，穿过藏寨，便来到了公路的尽头。下得车来，举目眺望，一股清香扑面而来，烟雨掩映的一大片羊角花跃然眼前，大家禁不住惊呼起来：哇塞……花海！花海！分明就是一片紫色的羊角花海！

雨雾弥漫，虽然没有特殊的光影效果，但大家依然迫不及待地架起相机，向那花团锦簇的紫色的羊角林狂奔……

"快来！这个角度好得很！"冲在前面的马克，不住地招呼我们道，"这个场景太巴适了，以这一株花做前景，这样构图不摆了！"没有走几步路，我们就完全淹没在了羊角花的海洋里。有时候，大家凑到一块，打起雨伞商定着构图；有时候就各自离去，贪婪地在时断时续的蒙蒙细雨中找寻着最美的景致。

或许是被我们的痴情所感动，约莫过了两个小时，当大家都满心欢喜地窜出羊角林，来到一处制高点回首眺望的时候，老天不再哭泣，那细如牛毛的雨点也终于完全停息，不知道名字的鸟儿们，也开始叽叽喳喳闹腾起来。雨过天晴，云遮雾绕的藏寨花乡唯美画卷，就这样真实地呈现在我们眼前。

大坝岭是结斯乡大坝村的一个村民小组。在我们当下的视觉范围之内，有二十来户人家，藏寨的后方，就依附着一片方圆约6万平方米的羊角林，这片羊角林近乎是一个品种，被当地人称为小羊角，一应的紫色花朵次第盛开，浓密厚实，鲜艳夺目，俨然就是一片紫色的花海。林中偶尔掺杂着一些落叶松，并不高大，恰当地点缀在花海。山乡人家，云遮雾绕，花香鸟语，好一处绝美的人间仙境。触景生情，大家还将其命名为"别斯满爱情花海"。

此刻，我突然想起一段往事。那是十多年前，我还是宣传部门的一名新闻干事。记得有一天，我陪阿坝日报社的记者到结斯乡采访，途经连接大坝岭的已经损坏成折叠状的水泥桥的时候，记者老叶很好奇，大家也饶有兴趣地调侃其工程建设质量。原来，这座桥是当年森工部门为运输大坝岭木材资源而兴建的，谁知刚刚建成还未运出一根原木，桥梁就因山洪暴发受损，桥面折叠成几节而成为了废品。一座断桥就此保护了村里数万立方米原始森林，一篇真实的新闻稿件也就见诸报端。

时光飞逝，时过境迁。不承想，被一座断桥保护起来的茂密原始森林里面，竟然还有如此美丽的羊角花。而当再行二马沟、达木等藏寨，与当地居民一道亲近大自然，户外野炊、露营，感受浓郁的民族风情，不能不说是一种情感的交流，是人生物质与精神的双丰收。

我平生喜爱花朵，尤其是喜欢那开放在山野的羊角花儿——喜欢她的色彩，喜欢她的清香，喜欢她性情里蕴藏着的温文尔雅，喜欢她超凡脱俗的优雅气质……今日以云霞为纱巾、以莽原为衣袂、以溪流为缀线，在大自然的舞台上，姹紫嫣红的羊角花，着实让我的心情不知不觉踏着天地清新的韵律，步履款款走成一个仪态万方、风情万种的时装模特。正是：漫步花海欣欣然，秀美山川情意暖；羊角花开普芬芳，人间仙境醉心田。

亲历上天给这方百姓的莫大恩赐，感受家乡小金浓郁的民俗风情，我还有什么可以值得去炫耀的呢？

此文曾发表于《民族》2020年5期

梦幻巴郎山

那是2018年国庆长假之际，与马克老师夫妇一道，又一次亲近巴郎山，邂逅梦幻之白虹景象，着实令人心旷神怡、激动万分。

山前面沧海，身后会神仙；意欲寻幽处，巴郎峻岭巅。10月5日，有幸与马克老师夫妇一道，乘车从都江堰返回小金，打算翻越垭口观云海。

当日，遵照他们的时间安排，接近下午两点，我们才从都江堰出发。因为时值国庆长假，虽然大山的秋色还不浓郁，但在100多公里的道路上，来来往往的车辆川流不息。但凡可以眺望雪山的地方，抑或没有光影，也总有来自都市的游客，扶老携幼，停下车来拍照；沿途的烧烤摊总是围满了人。这于静寂的大山来说，也是一道亮丽的风景。但是，今天我和马老师夫妇所期望的风景，却在巴郎山垭口。

地处阿坝州汶川、小金县交界处的巴郎山属邛崃山系，主峰海拔5040米，公路垭口处海拔达4481米，古有"站在巴郎山，伸手摸到天"的神奇描述，人人对其心存敬畏。在阿坝州内没有一寸公路的年代，难以想象徒步翻越此山的艰辛，更有来往平原地区与高原之间的挑夫与背二哥，就更值得崇敬了。

巴郎山是平原地区通往西部高原的第一道天然屏障，也与国家级自然保护区、国家4A级风景名胜区（今已升级为5A）四姑娘山与其毗邻，是自驾与骑行游的首选之地。那高高的雪山，四季斑斓的色彩，云雾缥缈似仙境的旖旎风光，吸引着南来北往的人们的眼球。虽然修建在塘坊至松林口道班的近8000米隧道，拉近了近2小时的行车距离，但是，喜欢雪山风景的人们，依然要走老路上到垭口处欣赏一路唯美的景致。

夕照巴郎生紫烟，缥缥缈缈越山巅；逆天虹洞云中挂，惊世奇葩呈世间。巴郎山的云海名气不凡，夕照金山、云蒸霞蔚等诸多梦幻景象是我所期待的。生于大山深处、酷爱影像艺术的我们，自然也对这一处能给人以梦幻境地的地方无限向往，以至于无数次亲吻她、拥抱她，想要得到最美的瞬间。

汽车在车流中迂回穿梭，时近下午5点，我们终于到达了目的地。巴郎山垭口南边的汶川县卧龙沟方向是阴沉沉的，翻过垭口进入北麓的小金地界，却是烈日当空。一度低沉山涧的缥缈的雾，此刻已经上到了山巅。一边是晴空万里、蓝天白云，一边是浓雾弥漫、风起云涌：咫尺迥异的天气，造就迥异的景色。这般光景倒是十分美妙，却不是摄影的好场景。无可奈何，我们只好提着相机蹲守，目送那一拨又一拨在此驻足赏景的游客，消失在浓雾之中，行进在赏景的路上。

俗话说，天有不测风云。奇迹总留给有准备的人。夕阳渐渐靠山了，垭口南边的天空突然亮了出来，远处是浩渺的云海，近处那浓密的雾慢慢散开，在空旷的山间自由飞奔、狂舞……期待的场景即将呈现，我们即刻跑到山脊上守候，不失时机地捕捉可能出现的每一道景观。

"看！佛光、佛光！"马老师率先发现了佛光景象，于是，游客和我们都按动相机和手机，定格这难得的景象。

"快！快！白虹、白虹又来了！"又是马老师大声叫喊起来，"好难见到白虹景象，快拍吧！"

说实在话，刚刚抓拍佛光，也是第一次遇见白色的虹呈现眼前，真让人亢奋不已，也令人措手不及。这景象就在眼前，近在咫尺，手中的中焦段相机无法完整记录下来，只好改用手机全景模式来一阵狂拍。

云海、佛光与白虹，多种自然奇观同时出现，实在难得。这一切似乎早有预料，却又十分突然。那轻盈的雾，轻盈地来，轻盈地去，一会儿上到山巅，一会儿拂过眼帘，一会儿下到山间，真是行云流水，变化多端。佛光与白虹也就去了又来，来了又去，让人目不暇接、心旷神怡。

"浓雾自缥缈，夕阳来映照；白虹露影身，此景最奇妙。"只可惜自己忘记携带广角镜头，未能完整地记录下来，但这美妙绝伦的瞬间，已足以让我兴奋不已了！

亲

邂逅

白的虹

奇异佛光

巴郎山垭口

浓雾起起伏伏

站立在高处眺望

飘飘然跨入那天上

一缕夕阳耀光芒

瞬间自成景

与纯洁同轴

定格光影

有缘人

巧合

亲

梦幻巴郎山，今日偶遇奇观，邂逅"佛光"与"白虹贯日"的奇妙自然景象，真可谓上天的馈赠，可也留下了一些遗憾。热爱生活，憧憬未来，激励自己永远拥有那颗探索奥秘的心吧！

名山之行

一

春天随着落花走了，夏天披着一身的绿叶儿，在暖风里舞动身姿，跳跃着来了。适逢周末，在都江堰公交公司做驾驶员的二哥又轮休，于是便有了去名山走一趟的行程安排。因为名山是四川最有名的茶叶生产基地之一，而二哥又喜欢喝茶，所以他说去名山的主要目的就是买点正宗的茶叶，再沿途走走看看。

二

四川省雅安市名山区，是中国特色农产品优势区，素有"仙茶故乡"美名。蒙山茶种植始于西汉，具有2000多年的种茶历史和丰富的文化底蕴。名山区，1998年被确立为国家质量技术监督局验收合格的国家级茶叶标准示范区。2020年12月1日，被农业农村部、国家林业和草原局、国家发展改革委、财政部、科技部、自然资源部、水利部认定为第四批"中国特色农产品优势区"。

为此，早有人给予其"扬子江中水，蒙山顶上茶"的美誉，后来亦有人根据雅安久负盛名的"三雅"，即雅雨、雅女和雅鱼特色文化，赋予"雅安城中女，蒙顶山上茶"的赞美之辞。

我已数年没有喝茶的习惯，也不甚探讨茶文化，自然就没有光顾过大小茶市。可当我走进名山茶叶批发市场，但看各地前来采购茶叶的茶商不是很多，摆摊设点的摊位却满满当当的场景，很是好奇。所以就趁着二哥他们选购茶叶的机会，提起相机在两个足球场大小的市场转悠起来，随意抓拍几幅资料照片。

三

买茶叶的时间不长，也就那么半个小时，此刻刚到十点。我们便商议去附近的碧峰峡景区逛一逛。

碧峰峡有大熊猫及其他野生动物可供观赏，这当然是最佳选择地之一。可是，当我们到了景区，首先是在第一道关口被收取了15元的停车费。

"在我们农家乐吃饭嘛！在我们这吃饭嘛！"还没有找到购票的地方，已经被几位大妈团团围住，"只要在我们这里吃饭，我带你们进景区，也不要你们的小费！"二哥是个急性子，他从部队汽车兵退役之后，曾受雇于某旅游公司，经常驾驶旅游大巴去西藏、甘孜、阿坝、云南等地方。也许是长期与游客接触而见惯不惊，也许是其他原因，他素有不在景区附近吃饭的习惯。当被这些大妈围困的时候，其性子就有点不耐烦了，一下子火冒三丈，二话不说就把车开走了。可是，一个大妈还不死心，像幽灵一样，骑着摩托车尾随而来。此刻，附近又有几位大妈加入拉客的行列。她们像一群麻雀，围着车子叽叽喳喳，喋喋不休……二哥索性将车子掉了头，直接打道回府。满脸怒气，嘴里还一边嘟嘟哝哝："我去，去你个鬼！这完全就是一个圈套！"边说边加大油门儿，"这是啥景区，咋这个模样！哎呀！完全是一个圈套！啥子游玩的心情都整莫得了！"

四

俗话说，船载千斤，掌舵一人。掌握方向的司机说怎么就只得怎么为好！我们调整了行程，改去蒙顶山上走走。此时已经快到正午，天空中没有一片云，也没有一点风，头顶上是一轮烈日，所有的树木也都无精打采，懒洋洋地站在那里，车在蜿蜒的道路上行进着。

仁者见仁，智者见智。其实，一个人对于任何事物的认知欲望是不同的，爱好摄影的我倒真想去山顶看看茶园的样儿，拍几幅图片，可怒气未了的二哥曾开旅游车到过蒙顶山上，他说这儿也就那样，还是莫得啥子看头，过去过来就是些茶园而已！

也是哈！正午时分，已经错过了摄影的最佳光影时段，而我尚未完全康复的脚，也经受不住翻山越岭的折腾，因此来到蒙顶山的一处观景点驻足片刻，举目眺望被阳光折射而隐藏得严严实实的名山县城之后，就驱车继续前行，去路途寻找当日的午餐。

五

逛古镇也是一种乐趣。吃过午饭打算往回走，要途经平乐古镇，我提议去古镇逛逛。"也好！在河边上喝茶还是可以！"二哥接受了这个提议，就引领我们朝古镇深处走去。

平乐古镇，古称平落，史前蜀王开明氏时期，平落是四面环山的绿色小盆地，因修水利、兴农桑而得名，早在公元前150年西汉时期就形成了集镇，迄今已有2000多年的历史，是中国的历史文化名镇。资料显示，其素有"一平二固三夹关"的美誉，历史悠久，人文鼎蔚，青山层叠，竹树繁茂……闻名遐迩的九古风华，承载了平乐道不尽、说不完的文化风韵。

初次造访，认识自然肤浅，自认为顺着一条小溪的那条街，就是其古香古色的全部了。也是因为疫情之故，街道有很多店铺没有开门，游客也是稀稀拉拉莫得几个，如果借用"门前冷落车马稀"来形容现场境况，也一点不过分。

晴空万里，天上没有一丝云彩，太阳把地面烤得滚烫；一阵微风刮来，从地上卷起一股热浪，火烧火燎得使人感到窒息，难怪街边有老者感言："咋个这么热哦！"行人都贴着沟边行走，偶尔在树荫下小憩。我提着相机，慢慢悠悠走过古镇一条用青石铺就的街道，就到了一座石拱桥。发源于天台山玉宵峰的白沫江自西向北从桥下缓缓流过。白沫江两岸古木参天，众多树龄上千年的榕树，低矮的吊脚楼掩映其间。此外，在桥头左右的岸边，撑起几十到百米不等的大雨伞，雨伞下面是整齐安放的藤椅和茶几，我想这就是二哥说的古镇最佳喝茶聊天的地儿了。

其实，坐享古树黄桷的片片浓荫，观赏古堰分水的滚滚波涛，品味古民居大院的悠悠气息，加入古歌竹麻号子的声声呐喊……的确是一件十分惬意的事儿。虽然天气有些炎热，来这儿喝茶的人并不多，但茶铺依次摆放的椅子和茶几倒也是一道风景。

二哥他们俩找了个位子喝茶去了，我却意犹未尽，还在桥头的店铺闲逛。几间竹编工艺店铺中有一两个工匠在精心编织，偶尔有几个游客光顾；一些室内茶铺传出稀里哗啦的麻将声以及他们的谈笑之声，除此之外，着实安静得出奇。

"茶马古道第一镇——平乐之神奇，弹丸之地演绎了中国丰厚而灿烂的历史文明……"我想，这些就只有留待来日再去进一步体验吧！

六

我不喜欢喝茶，不是不喜欢，而是根本不能喝泡茶。没有别的原因，是茶碱过敏，一旦喝上一小杯带色的茶水，比喝相同量的高度白酒要难受得多，胃部不适，心慌暴躁，且直冒冷汗，恶心但又吐不出来！

这毛病是我刚从乡村老家到县城上班不几天开始的。当时一个上午，我来到办公室泡了一杯茶，茶叶放得并不多，约莫10点钟，便莫名其妙地开始出现醉酒的那种特有的症状，我很难受，直到中午下班回到家里吃过饭，才慢慢得到缓解。

不痛不痒，整个人好好的，所以也就没有在意。待到下午上班，再谨慎地饮了少许茶水，感觉胃里依然有些不适。第二天早上，我照例泡了茶饮用，结果胃里又开始翻江倒海。没有生病，出现这种症状的确有点古怪。于是，第三天我干脆不再泡茶了。不喝茶，安好！接下来的几天内，我坚持不喝茶水。自然而然，"醉酒"的症状荡然无存！我将这一奇怪的症状说给同事和朋友们听，他们说那是"醉茶"！

啥叫"醉茶"？至此我还是不相信，怀疑是那几天饮食不恰当所致。可又过了几天，我在家里试着喝了一小杯茶水，其结果又是如此，的的确确是"醉茶"了！从此，我就停止饮茶，这样坚持一个月之后，再次尝试性饮茶，结果依然如故。这一晃就走过快30年"只有淡饭，没有粗茶"的日子。

其实，与我同病相怜的真有其人。还在老家农村的时候，就曾听一位邻居说自己喝不得茶，而有的人还嘲笑说他买不起茶叶，自然说"醉茶"。当我也不敢喝茶后，就相信其说的是大实话，而不是因为经济困窘而拿不出买茶的钱来。

这"醉茶"的原因是后来被下派到乡镇任职期间，从一位上了年纪的大夫口中得知的。当时，从省城来了一个医疗小分队，他们来专门为偏远乡镇的老百姓开展义诊活动。我将自己不敢喝茶的情况向那医生陈述后，医生说这是茶碱过敏症状，原因可能是受到某种饮食影响所致。恍然大悟，我这下才回忆起此前在乡村教书时候的不良嗜好：将茶叶放得特多，让茶水呈深褐色，而且还要在其中放上两勺白糖。

七

桥头边有几个拿着景区旅游名片拉客的当地人，劝导大家到芦沟竹海去游玩。

去芦沟竹海游玩，本不在此行的行程之列。可转眼就把古镇逛完，实在没有让自己尽兴，于是，就上前向一位中年妇女咨询。她说，以车（三轮车）代步游完20多公里的景区，在每一个景点都会停下来让游客观赏之后再出发，直到游完全程再返回。

心想，闲着也是闲着，就随心所欲地来一次近距离观光游览呗。我价也不还就坐上三轮车出发了。

顺着山沟往里走了约莫4公里，第一个景点就是"崖壁人家"。其实是一处山崖，足有50多米长，山崖悬空伸出五六米不等，在新建公路之前，这是一户人家的宅基地，烟熏火燎之后的石头及其人居痕迹清晰可见。

我站在山崖之下，导游让我顺着她手指的方向遥望对面山上的一处崖壁。他说，那就是天然石佛像，现在只能见着半边脸了。我仔细打量掩藏在丛林中的岩石，倒是有点像一张脸谱。"树子长高了，把脸遮挡了，看得不是很清楚了！"导游说，"原来树林低矮，脸谱活灵活现哦！"

大自然造物本身就是鬼斧神工，如此形象的山崖不说随处可见，倒也有不少。这比起老家赵家沟那些数以万计活灵活现的天然奇石中的人像，那就是小巫见大巫了。但是，在别人的地盘上就听之任之好了，因为谁不说自己家乡好呢！

初夏的风，暖暖的，吹到身上，舒舒服服。初夏的风，有的不仅仅是泥土的芬芳，花鸟的姿色，还有一份独特而又朴实的青涩。尤其是坐在只有塑料门帘的三轮车上，更加清凉，更加感觉到那份惬意的浪漫来。

继续前行几百米，导游停下车，让我看对岸崖壁处的一段引水渠，说是造纸厂的引水渠道。其实，就在停车的近处，有一个石碑，上面刻有"芦沟造纸作坊遗址"字样。原来，这条沟竹林资源富集，以竹子为原料造纸便是乡村主要经济来源。

转眼到了一处古栈道遗址。导游说只有几百米长的路程，问我去不去走一趟。有山有水，山清水秀，还有古道可以走走，自然想去透个气，让自己放松一下心情。于是，我下了车，去领略一番古道的遗风。

八

古道寻幽挺有意思。在曾经工作的地方，我曾抽空专程去考究过在大渡河岸边断崖之下一段残存的古栈道遗迹。那可是走大渡河逆流而上到"千碉之国"丹巴唯一的捷径，就是神仙打此过，也必须得在栈道上留下自己的脚印。后来，我将此行形成的文字和拍摄的照片在省级报纸上公开发表，一度引起外界关注的目光。

这一段古道看似普通，却也很有意思。安安静静的石板路，时而狭窄，时而宽阔，在悬崖下迂回……仿佛回荡着行人匆忙的足音——空旷而逶迤。尤其是途中一处断崖上，一字排开悬挂着9根铁链，铁链的下端均坠有一个直径20厘米左右的铁环，离地面皆有2米左右的距离。但看铁环已经锈迹斑斑，有的地方几乎氧化到极致，快要断开！这物件仿佛正向人们讲述着昨天的故事，而非今世为了旅游而特意打造的旅游新景点。我向导游打听这铁链的来历，她回答说是古人用来拴马用的。"拴马？"我不能辨别它的真伪，因为，山崖固然可以挡风避雨，供南来北往的马帮及行人驻足休息，这无可否认，但悬挂这些铁链来拴马未必造价太高，路边那么多竹子系一根两根马缰绳，实在是简便，又何乐不为呢？

九

疑惑就让其留在心里，相信终有被解开的时刻。启动三轮车，又继续朝前走。

芦沟地势并不开阔，的确就是绝壁之间的一条狭窄的山沟。在竹林间行进，转过一道弯，就来到了一个叫"一碗水"的地方。在导游的指引下，我走到了一处山泉的出口处。这一处山泉的确从一块形似大碗的岩石里渗出来。有人将一节细小的空心竹子插进石缝，细细的泉水就被引到碗的中间注入碗里。石碗的左边上沿有一道缝隙，泉水就从缝隙中汩汩溢出。

大自然的神奇不可否认，诸如这样的泉眼，我在大山深处见过不少。但是，倘若围绕泉眼编撰一个神奇的故事，为其赋予神秘的色彩，那就另当别论了。

当地人说，古代有位名叫黄崇嘏的女状元，她当年从炎井途经平乐进京赴考，曾在这里取水解渴而中了状元。故事自然终归为后世的编撰。真实也好，杜撰也罢，当时的情况又有谁见过？有谁能够证明其真伪？但这一切并不重要，重要的是千百年来，这一泓山泉自始至终清澈甘洌、永不枯竭。饮用之，便会给人以清爽，给人以身心愉悦的感受！

十

　　边走边聊，途经"天官试剑"，相传为明代天官杨伸试剑之处。又来到了一处山崖下，导游也下了车，向我介绍对面50余米高的山崖说，那里蔡伦的塑像有看头，很有气势，可以去欣赏一下哦！

　　造纸术，是我国古代的"四大发明"（指南针、造纸术、印刷术、火药）之一，是中华民族对世界文明做出的一项十分宝贵的贡献，也大大促进了世界科学文化的传播和交流，深刻地影响着世界历史的进程。而蔡伦便是造纸术发展的关键人物。这一点自幼在学堂里就有所知晓，但是远在四川芦沟有蔡伦的雕像，让自己顿生新奇之感！

　　我沿着山崖下的梯步拾级而上，被竹林遮掩的雕像逐渐清晰可见。原来，这是一处凹陷的天然弧形绝壁，左右对称，俨然似人工修建一般。其底部横向通长有20余米，正中高也不下30米，顶部是一道呈U形的缺口，貌似经水流冲刷而成，而今却并没有滴水下泄；有一尊两米多高、端坐的人体雕像，是经过人工凿石雕刻而成，镶嵌在呈弧形的一块完整的岩石之中。但见雕像浓眉大眼，和颜悦色，古装打扮，双手紧捂书……难怪导游说很有看头，着实令人叹为观止！

　　雕像右边立有一块标牌，就是蔡伦的生平简介，下端离地约2米是一块平整的底座，上面留有"四川省邛崃市骑龙山造纸厂塑"的字样。显而易见，它是这个造纸厂的杰作。之所以要选择这一处风雨不浸的天然崖壁为其留下永恒的形象，俨然是彰显后世对中华能人的追忆、缅怀和敬仰之情。

　　静静地，走在竹林间的小路上，鸟儿的鸣叫声使这幽静处增添生气，让身心更加愉悦。此刻就我一个人，独自静静地跨越时空，走近历史上的东汉。蔡伦一生在内廷为官，先后侍奉4个幼帝，投靠两个皇后，节节上升，身居列侯，位尊九卿。他在兼管尚方时，推动了手工业工艺的发展，被称为东汉时期的科学家，因而留名后世，得到史学家的首肯。

　　因其受命于邓太后监典内廷所藏经传的校订和抄写工作，从而形成了大规模用纸高潮，使纸本书籍成为传播文化的最有力工具，进而发明创造了供方便文字书写、留存的纸。这一丰功伟绩理当受到世人的敬仰，虽然当今社会文明进步已经到了完全可以无纸化办公的便捷、快速时代，但纸在文化积淀与传承中的功能，永远不会退出历史舞台。正是：平乐庐沟见蔡伦，断崖绝壁藏金身；千千竹木浆成纸，后世莫忘歌圣人。

十一

名山之行：光顾茶市，止步碧峰峡，改道蒙顶山，造访平乐古镇，探秘芦沟竹海……走马观花，只为舒心。其间虽有些许遗憾，却又收获满满，真是不虚此行！

秋染美汗路

　　木壳壳梁子位于美沃乡与汗牛乡交界地带，准确地说属于小金县汗牛乡辖地。翻越木壳壳梁子的公路叫美（沃）汗（牛）路，是"5·12"汶川特大地震灾后恢复重建的时候由对口援建的江西省组织修建。公路穿越最高处的垭口海拔有4916米，所以人们又把这条路叫作"天路"。

　　实际上，这条公路将汗牛乡与县城美兴镇拉近了100多公里。为啥这样说呢？因为，此前小金县城通往汗牛地区的公路只有一条，就是走丹巴县绕行110多公里才能到达。而两地之间俨然山水相连，并没有距离可言，只是这道高耸云端的山梁，阻断了汗牛、窝底和潘安三个乡镇与县城的捷径而已。

　　木壳壳梁子的山非常奇异，自东向西一条线，非常明显是镶嵌在岩层中，绵延不绝，犹如一块硕大的汉堡包。因为从东到西三道山梁几公里裸露在外的部分清晰可见，用肉眼完全能够辨别出来。

　　山尖裸露的岩层有色泽，这是第二个特点。不是乌黑乌黑的，而是呈紫红色，就像铁矿石氧化的色泽。除此之外还有乳白、黄等其他颜色。而在其周遭，地质队初步勘探就发现有石灰岩、竹叶青花岗石（菊花状的玄武岩）矿藏，此外还孕育碧玉。只是有待于进一步勘探，以确定是否有开发价值。

　　其三是有形状。这里的山体经过几次地质运动，如今隆起的山体或危峰兀立，或犹如僧人静坐，或呈现可令人产生丰富联想的模样……你怎么看都行，百看不厌。尤其是云雾缭绕的时候，就更有一种神秘感。

木壳壳梁子还有一个特点就是积雪时间长。因为海拔相对较高，致使其阴山区域整个冬春季节基本上都被积雪覆盖。所以，内地有不少滑雪爱好者都会跑这儿来滑雪。

还有一个理由就是积雪在左边阴山，向阳的右边是公路。滑雪者从高山顶上飞驰而下，到了山脚下，又乘车到山顶，这样比较方便。去年，我们就拍到他们滑雪的精彩画面，真的太美了！

除此之外，那就是这里令人陶醉的彩林了！

去年，摄友们一起拍了很多秋色，让我羡慕不已。于是，今年无论如何也要走一遭才心甘。

时下，仲秋的第一场雪覆盖了高海拔的山巅，然后向沟谷徐徐铺展开来。山下的草甸和彩林似乎还十分留恋秋天的缤纷色彩，它们用深浅不一的绿交相辉映，淋漓尽致地表现着依然旺盛的生命力，用橙黄和深沉的红，拼接出秋天的风韵。

说具体一点，这里的红叶根据海拔的变化而不同。首先是高海拔地段，具有顽强生命力的高山杜鹃的树叶是绿的，虽然还没有打霜，但那异军突起的山麻柳的树叶已经绯红。秋风起红叶红，只要红叶红了，白雪公主也就匆忙赶来赴宴，给人五彩斑斓的视觉盛宴。每当这个时候，山顶白雪皑皑，白雪往下绵延，山涧就呈现出红、绿、白相间的三种色，美不胜收，令人叹为观止，流连忘返。当然，要是遇到大晴天，再配以蓝天白云，就更是一幅完美的秀丽画卷了。

其次是再往下走，阔叶林的色彩有红、黄、绿等多种，使大自然的鬼斧神工如虎添翼。秋色正当时，正如人们所说的那样，"神仙打翻了调色盘"，那才真叫醉人的风景！

送走炎炎夏日，迎来了清凉的秋天。那间或闷热火辣的天气也许是对夏天的怀念，也许是对秋天的欢迎。"秋老虎"是夏的余威，也是秋的序曲。在热情的送别与挽留、真诚的期待和欢迎中，完成了季节的交替，又开始了一个沉静而充实的季节。国庆前后，我们这里新冠疫情不太严重，几个摄友便急急忙忙相约一起去看看秋色了！

那几天每天都是早出晚归。星夜出发，目的是赶到山顶去观日出，去拍摄侧逆光下的秋色；日落而归，意欲收割完最后一道灿烂的霞光。总是匆匆忙忙而又仔仔细细，记录下木壳壳梁子的雾起雾落、云卷云舒，定格下那五彩斑斓的一幅幅唯美画面。

曾经有人这样说过：随手一拍都是风景！还有的人说：如果满分是5分，给海螺沟与小金的秋景来打分，海螺沟得4分，小金的秋色要得5分！这无疑是对咱小金山川河谷大美秋色的最佳褒奖！

是啊！秋天的确是一个收获的季节。人们在欣赏了春的浪漫、夏的狂热之后，秋天表现出了它特有的稳健与厚重。眼下，木壳壳梁子、美汗路上，如痴如醉的画面让人无法比拟，令人怦然心动：群山环绕下较为开阔的山涧，红的和黄的是树和草的叶片，深深浅浅的绿还是它们自己；蓝的是湛蓝的天空；白的是游走的云雾和茸茸的积雪；还有一条宛如黑色飘带的柏油路轻盈、舒缓，在天然的油画中蜿蜒盘旋，点缀着一幅幅秀美的画卷，迸发出无限的生机与活力，陶醉着那一颗颗炙热的人心！无可置疑，2022年之秋尤为奇异，或许是此前夏日持续月余的干旱所致，秋色来得特早，其色泽也分外鲜艳，分外迷人。

"唉！要是这个地方有一潭碧水装点就更好了！"有人如此说。是的，这仅仅是一个景点，的确缺少水的灵气，多多少少是有点缺陷。不过，凡事不可能皆如愿，留一些遗憾，才会有理由真切去感悟诗和远方的真谛。

不管怎么，一片叶子只有一次生命，当其将最美的色泽呈现给世界的时候，你还有什么理由不为其赞美呢？的确，我们对穿越木壳壳梁子美汗路的秋之绝色已经很知足了。

双桥纪行

双桥闺藏万刃山，仰天长啸美若幻；
一方水土育万物，四季美景呈眼前。

有道是："一年有四季，十里不同天。"而在金秋时节，当你信步阿坝高原的四姑娘山景区双桥沟，就能真切地感受到"一天游四季，一年四季游"的奇妙景观。

是的，不管是哪个季节，只要你走进双桥，那仙境般的迷人景色，都会让你心花怒放、激情澎湃。就算不是冲着金秋时节去享受"一日四季游"的特殊待遇，不提欣赏盛夏山清水秀、姹紫嫣红的花海丽景，单说冬春时节，偶遇冰雪覆盖、银装素裹、雍容华贵的美景，去尽情享受大自然恩赐的银色世界，那番景致俨然又是一场绝佳的令人欣喜若狂的视觉盛宴。

虽然干冬，却春雪丰盈，这是小金气候的显著特征。我生长在雪山脚下，与景区为邻。因此就经常抽空深入其间，去感受大自然赋予这方水土的神奇魅力。

时令步入初春，接二连三的几场降雪，让尚未从沉睡中苏醒的大地，披上了严实而素净的银装。"风雨送春归，飞雪迎春到。"久旱无雨，遇上这般滋润心肺的天气，让种地的农人们喜上眉梢，亦使爱好摄影的人心跳加速。

东方圣山四姑娘山景区，其特殊的地理和气候，为各类珍稀树种、飞禽走兽提供了良好的生存环境。"一天游四季，一年四季游"，山水之美，令人目不暇接。眼下那大雪纷飞、银装素裹的大美光景，自然成为我们这帮摄友进行雪地创作拍摄的首选之地。于是，一场说走就走的创作之旅就成行了。

出发前夜，纷飞的雪花已经飘落到了2000多米海拔的河谷地段，当我们顶着夜色从县城出发的时候，一路上，雪花还在纷飞，大家都担心此行遇不到好天气。

当日，我们是第一拨到达双桥沟的客人。在与管理局负责人联系沟通之后，便自驾车过了山门，踏着积雪，箭一般奔景区腹地而去。

冰雪路面，谨慎行驶。我们在阳光撩开夜幕，穿透云层，直射雪峰的时刻，置身白雪皑皑、银装素裹的双桥沟景区，眼前那一幅幅水墨景致，着实已让我们完全陶醉。触景生情，正是：

脚踏双桥入仙境，置身幽谷浴甘霖；
银装素裹惹人醉，巍巍冰峰指天庭。

我们驱车到人生果坪稍作停留，眼前的风景并没有激起大家的兴趣，于是迅疾上车，直奔盆景滩而去。盆景滩的树神奇、水灵异。因为溪水中含有丰富的钙化物，沙棘树在被泥石流掩埋致死之前，根部积了大量钙化物，从而使得这些沙棘树死而不倒，依然保持着挺拔优美的姿态，成为双桥沟神话世界的一道独特风景。当金色的阳光还没有完全铺洒在山谷之中，身上沾满冰雪的枯树，巍然屹立在银色的大地上，自然天成、妙趣横生的一幅水墨画卷，就这样活脱脱呈现在了我们的眼前。这般景致动人心魄、扣人心弦、无法比拟。大家心潮澎湃、激情飞扬，一头扑进雪地，开始疯狂地取景构图作业。

在这里，我们用贪婪的目光，不断调整角度，狂拍一通之后，意犹未尽又驱车前行，边走边下车去寻找亮点。当赶到第二个重要景点——四姑娜措景点时，太阳从云层中钻出来。此刻，让我们先前对天气不佳的担心成为多余。

四姑娜措群山环绕，宽阔的湖面依然是冰雪覆盖，只有对面岸边的松树下能依稀看见一泓狭小的水面，虽不能见树木的倒影，倒也是一处闪光的景点。也许是我们的热情感动了上苍，当大家在此逗留几分钟之后，太阳就十分爽快地扒开了云雾，一览无余地将屹立的山峰和树木的光影，绝妙地折射到洁白的雪地上，落下参差斑驳的黑影，为这般秀丽的景致增辉添色。蓝天白云下，眼前的世界，没有姹紫嫣红，只有素净的黑与白交相辉映；没有杂乱无章，唯有干净整洁。这不正是双桥沟景区人间仙境之冰雪奇观吗？

巍峨耸立的雪山，坚毅挺拔的大树，还有被白雪覆盖的河谷……大家无不为这雪莹的双桥景致叫好。纷纷追寻那一道道可贵的光影，用自己的全部美学知识，全身心从大自然恩赐的奇妙画卷中，定格复制着一幅幅精美绝伦的画面。

山花烂漫的时节，置身双桥，脚踏清流，头顶白云蓝天，拥抱雪山草地；冰雪覆盖的时节，又俨然置身于十里水墨长卷。

双桥移步一丽景，雪染山谷留倩影；
仙客无意打此过，撩拨凡尘倾芳心。

我们忘记了疲劳，忘记了饥渴，或夯着淹没膝盖的积雪，忘情地绕仙湖转圈，再迎着风雪，置身野人峰、布达拉峰等峰峦脚下的河谷，又折返盆景滩，就这样在30多公里的山谷中来回奔忙，与蜂拥而至的游客一道，共同追逐雪地里的光影，追寻雪地里的唯美景致。而那温情的太阳也就那么端详地挂在天空，尔后，再将封冻的水面切开一道两道口子，有意为我们的创作布景、补光，让我们将最美的画卷呈现得淋漓尽致。那风雪，那云雾，亦借机将山峰、河谷、树木以及我们这帮好动的摄影人严实包裹，瞬间又暴露无遗，让雄奇与浪漫、诙谐与幽默相映成趣、尽显风采……真是妙不可言。

谁将妙意寄双桥，雪莹画卷觉春晓。大自然赠予高原的醉人丽景，就这样让我们尽情地享受着。

是啊！虽时过境迁，但山还是那座山，水还是那道水，苍松翠柏，云蒸霞蔚，碧水蓝天永远萦绕在这一片神奇而美丽的土地。

1974年出生于安徽太湖的好友桂兆海先生，师承知名画家李小可、贾又福等，其绘画艺术在全国已小有名气。尤其是自2012年7月慕名走进四姑娘山景区写生之后，深深被这里的四季景色所陶醉，用他自己的话来说，就是在这片令人神往的土地上，找到了属于自己的、有特色的绘画语言。他数十次只身一人，甘受寂寞，在景区腹地安营扎寨数月，潜心绘画创作。

功夫不负有心人，其数件以"圣山净土"为题材的作品，十多次在中国文联、中国美协举办的全国性展览中入展并获奖，还跟随贾又福先生的工作室多次参加张家港、南京、青州、杭州和广州等地的国内画展，并在广州、张家港、东莞、大连等地举办个人画展，所到之处，受到广大观众的追捧。

诚然，摄影与绘画给人以最直观的感受，而普通游客身临其境的真切感受，就是对这方水土发自内心的褒奖，果真是"一年四季游，一天游四季"。四姑娘山俊俏、柔美，被誉为"雪山展览厅"的双桥沟，山更青、水更绿，如果用色彩斑斓、落英缤纷来形容她，一点也不为过。再看那座座挺拔云端的雪山更富有神奇的灵气，让人目不暇接、心旷神怡、流连忘返。

无法抗拒的诱惑

这是我第四次提着照相机走进赵家沟。之所以要五次三番去这个地方，是因为她在我心里极具诱惑。闺藏的天然奇石，时时召唤着我的灵魂！

赵家沟的奇石，位于海拔4200多米的山坳。那里形态各异、数目庞大的天然奇石，至今尚未开发。今年初，几个摄友在一起聚会，商议在适合的时候，相约一起去赵家沟采风……几经磋商，采风的时间被定在了6月9日至10日，近了却因几位摄影人临时有事无法随行，可决定了的事情又不能随意更改，更何况这是一次奇妙之旅。所以，由我们作家协会、摄影家协会、音乐舞蹈家协会和电视艺术家协会会员参与的采风活动如期进行。

去赵家沟，有三条线路可以走。我们此行走的是中间路线：从县城美兴镇出发，经大坝村上山，沿着光伏电站的施工道路继续前行，再徒步前往赵家沟。此线路整个车程近30公里，公路尽头处是一个叫水磨沟垭口的地方，这里的海拔近4000米，到赵家沟还有约莫5公里山路。当日，我们到达的时候，相约的马夫尚未抵达。稍坐片刻，马夫从山里牵着两匹牲口来了，我们帮着把随行的户外用品打包搭上马背，再告别新桥乡、崇德乡和美兴镇安排接送我们的几个越野车师傅，近20人的采风队伍，就马不停蹄地朝目的地进发了。

接连几天的阴云细雨结束，迎来晴空万里的好天气，大家的好心情是不言而喻的，走起路来也轻快了很多。一行人大多都没有到过赵家沟，或许是心中憧憬着奇石的风姿，沿途草地上成群的牛羊与蓝天上飘飞的白云，还有远处连绵起伏的雪山也减轻了旅途的疲惫，加上彼此给予的力量，就这样走走歇歇，2个来小时之后，目的地也如期出现了。

真是天有不测风云。正当大家兴致勃勃地驻足在海拔4200米的赵家沟观赏奇石的时候，浓密的乌云把蓝天遮挡得严严实实，瞬间，鹅毛大雪洋洋洒洒，罩住了天地……温暖的夏日景象突变为寒冷的冬日，太突然了，惊喜之后恐慌袭来，大家担心这雪一直下，就七手八脚地开始支帐篷，雪没有停下来的意思，支撑起来的帐篷被压趴下，大家的肩头早堆积起了白雪！不得已，只好紧急叫停，选择在奇石堆旁的一座30来平方米的石佛庙里避雪歇息，也趁机吃一些干粮、喝一些冷饮来补充能量。

奇异的环境，特殊的天气，是出片子的好时间。雪还在下，摄友元春和洪星边说边提起相机拍摄去了。啃了半个锅盔之后，我也急急忙忙打起雨伞跟随其后出了门。来到奇石堆边，我看二位一会儿弓着身子，一会儿站立起来，在其间潜心地搜寻着拍摄的目标，如此专注的神情，岂不正是一幅风雪美图？记录赵家沟奇石风雪剪影的《猎手》，由此完美地定格在了我的相机里面，以至于在整理此行摄影作品的时候，还意犹未尽。有如"你在雪地里拍风景，看风景的我在拍你"的真情实感，"不是冰天雪地的时节／但见雪花飞舞／站在山顶的你们／痴情举起的镜头和雪花一样狂舞／一阵狂拍……狂拍的你们／亦悄然定格成我心目中的风景。"

大雪过后，天终于放晴了。阳光冲破云，把蔚蓝的天空铺展在头顶，薄薄的一层雪，瞬间被融化为薄雾，在我们身边轻盈地穿梭、飞跃……梦幻的仙境应运而生！抓住这难得的好光影，我迅速叫音乐舞蹈家协会的帅哥、美女们着装，进入到拍摄现场。

说句大实话，让身着民族服饰的青年男女，置身其间，融合在形态各异、栩栩如生、惟妙惟肖的奇石堆里，创造出人与自然和谐相融的另一番别致美景，这是我多年来的一个愿望。当这幅场景真实跃然眼前的时候，我和大家都禁不住一阵狂喜，梦幻神秘的境地，无声世界里的小精灵与有生群体心灵之间微妙的情感交融，不时撞击出一波又一波耀眼的火花。不同的角度，不一样的场景，不一样的神情表现，着实让影像师们的镜头与这精美绝伦的画面始终黏在一起，不忍分离。

一番近乎疯狂的拍摄后，已是夕阳西下时。待夜幕还未降临，我们已在草地上支好帐篷。年轻人抑制不住心中的狂喜，忘记了路途和拍摄的疲劳，利索地点燃起篝火，伴着手机播放的音乐，居然跳起了欢快的锅庄舞，边跳还有人专门录制"抖音"。元春他们又到奇石堆里面选择角度，拍星轨景色去了，我蜷缩在帐篷的睡袋里，倒腾着手机定格的奇石光影，让自己在快乐中进入梦乡。

也许是我们的真诚感动了上苍，也许是这一处被神灵呵护、闺藏山涧千年万载的奇石显灵。当天幕还没有被太阳的光辉慢慢揭开的时候，我已经从睡梦中惊醒，随手拉开帐篷的拉链，探头张望，东方一字排开的山头，已经隐约可见，一抹红晕的色彩，已经把天幕拉开了一道口子——晨曦初露，该起床了！

我出生在大山，敬畏大山，是大山的儿子。雨过天晴的好天气，无不令人心旷神怡。但是，当日之晨，崇德沟上空飘浮的云海，让我始料未及，或者说实在是罕见。举目远眺，远处的山坳云海茫茫，太阳慢慢地从山尖翻滚出来，刹那间把金色的琴弦洒落在云海之上，直射到奇石林中，这晨光无疑给赵家沟又涂抹上了更加梦幻、神秘的色彩。说时迟那时快，我们在各自选定的机位上，按动快门，定格下一幅幅珍贵且精美的奇石光影！

清晨，就这样无声无息，时光仿佛凝固了，不觉日上三竿，我们大家始终置身在奇石中追逐光影，尽情享受着大自然的这一份特殊的恩赐：

我本无意
站在高处
眼前的一切
便是一生一世

一缕阳光
泼洒在我们的身上

晨的星辉

渲染了

世界的冷清

此刻

一幅诗意弥漫的画

涂抹了蓝天

席卷了慧眼

笼罩了静谧的山野

覆盖了空旷的心海

我本无意

站在高处

可眼前的一切

皆为过眼烟云

回首

光阴

请把你潜藏的美

致我空寂的

灵魂

……

记得前几次，我有幸走进过赵家沟，有顺便路过此地时，有陪亲朋好友专门来摄影时，也有给县级领导做向导，引领他们来考察时……每一次都有不同的感受，而尤以这一次给我的印象最深。此行巧遇的梦幻境地，让我再一次回想起有关赵家沟的凄美传说。

相传凡是有名望的得道高僧，圆满成佛，都会选择到有名气的神山修行。很久很久以前，赞拉（小金曾用名）地区有一位喇嘛，他有这样一个美好的夙愿，也决心要为当地群众做一件大善事——把家乡小金县变成"小西天"，让老百姓都过上安定富足的好日子。当他潜心修行到暮年，就在弟子的陪伴下来到赵家沟，选定了沟尾处坐西向东面向甲几雪山的开阔草甸坐静，并一再告诫弟子要在七七四十九天之后才来看他，在此之前无论遇到什么事情都不可前往！但是，心地善良、为人忠厚老实的弟子，忘记了师父的再三叮嘱，在第四十八天的清晨，就心急如焚地赶来探望。

当他到了能够俯视师傅坐静的垭口，眼前的情景让他惊恐万分，师傅静坐的草地上是黑压压的一片，鸟儿的鸣叫声、豺狼虎豹的哀嚎声相互交织，这时还有各种奇形怪状的凶猛野兽连续不断地从四面八方向他师傅坐静的草地上奔去……目睹此情此景，弟子以为师傅已遭厄运，禁不住放声恸哭起来。可就在他呼天抢地的那一刹那，天空中忙碌飞行的奇异怪兽的哀鸣、嗥叫声戛然而止，草甸上的一切悄然凝固，先前沸腾的场景一下子死一般的静寂。惊魂未定的弟子连滚带爬下了山坳，奔向师傅坐静的地方，却只找到一堆乱石，哪里去寻师傅的踪影！

弟子看着这些千奇百怪、形态万千的飞禽走兽，人形的石头，如梦初醒，恍然大悟，自知自己不听师言，不慎害死了师傅，于是趴在石头上恸哭起来，尽情倾诉师傅行善积德、大慈大悲的人生之后，也悄然离开那里，不知所终，但赵家沟的奇石却一直保留到现在。

再说若干年后，一位上山采药的药农，在赵家沟这片奇石堆中，发现了一棵长势特别茂盛的野生中药材——羌活。他挥锄去挖，当第一锄挖下去时，只听到"哎哟"一声，第二锄下去，仍是"哎哟"一声。胆大的药农又试着轻轻地挖了第三锄，结果这一声比前两声叫得更大更惨。他定了定神，小心翼翼地拨开苗苗，将土慢慢刨开，奇迹出现了！土中露出了一块人头形的石头，他又继续刨土，终于从土中取出了一块1米左右高，光着头的完整的人体石头坐像，其容貌清晰可辨，身形酷似一尊佛。正是：

> 一尊雕塑千年成，憨态可掬似真身；
> 闯藏山间苦修炼，得道成仙铸永恒。

喇嘛苦心降魔妖，弟子心切坏功劳；奇石就此藏深坳，佑化乡亲面未抛。是的，这的确是一处真实的秘境圣地。那奇石，那奇石背后的故事，那奇石周围梦幻般的境地，的确让人着迷，令人神往。

曾记得，应邀参与赵家沟采风的新华社四川分社图片部主任江宏景对此深有感触，他说："我在中国西南地区采风多年，到过无数名山大川，见过不少奇异的地形地貌，但的确没有见到过如此规模，且神形兼备的天然奇石群落！它们到底是火山喷发形成，还是冰川作用，抑或是久经风化形成，虽然暂时无法定论，但从观赏与科考的角度出发，都深藏巨大的潜质！"而早在10多年前，四川省旅游规划设计院的刘开榜专家一行到此考察，就对赵家沟奇石的无穷魅力产生了浓厚的兴趣，给出过"一道亮丽的风景，开发前景十分广阔"的断言。此行的青年朋友们也一致认为：赵家沟的奇石的确太美！太美！美到无法用语言来表达！

"回首往事随风逝／心底秘密有谁知／我自旷野巍然立／述尽天犬宏图志。"大千世界，无奇不有。的确，"闺藏"在赵家沟的这些奇异的石头，有的像静息窥视的小鸟，有的像昂首打鸣的雄鸡，有的像活泼可爱的小兔儿，有的像淘气的小猴、小狗、小马，有的似雄狮、骆驼，还有的若猛虎……"十二生肖"信手拈来，飞禽走兽尽在其中。它们也许是地壳运动、火山喷发的产物，也许是外星球赐给地球人类的珍贵礼物，也许就是那位"僧人"美好夙愿的真实写照……

不管怎样，大自然恩赐人们这些千奇百怪、精妙绝伦的艺术精品，亘古以来就陈列于此，默默地接受着大自然的洗礼，见证着历史的变迁，给人们带来了无尽的视觉享受。它们默默地守候在此，也必造福一方水土。期待着在不久的将来，有更多人慕名前来探幽，让其以更加生动的姿态展示在文人墨客的笔下，召唤相同的灵魂，召唤更好的明天！

此文曾发表于《民族》2016年第1期

西藏之行

　　2016年入秋时节，有幸争取到去西藏开展摄影创作活动的一个机会，了结了我今生去青藏高原走走看看的一桩心愿。

　　说来也是缘分。7月28日，我正在准备青海省久治县摄影大赛的参赛作品，摄友成龙先生发来一条消息，说西藏昌都市有个摄影创作活动，可有意愿参与？本就闲暇无事，自家乡一直向西，去青藏高原神秘的西藏走走，又是我今生的一个愿望，有如此好的机会，自然踊跃报名参与。后来，又得到摄影前辈耀武先生给组委会的竭力举荐，最终让我实现了这个愿望。

　　摄影是我之所爱，因为特别的喜爱而让愿望得以实现，不能不说是难得的美差。乘飞机经历两个多小时的飞行，让我又一次体验到一只雄鹰在辽阔的天空自由翱翔的那种快感，而当这只鹰隼首次展翅飞跃在世界屋脊的蓝天之际，内心更有一种难以抑制的亢奋。"我不动步／任由自己在蓝天上飘逸／看白云飘飘／看跌宕起伏的山峦／看弯弯流淌的河流／看阡陌纵横的农田／看星罗棋布的良田美宅／把故乡撂在了身后……"

　　7月31日午后时分，走出机舱，我尚沉浸在飞翔的快乐之中，双脚已经轻轻地落在了向往已久的西藏的土地上。一切仿佛都在梦里。跟前来接机的组委会人员做过交涉，在西藏打工的外甥许尧夫妇，驾车从机场把我接到了拉萨。顾不上休息，他们就带我来到布达拉宫广场溜达，这是我第一次近距离仰望神圣的布达拉宫，欣喜得只顾举起相机一阵狂拍……回到驻地，我就在手机上记下了初来乍到的感受："西藏／我来了／真的来了／

在这个姹紫嫣红的时节／我走近你的心脏／驻足布达拉宫前／聆听来自天外的心语／接受纯洁心灵的感应……"

"卓卓康巴传奇昌都",西藏自治区昌都市为宣传旅游,在资源富集的八宿县然乌镇境内举办摄影创作活动。为此,我与来自全国各地的数十名摄影家一道,在西藏拉萨市会聚片刻,便马不停蹄地驱车向目的地进发。

因为对神奇的青藏高原的敬畏,第一次踏上这片广袤而神奇的土地,尤为激动,但为了赶路,只好把沿途的美景撂在身后,偶尔也叫司机在最具代表性的景点停一下车,匆匆抓拍几张图片,收获一份欣喜再继续行进。从拉萨到林芝,再到然乌镇,1000多公里的行程都是这样经历。只是从林芝到然乌的路途真让人感到郁闷:因为沿线的道路分段改造维修,致使行进的速度尤为缓慢,司机在波密县城停车加油的间隙,抓拍到一组夕阳下的雪山景色之后,就一直在夜幕中颠簸。直到凌晨1点,一行人才陆陆续续到达目的地然乌镇。虽然早已经疲惫困倦,可也来一首打油诗:"早辞林芝彩云间,夜半然乌星光灿;旅途颠簸忍饥饿,一路美景君不见",以泄胸中的一时不满吧!

次日上午,组委会召集团队在然乌镇第一次召开了一个简短的碰头会,将此行的目的意义、工作内容、作息时间,以及然乌湖主要景区景点一一做了介绍,参与摄影活动的摄影家们也自报家门,相互寒暄几句,也算正式打了一个照面。下午,昌都市文化和旅游局的刘局长亲自带队,前往然乌湖、来古冰川进行摄影踩点指导,为期一周的摄影创作活动就此拉开了序幕。

然乌湖是西藏东部最大的湖泊,位于八宿县城西南面89公里的318国道边。它是雅鲁藏布江支流帕隆藏布的主要源头,也是帕隆大峡谷的起源。然乌湖景区分上、中、下游三段三个景区,由三个梯级相连的湖泊组成,它们分别是阳措湖、傍措湖和冷安佳布湖。第一天的工作,对该景区景点游览有了一个初步了解,然乌湖、来古冰川的轮廓定格在了自己的脑海,接下来便全身心投入到摄影创作之中。

老实说,生于大山,长于大山的我,对山水风光不会那么轻易称奇,但是,当我置身然乌湖,亲近来古冰川之后,完全被这里的山水、村落所吸引。然乌湖湖面海拔3807米,总面积27平方公里,湖泊长25公里,宽

1~2公里，湖体狭长，呈串珠状分布，这在我的印象中是唯一。因为沿着湖泊已经修建起了水泥路，给观景、摄影带来了极大的便利。时值高原的夏季，然乌湖边绿草茵茵，山腰的灌木丛林郁郁葱葱，虽然未见五颜六色的杜鹃花怒放，但山顶终年不化的积雪却依然能见。正值冰雪融化的时节，湖水少了一些粼粼碧波，可因光的折射，蓝天白云下，呈现给我们这些起早摸黑、捕风捉影的摄影师的，却是一幅幅湖光山色的绝佳美景。正是盛夏西行走昌都，亲近神秘然乌湖；高原置景醉心甜，一条幽谷串珍珠。

来古冰川紧邻然乌湖，是西藏已知的面积最大和最宽的冰川，其名来源于紧邻冰川的藏族小村落——来古村，来古在藏语的意思就是隐藏着的世外桃源般的村落。它由围绕着来古村的美西冰川（死亡冰川）、雅隆冰川、若娇冰川、雄加冰川和牛马冰川6条冰川组成，在村子前形成了多个冰湖，因不同的冰川所在的地质和土壤成分不同，每一个冰湖都会反射出不同的颜色，其中一个冰湖上还漂浮着大大小小的冰山，颇有南极大陆的样貌；冰川的末端与冰湖之间，断裂的冰川露出数十米高蓝幽幽的冰层，甚是耀眼。在村里拍摄的时候，一位来自浙江的游客凑到我身边感慨地说："摄影家，这个地方真不愧为世外桃源哈！简直太美了！""就是，就是……"夕阳西下，我没有更多地与他交流，咬着牙关，忍受着右手腕痛风疾患带来的阵阵剧痛，抓紧时间定格岗日嘎布山及其山下绵延12公里的雅隆冰川的夕照景观之壮美景象。

一道残阳落山中，半江瑟瑟半江红；天上西藏多美景，来古霞光醉意浓。我行走过祖国一些名山大川，欣赏过藏寨羌乡的传统村落、冰川美景，了解过异国他乡对冰川奇观的介绍，我的西藏之行完全被世界屋脊及其"闺藏"的世外桃源所陶醉。

"你从远古走来／青藏高原／然乌湖／来古冰川／一方净土／秀美山川／梦幻家园／潜藏无数传奇／孕育无穷期盼……"踏上青藏高原，置身西藏，亲近然乌湖、来古冰川以及淳朴善良的昌都藏族人民，魂归自然、情寄净土，世界屋脊与世外桃源，它将我世俗的尘埃涤尽，让灵魂得到了一次升华。

此文曾发表于《民族》2016年第11期

新桥丽景惹人醉

　　我，爱恋着自己的家乡——新桥。

　　时光过得飞快，一转眼离开老家新桥到县城工作已经有16个年头，虽然谈不上阔别，却也难得回去。偶尔回去一趟，睹物思人，就会想起过往的点点滴滴，有许多话想要表达。终于，在2015年的初秋时节，我和我的朋友们，怀着一颗好奇的心，相约走进了这片热土，真切地领略到了赵家沟天然奇石景观神奇、独特的艺术魅力，欣赏到了云雾缭绕中的高山湖泊、草甸及河谷山川秀美的自然景色，让我又新增了想要写一写这里的理由。

　　2015年8月16日至17日，我们计划取道新桥，前往与之毗邻的崇德乡一道山梁处的赵家沟拍摄奇石，然后去小金最大的高山湖泊长海子等处采风。当日清晨，虽然天空下着细雨，邀约的本县电视台记者、作家协会与摄影家协会的同志，还有新华社四川分社的记者、中国国家地理杂志社的签约摄影师、远流文化传播有限公司特邀的省内外著名摄影师们，依然按照原定计划出发了。

　　去年夏季暴雨引发的山洪，让新桥乡的乡道严重受损，沿河的路段有好几处没有了路基，汽车在新开辟的道路上艰难行驶。到达离县城近15公里的乡政府所在地之后，我们改乘村干部的私家面包车，继续前行约6公里村级公路便开始登山。因为我们这个由摄影人组成的队伍中，有年近六旬的老者，有不满20岁的学生，还有娇小玲珑不擅走山路的女士，再加上阴雨天气，所以"行军"的速度受到了极大的限制，当全队人马到达宿营地老牛棚子的时候已经傍晚时分，让当日直接到长海子拍摄的计划落了空。

来者皆没有去过新桥，对赵家沟奇石从何而来，奇在何处，充满好奇。在驻地夜话的时候，我便把自小听来的关于奇石及几个高山湖泊的神奇传说讲给他们听，"长海子里面潜藏有一条长虫，西海子里面住着一头犀牛；黑海子颜色漆黑，深不见底；中海子、黄鸭海子都有神奇宝物把守，它们各个神通广大，能呼风唤雨……"岩窝坪、七架蓬、鸡冠石、牛颈项、石鸡坡等地名源远流长，妙趣横生、津津乐道的精彩故事，令这些山外来客个个如痴如醉。

次日黎明，天空还下着蒙蒙细雨。用过早餐，我们改变了行程，先冒雨向海拔4000多米的赵家沟进发，再到长海子及沿途主要景点去取景。也许是大家昨晚听我讲述关于奇石的神奇传说，因亢奋的兴致忘记了登山的艰辛，几乎都能跟上当地牧民向导的步伐。

过了好一会儿，几个摄影师在奇石堆里小憩，大家畅所欲言，纷纷发表对赵家沟的奇石来历的大胆推测，有的说是地壳运动、火山喷发的产物，有的说是外星球赐给地球人类的珍贵礼物，还有的干脆直言说就是当年那位坐静"僧人"的杰作……是啊！不管怎样，大自然恩赐人们这些千奇百怪、精妙绝伦的艺术精品，亘古以来就成列于此，默默地接受着大自然的洗礼，见证着历史的变迁，给人们带来了无尽的遐思。

大家依依不舍地离开赵家沟，已经是午后两点。一直伴随我们的浓雾时而散去，时而聚拢，正当大家翻过山梁前往长海子的时候，倾盆大雨霍然而至。虽然都配备了雨具，但是，在本没有道路的陡峭的山脊上行进，一不小心就有粉身碎骨的危险。大家只好时刻小心谨慎，缓步慢慢前行。

每到多雨的季节，云蒸霞蔚，浓雾弥漫的山川河谷更显几分诡秘。今天，正是这样时晴时雨的看似糟糕的天气，却让大家屹立在山巅，撑着雨伞，欣赏到了云蒸霞蔚、亦真亦幻的仙山美景。只见大家纷纷举起相机或手机，快速、准确地将山涧河谷云蒸霞蔚的醉人画卷定格为永恒。

大自然真是一惊一乍，喜怒无常，仿佛专门与我们一行作对——唱花脸！当队伍冒雨下到半山腰，天空又露出了笑脸。"登高远眺观云海，峰峦竞秀浮云矮；山花烂漫暗香来，长海静谧云雾开。"事后，好友林斌先生题诗，就完整地再现了当时那般情景。

走赵家沟翻过山脊到新桥沟尾右侧，到镶嵌在山坳的长海子，尚没有便捷的道路，我们只有在陡坡上、花岗石堆里、悬崖中摸索前进。一行人，费了很大功夫才陆续抵达海边。可当落在最后的人员艰难靠近，想一睹她芳容的时候，天色陡然又昏暗下来。那浑厚的云雾飞快从山尖滑落下来，严严实实地压在海面上，紧接着豆大的雨点，就那样均匀地洒落在明镜般的水面，无情地击碎硕大的碧玉的光洁水面——好一幅秀美的山水风光，就这样瞬间被打破！

瓢泼大雨让我们没有丁点时间在海边逗留，以找寻角度表现各自的美学主题。后来者无不唉声叹气，而先期到达的同志，却个个面带微笑，神采飞扬，因为他们趁着云雾弥漫与云开雾散的有利时机，抓拍到了自己觉得满意的片子。

"老刘，这海子确实漂亮！"冒雨回到宿营地，来自雅安市宝兴县的华康兄高兴地对我说，"在横断山区，长海子的面积的确算大，有形有色，非常漂亮。而最关键是海边有一弯高山杜鹃林，难能可贵！要是选择在杜鹃花开的时节来拍片，那非拍出拿大奖的大片不可！"言之有物，言之有心，言之恳切，来年杜鹃花开时节，我们就这样孕育了一个与长海子的美好约定。

"不虚此行！"走长海子冒雨回驻地的时候，随行的电视台记者小杨十分感慨，他虽然打着雨伞，可为了保护摄像机，雨水还是淋湿了双肩，看我拖着病腿，一瘸一拐地在山坡上艰难挪动脚步，就一直跟随在我身后。他说："我是土生土长的小金人，自小到山上去放羊，见过大山，也见过高山湖泊，还听说过新桥、崇德乡境内的山水风光十分了得。今日一见，非同一般，果然名不虚传！"我俩边走边聊，他质朴的话语，无可非议，有褒奖的成分，但当欣赏到他们此行拍摄制作的专题片之后，着实令人为之称道。

是啊！家乡，是生我养我的地方，她的一山一水、一草一木都已经注入了我的情感内涵，甚至已经融进了我的生命。故地重游，惊喜交加，旅途的疲劳早已淡忘。从摄影家们镜头里记录下的一幅幅惹人陶醉的美景中，我看到了家乡的美丽，看到了家乡的希望……

寻幽小水沟

农历六月十九，沃日镇甘沟村附近的一座庙宇举行庙会活动。因为该庙宇主要供奉的是观音菩萨，而传说这一天是观音菩萨的生日，因此，甘沟村及十里八乡的信教群众都要来朝拜、祈祷。

我向来喜爱民族民间文化，对其挖掘、传承和利用义不容辞。于是，一大早，就与赶庙会的村民一道结伴而行，沿着一条羊肠小道向寺庙所在的地方小水沟地界进发。因为是第一次去到这里，也不知道远近，就一边随手拍照，一边往前赶路。

早些年前，就听人说过这个寺庙的一些故事，也读过一位朋友就此地风光题写的一篇游记。所以，此行的目的就是想一探究竟。也是在路上，同行的村民不厌其烦地给我介绍与寺庙有关的情况。这样一来，不经意间就走完了好几公里的山路，到达位于小水沟基本已经快到沟尾处的寺庙了。

因为时令还未入秋，从甘沟村出发到小水沟庙宇，一路上几乎是一应的绿。山路忽上忽下，忽直忽曲，峰回路转，实为一条幽径。我们首先穿越了一片落叶松林，步入到桦树林，走过相对低矮的红桦树林，就遇见阔叶混交林，再穿越一片高大通直、枝繁叶茂的红桦树林，便进入针叶林，寺庙就在一片云杉丛林之中了。

来不及休息，我就在寺庙里外转悠，仔细打量着坐落在小水沟密林深处的这一处寺庙，不时用相机拍摄一些照片。原来，寺庙始建于民国二十五年（1936年），因为供奉的是观音菩萨，所以当地人都习惯称其为观音庙。寺庙的大殿其实是一个山洞，山洞自洞口到尽处约莫有成年人40步。洞口最宽，7米有余，洞尾最窄，亦有3米左右。整个山洞通高约5米以上，洞口最高，不下10米，越往里走逐步降低，到底亦不下4米。而更神奇的地方是山洞尽处有一泓细小的清溪，虽不见其汩汩流淌，却从不枯竭，也未见外溢的迹象。人们都说此水是取之不尽、用之不竭的神水——可以治疗百病。

在大殿右侧立有一块石碑，上面镌刻着兴建庙宇的年份，以及庙宇被毁坏的时间和再次修葺的年月，还有捐资人的名字。据一些老人讲，庙宇初建后，于1966年被毁，后得到政府相关部门的审批，颁发了宗教活动场所资质，于1980年重建，几经兴建至目前的规模，大小十来处房屋（庙堂与住宿）。尤其是近年来，除朝山拜佛的人之外，还有休闲观光的游客跋山涉水欣然前往。寺庙一次可以接纳150余人食宿。

在当地，观音菩萨的生日，就是观音的会期，即要举办一些佛事活动，这是自建庙以来就约定俗成的规矩。今年亦是如此。办会大多都是甘沟村人承头，远乡近邻的善男信女，尤其是年长的老人们都来帮忙，他们中年纪大的有的已是80多岁，爬上3000多米的山来，的确需要勇气和毅力。

与老人们闲谈的时候，了解到大家对藏匿此深山老林的一处寺庙顶礼膜拜，自有他的道理。传说，当年有人被追杀至此，藏匿数日，而紧随其后的追兵却无论如何也寻找不到其踪迹。

躲过灾祸的人就自认为是神灵（观音菩萨）的护卫而大发感慨，于是就巧借山洞为庙，塑神像以供之。天长地久，就流传出很多化险为夷、保佑平安的传说，最为神奇的是说有聋哑少年到此祈祷后，居然当即就能开口讲话。一时间，"灵验"一词就在十里八乡广为流传。

姑且不说它的神奇之可信度，今日到此，但看山洞罕见的宽大，再观四周的幽静环境，的确是修行养生的好去处。而自远方赶来的人，祈祷吉祥平安，求得心灵慰藉的同时，手牵手跳起欢快的锅庄舞，围着篝火唱起民俗山歌，把一切不愉快抛到脑后，把欢快祥和的情调演绎得淋漓尽致——这无疑是人们对幸福安康的庆祝与憧憬的又一种特殊的表达方式。

人们都说，道教圣地青城山天下幽，而在我看来，地处小水沟地界的这座寺庙俨然不失那份清幽闲适的气质。行走其间，环境优美、景色宜人、清香扑鼻，无不令人赏心悦目、心旷神怡。

茂密的森林，幽静的环境；纯朴的民风，和谐的氛围，岂是一个"幽"字了得。此乃小金又一处休闲、娱乐的好去处。

云朵之上的羌寨

寻访理县的增头羌寨，早有充足的理由，其一是出于对民族文化的挚爱，老想一探究竟，再加上我的表妹夫周礼旗是这个地方土生土长的羌族汉子，他曾给我介绍过有关羌寨的一些故事。于是，在2020年夏日的一天，我和几个摄友相约走进了这个古老而神秘的羌寨。

我和兄弟雪山驾车先行，从都江堰出发走蓉昌高速，一个多时辰的车程，便到了理县的桃坪羌寨地界。早上出发的时候，天在下雨，到了藏寨脚下，没见落雨，倒是云雾缭绕。

表妹夫曾是阿坝州电视台的一名摄像记者，如今基本上算是"解甲归田"——单位安排在做离退休老干部管理工作。车行路途，我给他在微信里打了一个照面，心想约他做个向导，但不凑巧，因其出差在外而未能如愿。

在导航的指引下，我们从桃坪羌寨穿寨而过，沿着怪石嶙峋的峡谷村道一路上行。因为浓雾弥漫，行进几公里蜿蜒盘旋的公路，尚未见着心目中想象的羌寨人家。

"在白云深处的山上，散布着一群古老的羌族部落……"有人对这个羌寨有如此表述，我也确信这是大实话。于是，就把相机取出来，意欲沿途捕捉那云朵之上梦幻光影。

因为不知道羌寨的地形地势，只能追逐着飘浮不定的雾气匆忙行进。虽然当车行至第一个寨子（下寨）里面，就下车去询问过行程线路，但还是几乎瞎逛了一通，没有找到一个理想的拍摄点位，以至于直到云雾散尽，还没有拍到几幅满意的照片来。

时至中午，老家在理县西山村的退休教师马明芳和相约的徐杰廷老师还没有到达，我和雪山兄弟便来到寨子里经营旅游民宿的余继红家里寻找午餐。

午后三点过，马明芳老师一行终于到了。他们还专门邀请来了一位身材苗条、端庄秀丽的女士做模特儿。实际上，时下正是农村剩余劳动力外出务工挣钱的黄金时段：有的在山上采挖冬虫夏草，有的远走他乡务工去了。我们在寨子里转悠，的确少有青年男女出现。

老实说，我们此行虽仅仅是记录性的摄影创作活动，但是如果古朴的寨楼缺少人物作点缀，其作品的美学价值实在就逊色得多。马明芳老师是隔壁西山村的人，邻里乡亲，自然也是增头羌寨的常客，其对羌寨的最佳拍摄机位了如指掌，对羌文化也如数家珍。于是就趁着午后的阳光，按照各自想要表达的主题思路，从下寨到上寨，一应拍下了一些珍贵的镜头。但是天公不作美，还不到傍晚时分，就又开始淅淅沥沥地下起雨来了，我们想要欣赏夕阳映照下的寨楼及其对面的神山雪隆包，自然成了一种奢望。

按照原定计划，当晚我们下榻在小寨的村民余继红家里。主人能说会道，很有经济头脑，是村里的一个能人，早年在外打工挣钱长了很多见识，还娶了一个漂亮的外地媳妇回家。如今借助政府对古老羌文化的挖掘、保护、传承和利用的重视，尤其是寨子被列入"中国传统村落"之后，宣传力度进一步加大，慕名前来观光游览的客人与日俱增。他把握住了这个商机，率先搞起了旅游民宿接待。

白天忙于摄影，来不及听马老师讲述这里的历史故事，晚餐的时候，酒过三巡，他就打开了话匣子。

增头羌寨之名称的由来众说纷纭。最早叫"曾头"，具体怎么回事说法不一。

是的，对一个地方文化的了解自然要从其名称入手，我从表妹夫给我传来的相关文史资料得知："增头"二字是汉语名称，实际上，当初的"曾头"二字大体有两种解释。其一是"争头"——寨首组织上缴皇粮争得头功之意，写着"曾头"可能是笔误所致；其二为此羌寨最早的居民以曾姓为主而得名。而在羌语中，"增头"名叫"阶勒"或"夕力"。"阶勒"有精灵之意，"夕力"即为有铁的地方。但在我看来，不管这名称的由来到底是什么，由此更显羌寨历史的古老，以及演绎的民间民俗文化源远流长。

马老师说，增头村，在理县杂谷脑河北岸高半山上，由上寨、中寨、小寨、下寨四个人口相对集中的寨子组成。上寨的历史最为久远，可追溯到与桃坪羌寨同年代的公元前110多年，或者更早一些，也就是说这个羌寨实为古老，其兴盛的时候建筑规模较下边的几个寨子要密集得多。而后世积极对寨楼背面"巴古"隐藏在原始森林里的"祖基"遗址的考究，诠释了藏寨以此为根基的事实，而在历史发展进程中，还曾以增头为中心，左右两边分别以东山寨和西山寨命名，这一切都赋予了增头羌寨古朴而神秘的梦幻色彩。

马老师语重心长地说，只可惜在历史的长河中，寨楼与碉楼都遭到不同程度的损毁。1933年叠溪大地震使碉楼遭受严重毁坏；1958年为了响应政府修晒坝的号召，将完好和有些破损的11座碉塔都拆除了。而留存今日的寨楼，大多一直有人居住，且在"5·12"汶川特大地震灾后恢复重建中，最大限度修旧如旧，才基本上保存了羌寨的建筑风格，只可惜再也见不到昔日巍然耸峙的碉塔了。

据史料记载，除了依山而建、鳞次栉比的寨楼之外，为了抵御外敌入侵，上寨和中寨曾经碉楼林立，可惜如今仅剩下一些残垣断壁，在风雨中述说着这里昔日的风采，以及近乎被埋藏的古羌人之民居及其生存奥秘，因此吸引着无数像我一样的山外来客……

晚餐之际，雨也一直下个不停，倘若敞开大门，还有一丝凉风猛然袭来。客厅里还有十多位游客与我们共进晚餐，马老师喜欢喝酒，正好有蕨苔、野山菌、土鸡及老腊肉等美食下酒，邻座的游客也分享了他们从大山外带来的水果和糕点，大家说说笑笑，推杯换盏，把酒言欢，无不洋溢着欢快的热闹气氛。

约莫凌晨5点，临窗就寝的我突然从睡梦中惊醒。下意识地起身掀起窗帘，推开窗户往外瞅，但见浓雾弥漫，淅淅沥沥的雨还没有停息。雪山兄弟也醒来了，说起床去拍摄羌寨日出的光景。听我说明此刻的天气状况之后，出门摄影的冲动顿然消失，各自已经没有了睡意，只得一边聊天，一边规规矩矩地躺在床头倒腾着自己的手机。

此刻，我还在云朵之上
羌寨与我同在
一阵风
从增头羌族的寨子吹来
细如牛毛的雨
浸润着
古老的寨楼
天不作美

雨一直在下
我仅能从卧室的窗户
往外瞧那翻滚的白云
碉楼是昨天留下来的记忆
很远很远的年代
那是羌人智慧的结晶
在这云朵之上
或许你不曾理解"祖基"确切的
含义
因为专家学者也在研究
但这屹立不倒的壁头
昭示一切——羌人的楼

今天的我，情不自禁
那是因为对历史文化的热情
深邃的眼神，瞧见了啥

从文字记载中去寻找答案
在古堡遗迹中去探索奥秘
尽心竭力，力所能及

历史总是这样
在前进中创造却又
丢弃一些东西
无法忘却，可也难以接受的阵痛
我，还是再耐心等一会儿
等那雨后的彩虹
等那洁白的云霞
我胡乱地在手机上写一首小诗……

俗话说，机会往往是留给有准备的人。早餐安排在8点，随后再去西山村的浮云牧场逛一圈，这是我们一行人当日的日程安排。只是吃过早餐，那细若牛毛的雨丝，还一个劲地从云雾中抽出来，摔在地上。主人余继红风趣地说："人不留客天留客，远方的贵客请你留下来。"

"看来这雨一下子是不得停了！"因为那浓雾时来时去、时起时落，也许正是我们寻找雾中美景的最佳时机，性急的雪山提议大家不在屋里等候雨停："我们干脆再去上寨走走，也许有机会拍到雨中的好片子！"

旅行，本身就需要有说走就走的果敢。背起行囊，撑开伞，我们出发了。目的地自然就是马老师所选择的能俯瞰大半个寨子全景及眺望上寨的那些最佳机位，期待着上天为我们揭开羌寨神秘的面纱。

来到昨天拍过片子的中寨一户人家老宅的房顶，虽然居高临下，但眼前完全是一片素净，远山近景完全不见踪影。不过，时近10点，雨也有所减缓，头顶的天空亮度慢慢增大，这预示着即将迎来晴空。而那笼罩羌山的浓雾，好似有人在肆意操控：时而腾空而起，时而横向交错奔腾，不时将远山和羌寨微微显露出来。

浓密的白雾、缥缈的轻纱，皆在刹那间，或海市蜃楼，或琼楼玉宇。

沐浴其间的那古朴的寨楼，还有兀立的奇峰、高耸的雪山，半明半暗，犹显得亭亭玉立、落落大方……如此这般朦朦胧胧、若隐若现的场景，怎不叫人心旷神怡、笑逐颜开！大家纷纷急切地选择构图，定格下心中渴求的唯美光影。

马老师在中寨还有一个亲戚。为了配合摄影需要，他还把会吹唢呐的兄长请来，在云雾缭绕中，真诚地荡出几许悠悠的乡愁。

"我真正领会了人们所说的云朵上的羌寨的含义！"身着民族服饰的女模特儿丁香女士兴奋不已，一边不住地发表自己的感言，一边随着唢呐之声翩翩起舞。这一刻，这没有编剧的曲目，被大家演绎得近乎完美，云朵上的增头羌寨犹显得宁静而又充满无限的生机与活力。正是：山色空蒙雾飘逸，声声唢呐上云梯；夏来信步增头寨，美景悠悠自入迷。

增头羌寨和两年前曾去过的理县的另一个古老寨子"九子屯"一样，都高耸云端，蔚为壮观。尤其是眼前这座古朴的寨子，前临峡谷深渊，堪称"一夫当关，万夫莫开"的天然之险；后依大山，翻越即可达茂县境内，可谓后有退路。似一只硕大的手掌的寨子，开垦出千亩沃土良田，为人们的繁衍生息提供了坚实的保障，因此能在千百年的风雨洗礼中，保持古朴典雅的卓然风姿。

村寨北高南低，随坡而上，土黄色的羌族建筑在开阔的斜坡上蔓延开来，眼下被轻云薄雾缠绕着，若隐若现，更凸显其梦幻般的神秘之境，位列"中国传统村落"之列名副其实。

> 倩影悠悠眼里存，似曾相识在前生。
> 如烟往事同追溯，秘境探幽引共鸣。
> 碉吟诗，楼舒情，羌山兀立路难行。
> 举杯共饮话今朝，欣逢盛世享太平。

中午时分，我们结束了增头羌寨之行，准备向西山村的浮云牧场进发。意犹未尽，下山的路上，一个个精美的镜头总是不断浮现眼前。还未走出山沟口，便又即兴填得一首词来，亦是对云朵之上唯美画卷的真切感受吧！

走进阿坝

一

时光飞逝，从2011年走进高原商城秘境阿坝至今，我已经与之有过多次亲密接触的经历。

二

那还是2011年，阿坝州开展100个幸福美丽家园、100个精品旅游村寨和100个特色魅力乡镇"三百"工程建设，我有幸作为牧区县片区交叉检查验收组成员，第一次走进阿坝。

从大山走来，我对眼前的一切都感到新颖，心胸也似乎豁然开朗起来。步入阿坝高原，走进阿曲河谷地带半农半牧区，第一次见到藏族人民用黄土夯筑的罕见的大型土房建筑群，以及被那黄土包裹着的木质建筑及其藏式精美装饰；豪华的客厅、典雅别致的经堂陈设；餐桌上琳琅满目的手抓肉、青稞酒、和尚包子……藏区牧民崭新的生产与生活，让我耳目一新，回味无穷。

2013年7月，我应邀参加阿坝州藏羌文化研讨会，第二次来到阿坝。会议期间，我与专家、学者们行走在阿坝的乡村、寺庙、街道……在牧民家中享用酥油茶、手抓肉等美食的时候，那紧张的气氛早已荡然无存，阿坝大地处处洋溢着安宁与祥和。此情此景，怎不叫人赏心悦目，心旷神怡？

一直钟情于自然界的神奇，喜欢高原的漫天飞雪。2014年春天，第三次亲近阿坝，因为对宣传文化的喜爱，参与了"网络达人走进藏区看变化活动"。那几日，我行走高原，游历山川，感受一片一片晶莹的雪花，以及整个大地被笼罩在漫天飞雪中的美景。那旋转的雪花飘逸着浪漫，它怡然自得地落在高原、山巅、山谷……微微地闭上双眸，任柔柔的雪轻轻地抚摸着我的面颊，仿若母亲的手传递过来的爱。

2015年盛夏时节，参加州文联与《民族文学》杂志社在阿坝县举办的"多民族作家看阿坝"暨2015年《民族文学》藏文版作家翻译家培训班会议，又一次难得的文化交流学习机会，让我再一次亲吻阿坝大地。回首几次亲身经历，让我领略到了阿坝大地冬的冷峻潇洒；欣赏了她盛夏漫山遍野盛开的格桑花，还有铺天盖地的油菜花；见识了僧侣虔诚地诵经祈祷、辩经论道……一切尽在不言中，一颗跳动的心久久无法平静。

在接下来的时光里，也就是在退休前后，因为自己对摄影的痴迷：要么是路过阿坝去久治县采风，要么受邀参加同学儿子的婚礼，要么应邀参加扎崇节，要么就是与几个摄友一道专程到阿坝拍几幅人文与风景图片。

很多次阿坝之旅，归结起来就一句话，行走一次阿坝大地，便接受一次心灵的洗礼，忘却烦恼与忧伤，让自己快活起来！

三

川、甘、青三省交会之地阿坝县，民族服饰奇丽美艳、富贵多彩，素有"安多服饰之都"之美誉。因而这里的民族服饰表演走出了雪域高原，走进了千家万户的心中，并闻名于世。在阿坝县行走期间，以及后来在州内重大的节庆活动中，我被阿坝服饰雍容华贵的气势所折服。

阿坝服饰的确堪称世上一绝，华丽无比，富贵无比。配全所有饰品，价格不菲。串串珠红的蝴蝶项链，缀上绿宝石、松耳石之类的稀世珍宝，配上金灿灿的硕大金耳环，亮闪闪的大戒指、大手镯，镶嵌有宝物的纯洁银腰带，还有女性佩戴的华丽头饰，价值可想而知。随着时代的发展，

"安多民族服饰之都"的魅力四射，吸引着外界的目光。而阿坝服饰文化，在中华民族大家庭中，更是独具特色，千百年来保持了特有的地域文化和历史文化，丰富了民族文化大百花园。它是藏族人民爱美之心的真实写照，更是阿坝高原一道亮丽的风景。

"一日三省游，一脚踏双江"，是阿坝县最真实贴切的写照，从本质上把住了阿坝的地理特点和独特优势。

历史从远古走来，历经无数的沧桑。然而，阿坝的商贸繁荣至今，且随着时代的发展，这片土地焕发出新的生机和活力。如今，伴随县城阿曲河南岸新区的规模化建设，必将促成此地巨大的物流、信息流、人流的全面汇集，成了聚宝盆、金银滩，成就阿坝名副其实的"高原商城"、人间福地。

四

莲宝叶则藏语称"叶尔精扎拉"，意为"尊严的玉石之峰"，为青藏高原上雄伟的巴颜喀拉山支脉果洛山的余脉。它是一座庞大的花岗岩体石头城堡，奇特的地质、地貌景观，旖旎的自然风光，构成了一座雄险奇秀的石头城堡。我有幸与嘉绒文化研讨会的与会人员一道，驱车步入景区，但见那碧绿的草甸上格桑花盛开，宁静的水面倒映着奇异的山峰，让人好生爱恋——这俨然就是大自然冰霜雪剑鬼斧神工的杰作，是一幅幅壮丽山川的雄伟诗篇与画卷，是奇峰异石的艺术圣殿，是一个充满幻想的变幻莫测的人间仙境。

宽阔的阿曲河谷地是半农半牧区，这里湿润的气候、丰富的资源、稠密的人口造就了罕见的独具特色的大型土房建筑群。神座藏寨、麦昆藏寨、哇尔玛藏寨、各莫藏寨等雄宏壮阔的安多藏式古建筑群色彩斑斓，风格独特，已有千余年历史。这里的藏式建筑古朴典雅，内装豪华，在绿草、鲜花、麦浪的簇拥下，就是一卷酷似人间仙境的民居村落图。厚墙宽院，外朴内秀，"外不见木，内不见土"的堡垒式夯土平顶建筑为阿坝县独有。古朴典雅的外观与豪华典雅的内装让许多游客青睐，也成为中外游客向往的地方。

尤其是哇尔玛—麦昆藏寨景观，是由藏寨、经幡林与龙达桑烟和郎依寺、赛格寺、麦桑官寨等几个部分组成。当地藏族人民将成片的土地播种油菜，盛夏时节，油菜花绽放，给美丽的藏寨增添了一道道亮丽的风景。游客蜂拥而至，在高原之上与小蜜蜂一道分享那油菜花散发的醉人的芳香。

走进藏寨，走进神秘的艺术宫殿，走进人间仙境……我用手中的相机，一次次准确定格我的同事、好友们畅游其间，那般惊奇，那般震撼，那般快乐，那般依依不舍、流连忘返。空闲时候，将其倒腾出来，细细品味，慢慢咀嚼，高原神秘的色彩，喷香的美食，身着藏族服饰的少女……久久浮现在我的脑海。

五

阿坝县有42座寺院。各种教派的寺院，或建于丘原凹处，或建于平坦草滩。行走阿坝，进寺庙走走，游览大小寺院别致典雅、富丽堂皇的建筑，聆听梵音，也是一种莫大的享受。

距县城13公里的各莫寺，原名法相寺，至今200余年的历史。来阿坝观光，这是必到的地方。前几次光临似乎都有些仓促，只是匆匆一眼。当第四次走进该寺的时候，有幸走进了大殿，看到了大殿的陈设布置，再与好友一道顺着楼梯，登上了楼顶。驻足佛塔，手扶栏杆深情眺望，雪域高原，翠绿浸染，山花烂漫，自得悠闲。

格尔登寺全称格德勒喜林，意为"噶丹善说洲"。公元1412年宗喀巴大师的心传弟子绒青更登坚木赞在阿坝县茸安乡创建了茸贡格尔登寺，公元1870年第八世格尔登活佛洛桑臣烈应阿坝麦桑部落土官请求前来阿坝在县城西北部建立阿坝格尔登寺。该寺是阿坝县规模较大的格鲁派大寺。几次游览，我见识了其宏大的经堂，以及法幢映日、佛塔高耸、经声琅琅、桑烟缭绕终日的景象。逐一参观了大经堂、各扎仓经堂、转经走廊、大佛塔、僧房等主要建筑，记忆深刻的还是在广场举行的法会现场，一位年逾古稀，头发花白的老阿妈，她在人群之中，匀速转动手中的经筒，口中念念有词……那慈祥的面容写满沧桑，专注的神情诠释着虔诚。

祥瑞萦绕阿曲河，神奇渲染莲宝山，秘境阿坝花似海，高原商城扬风帆。诚然，天地有大美而不言，只有你去了，用眼睛看，用心情看，你才能体会得到。当深入这片大美之地，接受汉藏等各族文化的熏陶，感受其古老神秘与文静质朴、诙谐浪漫与恬静融洽，始终有一种挥之不去的情结萦绕在心中，总给予我难忘的情感体验。

行走阿坝，用心聆听一曲古朴悠扬的神曲，诠释人生的真谛；走进阿坝，用心体验高原的那一份宁静，尽情享受人生的快乐。

此文曾发表于《阿坝日报》2023年11月16日

醉在花湖

近了，再近了，一片偌大的湖面呈现在了眼前！

从阿坝县到若尔盖县长途乘车的疲惫，从车窗呼啸闪过的一片又一片草原、一个又一个山头，都被这斜晖脉脉、波光闪烁的银河一般的从天边流泻下来，逐渐开阔得无边无际的花湖涤荡得干干净净。我们激动得欢呼雀跃，我们欣喜若狂，我们若鸟儿一般张开双臂扑向花湖。

花湖很大，镶嵌在广袤无垠的若尔盖县热尔大坝草原中间，如明珠般耀眼。花湖很美，美中三绝——珍禽、闪电和彩虹。传说中的花湖最美在五六月份，晴天时，蓝天、白云、碧草、野花、珍禽相映成趣；雷雨交加时，闪电金光闪烁，横行天空，在天为利刃，掷地为火球，而在阴云密雨覆盖之外则会映现出瑰丽的彩虹。在辽阔的草原，美丽的花湖，出现"东边日出西边雨"的意境不是传说。天上的彩虹映入水里，更是美不胜收。

时不凑巧，虽然我们错过了花湖的最美时节，也错过了湖畔妩媚多姿的绚丽花朵，但欣赏到了湖畔富有灵性的水草，一丛丛挨挨挤挤，簇拥在澄澈的翡翠般的湖边，高雅而风骚，茂盛而丰厚，清秀而柔情，在阳光的照射下熠熠生辉，醉人心魄。沿着弯弯曲曲的栈道抬头远望，你看那铺满草原的牛羊，你听那醉心的情歌，你观那野外开花的帐篷，你嗅那花香和奶香，你呼吸着那高原氧吧的新鲜空气，难道你不觉得这里就是天上的憩宫、世外的桃源吗？

由于水的浸润，那些玉立于浅水中的秀草活脱脱像沐浴的青春美少女，吸引你的眼球，带给你清纯的感受；由于水的静谧，阳光给湖面镀了一层银，波光闪闪明亮地照耀着爱恋她的明眸。因为环境安宁，花湖栖息着许许多多的高原湿地珍禽，知名的不知名的，见过的没见过的鸟儿不计其数。

花湖位于若尔盖和甘肃郎木寺之间的213国道旁，是镶嵌在草原上的蓝宝石，浮光跃金，一碧万顷。湖岸边芦苇草丰茂；黄鸭、溪欧、黑颈鹤常栖于湖畔，嬉水自乐；旱獭、灰兔穿梭出没；天鹅、白鹤、黑颈鹤成群结队，或舞姿翩跹，或翱翔于蓝天；欢快的百灵鸟在空中翻飞，身临其境，犹如进入梦幻的动物王国。壮观的草原晨景更是妙不可言。

花湖真美，一步一风景，处处是风情；花湖游人真多，一拨走了，一拨又来，他们也成为花湖的亮丽风景。留影纪念的，摆出千姿百态的造型，迷醉在花湖盛景中；摄影拍片的，敏锐地搜寻，快意地"咔嚓"，心满意足地微笑，陶醉在亦真亦幻的梦境中。画家醉了，盯着花湖，忘记了舞动手上的画笔；诗人醉了，望着花湖，搜肠刮肚，拈断数茎推敲着词句；美丽的姑娘醉了，一朵红霞飞在脸庞，帽檐怎么也遮不住青春的羞涩；小孩醉了，伸出莲藕样胖胖的小手，捧一捧清凌凌的湖水，仰头一饮而尽，醉在了花湖的甘甜里；鱼儿醉了，从水里飞弹三尺起来亮一亮它光滑如玉的美体，又重重地坠入水中，醉在花湖盛开的连心花瓣里；小黑野鸭醉了，兴奋地"唧"的一声，在明镜般的湖上划出一条粗而长的水痕，便一头扎下去，醉在深水里；蝴蝶们醉了，绕一圈旋风，划一道美丽的弧线，醉入花丛；那不知名的褐红色鸟儿们醉了，藏于深草丛，偷偷地拥着自己的伴侣，醉在那销魂中；我也醉了，仰躺在绿毯似的草地上，微闭双目，可爱之极的花儿亲热地向我举起金杯银杯，我真的醉了，醉在若尔盖花湖的心房……所有的人和动物都醉了，人醉在夕阳飞吻草原的流连忘返中，动物醉在情侣邂逅缠绵的悄悄话中。

花湖再美，可夜幕偏偏掩盖了爱恋她的深情的眼睛。我们无奈地带着惜别之情投宿到天边风情之都。返程途中，已是夕阳西下，倚靠在天边的那一抹金色的光芒，那么耀眼，这般美景，让我们再次陶醉。停下车，大家举起相机、手机，不停地按下快门，定格这美好的瞬间！

　　天边风情之都，是安多藏族风格的一处草原旅店。文友扎西措不仅给我们提供了县域内主要景区景点的游览方便，还给我们推荐了下榻的居所——天边风情之都。这里停车、住宿、餐饮、娱乐融为一体，消费一律明码实价。每间住房分离而造，房子不大，六七个平方米，外面的墙壁上画满了画，里面四壁一律用桑拿板镶嵌而成，顶上用藏式龙图画布贴面，地面铺装大红的地毯，两张软包的床并排而放，中间留有一米来宽的过道，洗漱物品和电视一应齐全，还配有地热，温暖而舒适，似有回家的感觉。两座蒙古包点缀宾馆其中，主人热情好客，使你感到宾至如归。入乡随俗，吃手抓牛肉、烤羊肉，喝青稞酒，再跳一跳篝火锅庄，感受异域风情，沉醉在热尔大坝草原的美丽夜景，这也许叫人一世难醒！

　　我醉了，真的醉了，醉得自在，醉得舒心，醉得踏实，醉得完美。提笔已无语表达此行的感受，也难以表达对天边若尔盖以及生活在这片热土上的藏族姑娘扎西措的深深谢意，猛然想起挚友金香《醉美花湖》的诗句来。就此作结，或溢于言表吧！

　　　　哦，看见你了
　　　　我心心想念梦绕魂牵的花湖
　　　　在蓝天映衬下
　　　　在碧波荡漾中
　　　　在人们的惊呼里
　　　　我一头扎进你的怀抱

　　　　蓝天，白云，碧草，羊群，霞光……
　　　　一股脑地映入眼帘
　　　　美得让我眩晕

　　　　栈道连接了所有美景
　　　　我在栈道上幸福地流连
　　　　向上看是一汪宁静的大海

风儿挑逗着浪花

向下看是一望无际的蓝天

鱼儿逗趣着白云

如入幻境

我分不清上下左右东西南北了

我迷失自己了

我觉得哪里都是风景

日落了　　该回家了

可我挪不动离去的脚步

好想在落日余晖中牧马

和马儿在碧草映金中欢腾

好想在晨光依稀中欢歌

和鸟儿共庆一天的开始

花湖的一天像是我做过的最美的梦

我不敢动

我不想醒

我怕惊扰了花湖的倩影

我要醉倒在花湖中

一辈子不醒来

醉，在金秋时节

透逦雾帘落远山，秋风瑟瑟戏颜面；邀君东去梨园游，一束红妆今又见。

雾起山间，把秋色的唯美展示极致。秋天的脚步，宛若仙女般轻盈，飘过对岸，白雪皑皑，再给秋着最后一道色。

"潺潺的溪留恋蓝天，浩瀚的森林青草甸。梦笔画出抚边河，玛嘉沟啊我家园。"此时此刻，我禁不住哼唱起曾经草拟的一首歌曲《玛嘉沟我的爱恋》，"天蓝蓝，水潺潺；柳林湾、鱼鳞岩，犀牛望月云崖暖，宿营地上篝火红哦！醉倒在家门赛神仙……"

是的，初秋时节，太阳出来了。神奇的高原，梦幻的玛嘉沟、抚边大坪等仙境之地，都一应雾气腾腾。那雾一泻千里，似骏马奔驰般把潜藏的勇气，驱赶到你的眼前。先前埋设在河谷的溪流，采一束还没未曾凋谢的野花，向山外飞奔。

一路歌声，插上金色的翅膀。光与影交织，一道亮丽的风景跃然眼前。她们禁不住要轻声对你说，高原的秋色真美！来，快来欣赏这唯美的秋色吧！

惬意三分醉，闲情一首诗；秋风窗隙过，皎月照清池。

秋色渐浓，诗一般缤纷的色彩，再把我领上高处。举目远眺，秋色横空，尽收眼底。一只雪鸡，在雪线处整理羽翼，在它的身后，还有几只同类的鸟在尽情地起舞。惬意的时光，融洽的舞姿，构成童话的世界。

　　我陶醉于缥缈的雾，它渲染了秋，渲染了深秋的鸟和我们这些智慧的灵魂。一行诗，接着一行诗，便这样十分自然地流露出来，镌刻在记忆的深处，汇成华丽的辞章。此景此情，抑制了曾经潜藏在心底的所有狂躁与不安，抑或秋风萧瑟，我却要永远爱着你——爱得十分热烈而深沉。

　　"月游泉、云恋天、格巴棚、犀牛圈，至不郎飞瀑垂珠帘，宿营地上舞锅庄哦！美妙的歌声手相牵。"诗意的世界，引来醉美的歌，让这歌声在属于我的世界里，婉转悠扬、经久不息。

　　因为你绚丽的色彩，有了爱。有了那份爱，才有了这一首接着一首动人的歌。

　　金秋时节，大山里的色彩是丰富的。大坪如此，玛嘉沟亦是这样呈现着绚丽。不说三颗针和山麻柳叶片的红，就看那黄鸭海、龙头滩及其周遭的红杉林，金色的树叶，在微风中摇曳，就已把大地装扮得尤为艳丽无比。

　　君言雪影遥，红叶顺时飘；枝蔓寒鸦静，秋风拂玉箫。

　　若是上苍恩赐，一夜之间，再有一场雪悄然而至，金色的世界一旦遭遇银色的渲染，这夺目的光影啊，令人心旷神怡——山外的人们一定会别了城市的喧嚣，别了人潮涌动的人流，一头醉入碧空下这一方俊美的圣洁之地。

　　确信，有心的人儿，如若邂逅在这个丰盈的季节里，那酝酿许久的渴望，便会瞬间爆发。浪漫，就此开始。

　　万木萧萧景更幽，绿林溢彩尽风流。暮秋时至寒光冷，遥想春晖几许愁。

　　悠扬的歌声，在高原回荡，久久回荡；唯美的诗句，在心间流淌，悠然流淌。今日，赶在深秋时节，重回故地，在那山的至高处，尽情享用这醉人的秋色，心潮起伏。

　　止步。别无所求，醉意眺望着我的远方。

三峡纪行

一

甲辰龙年暮春，我与夫人一起跟随旅行团游览长江三峡，了结了此生的一个夙愿。

二

是啊！源自青藏雪域高原的长江，浩浩荡荡东流而去。它一路汇聚千瀑百泉，劈山削谷，以气吞万里的磅礴之势，入川出鄂奔向大海，为人类留下了雄伟俊美、云烟秀逸、奇险幽深的绝世峡谷风光，给人类发展做出了卓越的贡献。

长江是祖国的"黄金水道"，而长江之美，又美在三峡。古往今来，其雄伟壮观的景致与厚重的文化基因，吸引了无数文人墨客的歌咏吟唱，也激发着摄影人及画家们的创作灵感。"无边落木萧萧下，不尽长江滚滚来""瞿塘峡口冷烟低，白帝城头月向西。唱到竹枝声咽处，寒猿晴鸟一时啼""曾经沧海难为水，除却巫山不是云"……古人尚且如此盛赞其壮美气度，今朝的我又怎能有不去领略一番其壮美景色的理由呢？

三

4月15日，我们赶大巴从成都出发，开启了三峡之行。

"火炉之城"重庆与咱四川曾为一家，曾经是国民政府的陪都。时光荏苒，岁月如歌，今日的重庆已经发展成为直辖市，是国家中心城市、超大城市、世界温泉之都、长江上游地区经济中心、金融中心和创新中心……

退居岷江岸边的都江堰市，此去长江顺流而下，自然首先是走瞿塘峡，再欣赏巫峡，最后畅游西陵峡了。

随团旅游，便是走马观花，此去固然不可能对此做深入细致的调查了解，只是在乌江上乘船游览了一番，再顶着烈日，在网红打卡地——朝天门码头、洪崖洞、弹子石老街等草草地游览了一番。待到夕阳西下，冒着痛风复发的风险，走进"拾六酒吧"隔壁的一家火锅店，敞开肚皮品尝了正宗重庆火锅。

四

我等满意地品尝火锅之后，乘车来到渝北某旅店休息。

当夜电闪雷鸣，风雨交加。次日凌晨，迎着黎明的一缕曙光朝奉节进发。沿途，有幸参观了位于涪陵白涛镇的国家"816工程"遗址。

仔细聆听讲解员的讲解得知：20世纪60年代，国家决定在大后方西南地区建一个核工厂，有关部门多次考察、论证后，在重庆涪陵白涛镇选址建设。但曾经由于国际形势的变化，该厂被封闭了起来，始终没有正式投入生产。再后来，工程中的极小一部分洞体被中国核工业建峰化工总厂作为物资仓库加以利用。2010年4月底，作为世界第一大人工洞体、中国唯一解密核反应堆——816洞体工程的部分区域，开始成为旅游项目。

地下掩体走一走，国防科技记心头；备战备荒为人民，三线工程千古秀。当生于大山长于大山的我走进这处人工洞体游览时，不禁为之震撼！

五

离开白涛镇，我们继续向东奔奉节港而去。

奉节县东邻巫山县，南界湖北省恩施市，西连云阳县，北接巫溪县。其旅游资源以自然资源和人文资源为主，主要有夔门、白帝城、天坑地缝、龙桥河、夔州古象化石、黄金洞、古悬棺、长龙山等。

根据旅行团的行程安排，这些景点几乎不在游览之列，唯有夔门是必经之地，因为要从这里乘坐轮船游览瞿塘峡和巫峡。

边走边看，到达奉节港已经是掌灯时分。晚餐之后住进旅店已经疲惫不堪。站在窗口往外眺望，倒是在夜雨蒙蒙的奉节港夜色中，能见着轮船及两岸略显微弱的灯光映照下的长江。痴迷摄影的我便小心翼翼上到房顶，举起相机就是一通狂拍。

早辞渝北雷声隆，夜宿夔门夜朦胧；未把江船收眼底，只缘身在大巴中。当日一路上都是烟雨蒙蒙，躺在床上休息，在手机上即兴写了一首打油诗，算是一篇旅游日记吧！

六

4月17日大清早，我们在导游的引领下，匆匆忙忙从奉节港登上了轮船。

奉节古称夔州，所以叫它夔门，瞿塘峡因此也有"夔峡"之称。长江劈此一门，浩荡东泻，正如我国唐代诗人杜甫在《长江》一诗中所描写的那样："众水会涪万，瞿塘争一门。"咆哮的江流穿过迂回曲折的峡谷，闯过夔门，呼啸而去。

夔门，两岸高山凌江夹峙，是长江从四川盆地进入三峡的大门。杜甫在诗中写道："白帝高为三峡镇，瞿塘险过百牢关。"从白帝城向东，便进入长江三峡中最西面的瞿塘峡了。

说实话，虽然我认识十元面额的人民币，其背面的图案也见惯不惊，但是，将深入实地欣赏夔门美景的时候，人生地不熟，眼前一片茫然。虽然雨过天晴，是个好天气，但出发的时候乃是云遮雾绕，根本不能分辨远处的峰峦叠嶂，所以，当即将撞入瞿塘峡怀抱的时候，全景式的夔门雄姿便跃然眼前，方知其险峻的恢宏气势。于是才匆匆忙忙端起相机靠在围栏边上不断地按动快门，留下夔门的雄姿。

"众水会涪万，瞿塘争一门"，杜甫用一"争"字，活画出夔门的赫赫水势。触景生情，我亦草率附和几句：朝辞白帝云水间，舟过瞿塘若登仙；两岸绝壁似刀切，此去再无鬼门关。

七

风和日丽，天高云淡，轮船在瞿塘峡缓缓前行。我舍不得坐下来悠闲地欣赏两岸的绝世风光，端着相机不停地在甲板上来回走动，欲将闯入眼帘的大自然馈赠的美景尽收囊中。

不知不觉，时值中午用餐时间，便来到巫峡之神女峰下。此刻，轮船的广播在向游客介绍着……我顾不上下到船舱用餐，滞留在甲板上举目眺望，试图一睹童年时代就仰慕的"神女"模样。可望眼欲穿也见不着形如美人坯子的山峰呈现眼前。

"神女峰是巫山十二峰之一，就是上面那一座山峰！"旁边有人在免费讲解，"神女峰是王母娘娘的小女儿瑶姬，就是那座山峰后面的像人的神女石……"仔细聆听，方知自己孤陋寡闻。茅塞顿开后，借助相机长焦镜头，我终于见到了神女峰的真面目。

的确，在我看来，人形立千年，不卑不亢，气宇轩昂，但不敢说它就是女儿之身！只不过千百年来，人们对美的追求，突破世俗的眼光，赋予了她胸怀博大、助力大禹护卫苍生的神韵；而屈原、宋玉、李白等等诸多文人墨客则视其为神秘之美的精灵，豪情奔放的爱的化身。他们充分发挥自身的横溢才华、奇思妙想，吟诗作对，给其注入深邃的文化内涵。赞美之词富集一身，于是乎那岿然屹立的山石，无不令人遐想联翩，顿时便随之而灵动起来……那么，一介凡人的我还有什么理由可以去质疑的呢？

八

拦河筑坝创奇迹，造福黎民动天地；长江之水滚滚来，华夏苍生踏歌起。这是我走西陵峡，游览长江之上葛洲坝水利枢纽——体验"水涨船高"之后，再到举世闻名的三峡大坝观光之后的真切感受。

是啊！长江，从世界最高处的唐古拉山脉各拉丹冬雪山，喷涌而出，一泻千里，直奔东海，它是如此这般源远流长，却又是在艰难曲折中奋勇向前——三峡，便是对其的磨炼与考验。多少悬崖绝壁造就暗礁险滩；多少急流猛湾激起惊涛骇浪！这一切都阻挡不了它的昂首阔步、英勇无畏。

正是因为人们看中了它一往无前的奋斗精神，在湖北省宜昌市境内的长江西陵峡段与下游的葛洲坝水电站建成举世闻名的梯级电站。三峡工程，是目前世界上规模最大的水电站和清洁能源基地，也是目前中国有史以来建设的最大型的工程项目，其对国家发展的持续贡献亦不言而喻。

九

告别重庆市，夜宿宜昌城，乘坐轮船顺次游览三峡，几经辗转最后抵达三峡工程。回顾夔门之险峻、神女峰之秀丽、三峡人家之幽静……特别是乘电梯登上坛子岭观景点鸟瞰三峡工程全貌，才真切地体会到"截断巫山云雨，高峡出平湖"的豪迈情怀；站在185平台上俯瞰，感受到了中华民族的伟大与自豪；徒步来到截流纪念园游玩，欣赏到人与自然的完美结合，仿佛置身于"山水相连，天人合一"的人间美景。

十

截断巫山云和雨，招徕寻幽天下客；神女之峰今犹在，何处寻得李太白？无需置疑，长江不愧为一条伟大的河，三峡之绝世风光真令人陶醉！

情满酒歌

既然有今生的邂逅，那么注定是前世的约定。千言万语汇成一句话：哪怕是浅浅地看上你一眼，心中定然会泛起缕缕涟漪。

琐　忆

洗　澡

天气很热，从游泳池边路过，看到一大堆人在池子里泡着，很是凉爽。晚上，看朋友圈一朋友发了一组儿童戏水的图片，突然让我走进了儿时的记忆。

朋友的图片内容是几个孩子在湖边戏水，有光屁股的，有穿着内裤的。于是，我就想起我的儿时，也有如此的经历……

生长在大山深处的人，自然没有见过大海，也就没有尝试过在宽广水域戏水的滋味。但是，在不穿开裆裤之后，也有找一处地方洗澡的经历，不是消暑，也不是健身，纯属闹着玩的！大热天，村里的几个小孩去放羊，偶尔凑到某一处小水沟边，就要选一处稍微平整的地方，扎个水凼凼。水很浅，仅可以把自己浮起来。没有内裤，把长裤子一脱，撂到一边，就开始干活，搬石头，挖土饼子，垒成微型水库，基本能容下两三个小伙伴大小即可。泡在水里十分自在，要是一个人下水，水里面扑腾扑腾几下，那滋味挺爽。因为我们没有见过真正的游泳，也不知道啥蛙泳、仰泳之类的基本要领，就只有那么狗刨式地嬉戏一阵子。

有时候，我们还躺在水边，把淤泥往身上一涂抹，让自己变成一个泥人，然后，再跑回水里闹腾一阵。也有的时候，选一泓清澈静谧的清溪，在水中放一粒石子，用双手或野草塞住双耳，然后一头猛扎进水里，把石子衔起来。看谁精准，看谁用时最短，这叫"打咪头儿"。每每想起这些记忆，自有乐趣。

这样的时光大概持续了几年，上小学高年级就收敛了。或许是知道害羞的原因吧！不过，自我们那时候这样玩游泳之后，村里比我们再小的少年，就没有再这样戏水了，是他们不爱玩，是他们没时间，还是别的原因所致，不得而知。总之，咱家乡小孩扎水氽氽游泳的故事戛然而止了。所以，我对自己儿时的这些记忆非常深刻，也许，这是一段历史的见证吧！

送　夜

农历七月十三，中华民族的传统习俗管这一天叫"月半"。

月半是阴节。"一个月30天，月半该是15，咋个是13嗬？！"早些年刚刚懂事的时候，我问过母亲这个问题。母亲没有文化，给我解释说："我不晓得！'月半'就是'月半'，是个阴节，要给老祖宗'送夜！'"至此，我没有再追问，直到今天就知晓"月半"就是"月半"，这一天的晚上，要是给老祖宗些送钱财香烟过节日。

于是，在壬辰年月半的夜里，我就照着父辈言传身教得到的"学识"而去给先辈们"送夜"。至于怎么个送法，我姑且不去提及，倒是有一件事让我终生难忘。

吃过晚饭，我有外出散步的习惯。今儿个与家人一起用过晚餐，已经是掌灯时分。我依然想在夜幕中游走一圈，然后回家例行公事——"送夜"。

我家住二楼，门外有几步楼梯。夜幕降临，楼道的灯坏了，我对楼道的台阶十分熟悉，可当我即将走到楼梯的第一个平台的时候，咋就踏空了一步。身体瞬间自然前倾，幸好我的右手扶着栏杆而没有即刻倒地。可因为身体前倾，在这个拐弯处顺势就绕着反方向的栏杆扑去……妈妈呀，这惊险的一幕幸亏只有自己晓得。虽然没有当众出丑，可自己的胳膊和左边的肋骨给扭伤了，虽无大碍，但是阵阵地疼痛。

继续小心翼翼地下完楼梯，但见楼梯口一大堆燃烧未尽的纸钱和香，星火点点、烟雾弥漫。哦！别人家已经在"送夜"了啊！猛然醒悟，快步返回家里，拿起钱财香烟给老祖宗们"打点打点"！

哎哟！过了许久，我的肋骨还十分痛，咳嗽都不行的……

约　谈

2000年一个中午，在下班的路上。前面走着几个少妇，她们有说有笑。

"唉！今天单位上一啪啦事情，下午还要到崽儿的学校去一趟！"身穿黑色风衣的少妇大声嚷嚷："这个淘气包，简直不让我省心！"

"咋个了？犯啥事了？"并肩同行的穿直筒裤、高跟鞋，染黄头发的伴儿关切地询问道，"就是，现在的娃娃，在父母身边是乖娃娃，转过背，天上都是脚板印！"

"不！不是，我们家娃娃听话是听话，就是昨天下午语文考试没有好好做，我就被老师约谈了！

"唉……"

"考试？嘟个搞起的？又不是期中考试，没有做好还要遭约谈？"

"哼！就是嘛！狗崽子，老师给我打电话说，有两道问答题，他的答案通通都没有超过10个字！你说气死人不嘛？"

"哦！"旁边一个穿红色衣服的妇女接过话题，"总是简答题嘛！"

"简答个鬼，才不是呢？"

"哦！那他就没有认真了哈！"几个妇女同时回答。

"就是嘛！老师问他咋个每道题目只回答那么几个字，你猜他咋给老师说？"孩子的母亲生气地说。

"咋个说？答不起？"大家几乎异口同声地发出疑问。

"哼！咋个说？他理直气壮地回答老师说，我比爸爸答得还多了！"

"咋个答题又扯到他爸爸了？"穿直筒裤的妇女不解地问道，"这就有点悬了嘎？！"

"就是嘛！要把人气死……他给老师说自己经常看到爸爸批阅文件，不管文件有好多页，最多就写几个字：要不就是'同意支付'，或者就是'请转张副局长阅处'，然后就是写上自己的名字和日期，基本上都没有超过10个字！"

"哈哈哈……有才！有才！"穿直筒裤的妇女不住地夸赞。旁边几个妇女也附和道："就是，你这娃娃才算是聪明！俗话说得好，有种赶种，无种乱不生！比我们几个的娃娃强！"末了，还补充一句："甭怕老师约谈，二天保准超过他老爸，要做市长、县长的！"

"唉……你们还幸灾乐祸哈，我倒是无语了！"少妇说话间，我已经走到了自家的小区门口。

为了什么

2000年初，我的身体欠佳，痛风疾患久治不愈，于是又走进了医院的大门。

同病室有4张床位。第一天住进去彼此尚不熟悉，交流的言语甚少，或者就是打了个招呼。俗话说，一回生二回熟，第二天自然就熟悉了。

我是一个性格直爽的人，也善于结交朋友，在病房及其他场合相处，很快就会有共同的话题，天南地北、谈古论今……总会找到谈资、笑料，活跃活跃气氛，以打发寂寞的时光。而这又是身体出现毛病了，不能把酒言欢，也不可以蹦蹦跳跳，有且只有在安静的环境之下，撑起眼珠子凝视着塑料管里匀速滴落的液体，让时光静静流逝的特殊时候。

幸好自己这双脚已可以在病房里慢慢踱步。于是就主动跟自己的左邻右舍打个照面：病友们不是脚痛，就是腰杆有问题；有操外地口音的，有来自雪域高原的。看年龄基本都是年近花甲，最小的一位也已过不惑之年。我们大多都没有人陪护，所以话题不是很多。

我病床右边的是都江堰市本地人。他与我同龄，不关心姓氏，彼此管对方叫老庚。他的腰椎间盘出了问题，离家只有十几里的路程。早上，护士交代他说，已经住院两天了，今天还需要到一楼缴费处去补缴费用。

我随口问道："叫娃娃送些过来不行吗？"答曰："婆娘娃娃各自有各自的事情，都走不开，还是我坚持一下呗！"未到中午，他接受完当天的治疗，佝偻着身躯，一瘸一拐地打车回家去取钱。

　　我右边的邻居情况稍微要复杂一点，除了颈椎有问题，心脏、肠胃都有大毛病。因为我们成为病友的时候，就发现他的脸色铁青，喘气像打雷一样很吃力。万幸的是，两天之后，他的那种状况明显好转。作为邻居，我也为他松了一口气。我问他病情这么严重都没有人陪护？他躺在病床上无奈地说，婆娘在省外上班，娃娃都在上班，忙得很，不好打扰他们，自己抗一抗就过去了！

　　还好，靠窗那位兄弟是一位僧人。膝关节有问题，头晕，治疗两天后有明显起色，倒是只有他的床前，不时有一个年轻人来来往往。

　　"唉！人老了，生病的日子就难过了哈！"听了他们的回答，我无意识地撂出这样一句话。"就是嘛！当初自己的娃娃生病了，做父母的东奔西走，八方求医，寸步不离，想尽一切办法也要把他们的病治好！等我们老了，他们有他们自己的一家人，有自己的活要做！"左边的邻居首先发言，"这世间就是这样的，一辈哄一辈哈！"

　　"就是，结婚成家，有了娃娃，娃娃成了自己的希望！"

　　"比熊猫还珍贵！"

　　"长大了，照顾好自己的家人（婆娘娃娃）就万福了，我们这点病算啥子！"

　　"这世上拐棍倒起拄，倒也很正常！"

　　"都要这么过日子，不要埋怨那个哈！"

　　"就是，就是，我们还年轻，老了都不给娃娃找负担！"

　　你一言我一语，话题就这样围着老少之间展开了。

　　"我们还年轻，老了都不给娃娃找负担！"可这一句话传到我的耳朵里，怎么感觉夹杂着些许凄凉与无奈。为什么就不该给娃娃找负担？为什么拐棍就该倒起拄？为什么？为了什么？不，不为什么！此一时彼一时，于人于己，也许这根本就无法寻找到一个标准答案！

　　叽叽呱呱，他们还在继续聊着，我却顿然没有了言语的兴致，瞟一眼滴落的液体，然后独自闭目养神。

　　明明白白，却又朦朦胧胧。仿佛一脚踏进了春天的油菜地——眼前分明是春潮涌动，却怎么也无法感受到鸟语花香。于是，就那样深一脚浅一脚，没精打采地游弋在阡陌之上，以至于那蜜蜂振翅的嗡嗡声始终萦于耳际……

远逝的童谣

一

张打铁李打铁

打把剪刀送姐姐

姐姐留我歇

我不歇

我要回家割燕麦

……

这是一首母亲教会我的童谣。虽然现在老人家早已作古，我也年近花甲，可依然记忆犹新。

是啊！有人说童年是一首懵懂的诗，其间蕴含着五彩的画，清新自然。我也确信，正是这些散发着古朴清新的乡土气息，凝结着智慧与厚重的村俗民风的歌谣，曾经在故乡的天空轻轻地飘荡，深深镌刻在我的脑海，陪伴着我走过有趣的童年。

光阴似箭，时过境迁，可这些童谣却一次又一次唤起我对故乡一草一木、一山一水的美丽记忆。

二

《张打铁》这首童谣是讲述打铁的故事。我的三姑父生前就是一名铁匠，回忆起这首童谣，便想起了我的铁匠姑父。记得还在童年时代，就经常到他们家里去玩，他家有一间空房子是专门用来打铁的，叫炉房。炉房一角支起一个炉子，炉台上放有几把手臂很长的钳子；内侧有一个木质的风箱，风箱下面的地上有一个用黄泥围起来的小水坑；外侧地上一节木桩上安放有一个砧子，旁边还有铁锤和一堆木炭和铁器……前来打铁的人络绎不绝，很多时候是排起队候着的。

也不知道是姑父的手艺好，还是收费低。虽然老家寨子上还有一家铁匠铺子，但姑父的生意特别好，尤其是春耕前或者农闲时节，基本上是人来人往，门庭若市。姑父也就靠着这铁匠活养家糊口，让一家人过着平平淡淡的日子。

三

随着年龄的增长，我基本了解到：选料、烧料、锻打、定型、淬火、回火……制作锄头、铁耙等农具大致需要以上几道工序。而打铁极耗体力耐力，每到炎夏，铁匠姑父双手握住钳子的把子，时不时将插进炭火中未成型的铁器轻微翻动，再用铁钩将木炭往炉火中央堆砌一番，待到烧红的钢铁随火苗蹿出火花之后，便用左手拽着钳子将其从炉子里熊熊燃烧的炭火中抽取出来，迅速放到砧子之上，随即右手抢起铁锤，与对面抢二火锤的人，你一下，我一下，一唱一和轮番锻打起来……

叮当，叮当，叮当……锤起锤落，伴随一双铁锤一起一落有节奏锻打的声响，砧子上通红的铁块，火花四溅，身形明显蜕变，要么被砸扁一些，要么被拉长一截。

在铁匠姑父的指挥下，两个人直打得红通通的颜色暗淡下来，才将铁锤在砧子的鹿角上轻声敲击一下之后，抢二火锤的人便心领神会收起八字脚，停止一轮锻打，随后将其放回炉火之中去加热，接受下一个回合的锤炼。

四

一般来说，在没有鼓风机的年代，打二火锤的人也是在炉灶旁拉风箱加速炉火燃烧升温的人。有时候要是有几家人不期而遇凑到一起来打铁，那么就多了帮手，需要出大力气的打二火锤的便可以轮番上阵，而唯独铁匠师傅只能一个人自始至终站在炉子旁边，掌控着器具燃烧的火候及锻造，承受着烈焰、钢花的痛苦煎熬。

炉膛内，焦炭在笨拙的风箱一呼一吸的作用下猛烈燃烧着自己，不多时温度就会上升到近1000℃，铁料充分受热、软化，甚至于近乎达到熔化。在锻打的过程中，还会将未成型的器具放到风箱下的黄土水坑中痛痛快快洗个浑水澡——裹一身黄泥，以促进回炉后加速升温。

在没有使用空气锤的情况下，一件新的农具制作完毕，一般大约需要近两个小时十来个回合的锻打；翻新一件，也得需要个把小时的工夫，每每结束一件器具的制作，铁匠姑父基本上都是面色红润、汗流浃背。

五

天长日久，姑父的脸就被这熊熊燃烧的炭火给熏得黝黑且被毁了容，面颊及嘴唇上的皮肤炙烤成了白癜风，视力也因长期遭受炉火光芒的刺激而过早丧失了光泽。是啊！难怪民谚有云，世间有"三苦"，即打铁、撑船、卖豆腐。

只不过在机械化生产加工盛行的时候，咱们大山深处的许多农耕文化也随之一步步走向消亡。随着社会的发展，人口的自然流动趋势不可抵挡，刀耕火种的日子已经结束，留守农户所需的铁质农具在市场上随便就能买到。

时过境迁，年近古稀的姑父也已经抡不起铁锤，表兄弟表姐妹们也渐渐长大，各自成家立业。姑父的手艺没有传承人，于是就只好关闭了炉房的那一道残缺的木门。

前几年姑父和三嬢都相继寿终正寝。如今每每回到老家走过姑父的炉房，脑海中便会浮现出一幅这样的画面——狭小的铺子里，穿着衬衫且把袖子挽得老高的黝黑汉子手拿钳子，从火舌飞舞的铁皮炉子里夹起通红的铁块，放在砧子上使劲锻打……

是啊！科技飞速发展，咱山区的铁匠铺正一步一步走向末路，我姑父的铁匠手艺也被他一股脑儿带到了天国！自此，"张打铁李打铁……"的童谣也随之渐行渐远，最终将被湮没在浩瀚的历史长河中。

六

随着机械化水平的逐步提高，再加上退耕还林政策的实施，山区耕地面积萎缩，剩下需要精耕细作的土地，基本上是旋耕机替代了耕牛犁地，铁匠铺子纷纷关闭。铧匠的生意一天一天也变得冷冷清清，也即将告别广大山区农村而成为一段历史。

铧，农家安装在翻土用的犁上，用来破土的尖嘴状或者圆嘴状铁质铸造部件，其生产具有季节性。大约在40年前，我曾在村子里见过几次其铸造的场景。土地下户之前，铧的铸造都是集体安排，开春之前，集体就安排一批（20来人）劳动力，在空地上忙忙碌碌，铸造一批新铧出来，分发给驾牛耕地的劳动力保管，损坏或废旧之后再去调换新的。

到了20世纪80年代土地下户之后，不再有集体承办，就是自己请人铸造，届时全村人都来参与，要么是用废旧的铧换取刚做成的新铧，要么是来购买新铧的，人来人往，好似赶场一般，很是热闹。如今，已经很少有生产犁铧的了。

近几年以来，耕牛犁地逐渐减少，犁铧的需求量也就随之减少，犁铧匠人的市场也就进一步萎缩，以至于到目前，已经难得一见犁铧的铸造场景了。

七

童谣是挥之不去的记忆，因为它融入了太多乡间的故事。

> 老鹰下个耙耙蛋
> 打得锅头团团转
> 你一碗我一碗
> 隔壁子花猫打烂碗
> ……

在我童年的记忆里，一不小心打烂碗不要紧，有补碗的师傅，随便给洋瓷碗打一个补丁就行，如果是烧料子的碗摔碎了，就无法挽救，只能丢弃。不过，记得那时候家家户户使用的基本上都是洋瓷碗。烧料子的土巴碗，基本上都是蒸菜的时候才用，现在这种上釉的瓷碗实在太少，所以，还真不怕隔壁子花猫打烂碗。

要是把洋瓷碗的瓷给摔掉了，还可以继续使用；要是真摔破了，集市上或者乡间都有修补师傅游走的身影，包括被那该死的花猫翻经倒灶把煮饭的铁锅给打烂了，也有补锅的匠人。

当然这也是三四十年前的事情了。那个时候，一口锅要是损坏了就请补锅匠修补继续使用，于是我也就在那个年代经见过补锅匠修补锅碗，当然也就见到过打着一个甚至几个补丁的锅、碗。而今，隔壁子的花猫犹在，补锅和碗的匠人，却早已没入尘烟。

八

俗话说，天干三年饿不死手艺人。在咱山区农村"一撬二补三大铁"就是当仁不让的吃饱饭的手艺活了。"一撬"就是骟匠，之所以把骟匠排在前面，自有它的道理。骟匠属于兽医专业，相当于给牲畜做结扎手术的人。说起来有点血腥、粗暴，可在20世纪90年代之前，骟匠便是广大农村最吃香的手艺人了。

随着大大小小规模化的饲养场的兴建，养殖户自己就是骟匠了。秀气而锋利的刀子除了对圈舍里的家畜管用之外，其他家禽家畜已经基本免于绝育了。如果"老鹰下个粑粑蛋"，或者说即使公鸡下了个"蛋"，已无关紧要。曾经红极一时的骟匠这个行当，如今也不再是受人追捧的香饽饽了。

物竞天择，适者生存。或许，事物就是在人类文明不断进步的发展进程中不断变化。而那些散落于大山深处、散发着泥土芳香气息的童谣，似乎也随偏远山乡的蜕变而渐行渐远。科技飞速发展的今天，铁匠、铧匠和骟匠这些传统行当被更为先进的技术手段所替代，已经不足为奇了。

春节轶事

关于年

一元复始，万象更新。

新春佳节之际，除了一家人团聚，吃一顿年夜饭，那就是百事不问，一门心思休息，大多是这样。也有部分人没有休息，他们乃一门心思挣钱，似乎停不下进财的脚步。我也闲不下来，但不是挣钱，而是用自己的指头，在手机屏幕上敲打几段文字，把一些有关年的习俗记录下来，分享给亲朋好友。说实话，如果不这样做，有些文化就将被湮没在历史的长河之中。

前面说了我们家大年三十的忌讳。今儿个就说初一到十五，每天的有关习俗吧。初一是鸡过年。这一天早晨是一年的开始，不能用菜刀、针线等器具，清早起床把大门打开——接财纳福！然后燃放烟花爆竹，叫出行，寓意一年顺顺利利。早餐吃汤圆，寓意圆圆满满。为什么不能用刀具之类，自有它的道理，归根结底还是要大家休息、放松。但是，听父母讲，半个世纪前，也有勤劳者，一大早起来捡粪。因为大家都在休息，这个时候才有收获。

除了初一是鸡过年，直到初十，人们都安排了与人类有着紧密联系的动植物过年。于是有这样的口句子：一鸡二犬，三猪四羊，五牛六马，七人八谷，九豆十麦。至于十一到十五又安排了啥过年，父母没有给我说，我也没有去收集整理。就把这些留在了记忆里。此外，人们说，什么东西过年就要看当日的天气，要是初七的天气不好，就寓意着这一年人不好过，病痛多，或许也有灾难。反之，就是顺顺利利、平平安安。

当然，这只是一般的习俗，有些也有细微的差异。比如，初一的时候，要放一个又大又圆的馍馍在神龛上；初一要去逛庙会，争上第一炷香；初一清早，新媳妇不能第一个起床，否则会踩到太岁，进而没有生育能力；初二，新媳妇才能出门开始拜年；初七是人过年，要点灯拜祭祖宗……民族民间文化丰富多彩、博大精深，传承下去，有益无害。

除 夕

除夕，是一年的最后一天。

中华民族的传统文化源远流长，在农历岁末除夕之际，有许多事要做，也有一些禁忌。我生长在川西高原，耳濡目染，铭记着这里的人们至今保持着的那些传统的习俗。

首先，要熰烟烟。在腊月二十九下午，家家户户都要将房屋及其周边环境打扫得干干净净，然后把清除的垃圾堆放在各自室外空地（或菜园）上，在除夕之晨一大早再将其点燃……于是，除夕之际，当黎明的曙光普照大地的时候，整个山寨便早已烟雾弥漫，充塞着杂物烧焦的味道，却也无不洋溢着节日的气氛。

照现在来说，这纯属污染环境，但是那个年代，在人们的心目中，这永远都是除旧迎新的最直白的表达方式。人们从弥漫的烟雾中，还能预测出风调雨顺、五谷丰登的年景。也就是说，要看哪个方位的烟雾最浓密，预测来年这里的庄稼长得特别好——人畜平安！所以，各家各户都尽量多找些废弃的杂物来燃烧，力求让自家周遭的烟雾更加浓密一些。

记得我童年的时候，也就是20世纪70年代初期，为了我们家的烟雾最浓密，父亲安排我与二哥一道把村子里的一条小巷也打扫得干干净净，凑足好大一堆垃圾，赶在除夕一大早去点火。我们从火塘里铲一些未曾熄灭的木炭，引燃渣子。看着烟雾越来越多，不断升腾起来，真不忍离去。结果，不幸的事情发生了。熊熊燃烧的垃圾堆里突然发出剧烈的爆炸声响，我的耳朵也嗡嗡作响……等回过神来，借助火光，发现爆炸的碎片把二哥的下颌擦破一条口子，鲜血直淌。这可把我们吓坏了，赶紧捂着伤口往家里跑……不容置疑，那爆炸的绝对不是鞭炮，因为寨子里根本还没有鞭炮的身影！也许是一个玻璃器皿破裂的缘故！幸好没有造成大的伤害。引以为戒，自此之后，在乡村居住的日子里，虽然每年除夕照旧还是要早起去点燃垃圾堆，但绝不流连忘返了！

除夕白天，村里人要用一根木棍，顶起一个空瓶子，插在柴堆上，据说，这是预防老鹰捕食家禽。同时，也不允许在门外任何地方晾晒衣物，老人们说，那样做会招来老鹰抓小鸡！在开门能见的地方还不能横拉绳索，一旦如此，来年出门在外，总会遇到不吉利的蛇类！不管这些习俗是否符合科学规律，但是，有一点可以肯定，淳朴的乡民皆存有一颗淳朴、善良的心，美好的愿望总是萌生于淳朴与善良。

除夕之夜，禁止洗脚。父亲常说，过年了，把阴间的老人们邀请回来过年，而不是回来吃洗脚水的。当然，那个时候，在农村，没有便捷的自来水，洗脚不是每晚的规定动作，拧开热水龙头洗澡也更无从谈起。但是，既然岁末辞旧迎新，不管以任何的方式，也得好好做一下自身的清洁卫生，但是时间绝不在除夕。

"三十的火，十五的灯。"这是必不可少的传统习俗。也大年三十晚上，要比平时烧更大的火。其实，在我想来，还没有电灯的时候，这是红红火火过大年的寓意，也是借助这熊熊的火光，照亮节日的夜晚，增添一些欢乐祥和的喜庆氛围。十五的灯，自然是在正月十五的时候要多点一些了。

大年三十晚上，父亲早早就在火塘里盛满柴火，一般是一个或者两个占满整个火塘的老树疙兜（方言，指老树根），这是提前就预备好了的柴火。他不等天黑就将其点燃，因为，那硕大的疙兜开始燃烧的时候，烟雾很多，满屋烟尘，让人受不了。酒足饭饱，当大家把手上的活计忙乎完了的时候，树疙兜的火也就正旺，一大家人围坐一起，畅所欲言，其乐融融。没有电视，也就没有春晚欣赏；没有手机，也就没有收发红包，没有收看和制作微信、抖音视频带来的快乐。可现在想来，那样的生活的确也是有滋有味。

除此之外，大年三十贴春联，这是最重要的事了。但是那个时代，对联的印刷体少之又少。再说，印刷体的成本也要高出很多。于是，村里的文化人就几乎要忙活一天，左邻右舍都拿来几张红纸，请写春联。文化人不但费时费力，还要倒贴一些墨汁。不过，那样的服务也蛮开心的。我也马马虎虎识得几个字，不懂书法，狂舞乱写一通，倒也充当了几年的文化人！

俗话说，民以食为天。过年，理当谈论吃喝。辛辛苦苦一年，是该做些好吃的，犒劳犒劳自己。于是，腊月二十九的夜间，就要把腊肉——猪的头、蹄、尾和肋整个或选择性一并烧好皮，放在豆窖水里浸泡，待到除夕早晨清洗干净后炖煮，以备年夜饭及未来几日享用。之所以要炖煮这些肉食，亦是一种祈福的表达——岁末年初，有头有尾！除夕的饭叫年饭，吃年饭的时候，首先还要将每一样饭菜挑少许给看家的狗食用，并观察狗的饮食选择——最先选择吃啥，那么来年啥就比较精贵。譬如说最先吃肉，那么预示猪（牛羊）不好饲养，病痛多；如果挑馍馍吃，那么预示庄稼不是很好！当然，这到底是不是真实的都不重要，重要的是彰显了人们与人为善的品德！此外，吃年饭的时候，忌讳喝汤！如果喝了汤汤水水，出门在外经常就要挨雨！

除夕之夜还要守岁。在没有电视、没有手机、没有烟花爆竹可供燃放的年代，人们就围着火塘到凌晨方才就寝，这不是愚昧无知，而是虔诚期待着新年到来的务实之举。

过年是快乐的，除夕便是这快乐的开始。时至庚子年新岁，不幸的是，新型冠状病毒引起的肺炎疫情在湖北武汉突发，并迅速在全国各地蔓延，举国上下纷纷行动起来，抗击这突如其来的灾害，也因此限制了广大市民走亲访友、开怀聚会的自由，但是喜迎新年的激情依然高涨，大家都遵纪守法，安心宅在家里，以最大限度降低交叉感染的风险。时过境迁，在历史发展的进程中，有些传统习俗已经正被人们淡忘，新的生活方式，替代了古老的传统习惯。我也已经离开家乡多年，但对这些民间沿袭的习俗情有独钟、深有感触，早已植入脑海，一点也没有忘记，将来也不会忘记！

年夜饭

昨日的天气忒好，晴空万里，艳阳高照。

熬过冬日就快过年了。因为躲避"瘟神"，便独自来到自家楼顶，一边看书，一边晒太阳，偶尔也倒腾一下手机，关心关心国家大事。当然，主要还是浏览一下朋友圈，分享一下来自四面八方的奇闻趣事。

无意间刷到一个抖音。剧情大意是：炎炎夏日的掌灯时分，几个大男人正在屋檐下支起一张可以折叠的小桌子喝酒聊天，但看桌上丰盛的酒菜，应该是推杯换盏正当时。

就在这个时候，突然从旁边蹿出三只狗来。它们毫不顾及周围的人，打打闹闹就到了桌子旁边，可看那疯狂劲丝毫没有松劲的阵仗，就知晓并非冲着地上的残渣剩饭，而是真枪实弹在干起仗。

只见其中两只狗你拽着我的脖子，我咬着你的颈子，互不相让，咿咿呜呜……拼命啃咬、摇晃，另一只也没有空着，不嫌事多，翘起尾巴在其身后左边一跳，右边一跃，根本不顾及餐桌及正在喝酒的人，俨然扮演着呐喊助威的角色。而正在喝酒的几个人也感觉到这场景甚是稀奇，干脆放下酒盅，索性主动起身避让，既不劝架，也没去顾及那一桌子酒菜，完全就任它们疯狂搏斗，直至撞倒胶凳，掀翻了桌子……

此情此景，真是有趣极了，确信这并非导演，也不是恶意拼接搞笑，完完全全就是一场非常完整的未曾编排的喜剧，只不过是以悲剧收场。

看罢这个抖音，让我瞬间联想起一个曾经发生在老家的与这个惊人相似的传奇故事来。

那是大集体那个年代。有一年大年三十正午，一户人家七八个人忙前忙后，终于弄了一桌子年夜饭，摆放在一个不大不小的方桌上尽情享用。

正当一家人围在一起享用的时候，一条看家狗和一头经常没有关进圈舍的小猪，不约而同窜进了家门，围着桌子转来转去，细心捡食落在地上的残渣。

这户人家家境并不富裕，唯一的小方桌的四脚半腰上有一道罗锅枨，其下沿刚好与小猪一样高。那狗和小猪围着主人的脚下转来转去，经常为争抢一块小骨头或一口饭菜而大打出手，咿咿呜呜闹得不可开交。那头小猪贪得无厌，还几次想探头钻到桌子底下去捡东西吃。可是大家觉得这样很扫兴，都在嘴里骂骂咧咧，但也不忍心将其赶出家门。毕竟大过年的，自己的家禽家畜也算是家庭的一分子。

那小狗倒是挺知趣，主人家训斥一通就蹲在一边专注地盯着宴席，偶尔起身巡查一番，又转身蹲在地上守望着。可这贪食的小猪哪里听得进去，发现眼前那些食物的诱惑力实在太大，竟然置若罔闻，根本不听劝告，依然任性地埋着头窜来窜去。

正当那小猪转悠到小主人脚下的时候，小主人实在忍无可忍，索性使劲踢了那畜生一脚。这一脚不打紧，倒是促成了大祸。不知道那小猪是被这一脚踢痛了，还是想趁机钻到桌子底下去！它根本没有回头的意思，反而趁势猛地向前一跃，这一跃便让自己摊上事，摊上了大事，只见餐桌随之腾空而起，差丁点就四脚朝天，那满桌子酒菜顷刻滑落一地。

眼看闯了大祸，这一猪一狗甚是聪明，一溜烟便逃到屋外不见了踪影，一家人就那么眼巴巴望着一地残羹冷炙发呆，真是哭笑不得。

家乡的"九大碗"

"九大碗",又叫"九斗碗",顾名思义,就是分别用九个碗盛放菜品的宴席,这是家乡小金县乃至小金川流域和金川县绝大部分地区的传统餐饮习俗。斗转星移,现在只是保留着这样的称谓,摆放九大碗的八仙桌被圆桌替代,桌子上的菜肴也远远不止原来九个碗!但这却是对民族民间文化的传承,也是对艰苦生活的最好纪念。

我参加工作以后,离开家乡已经有二十来年了。平时难得回去,只有逢年过节,或者老家的亲朋好友、左邻右舍举办红白喜事,才抽空回去一趟。每当这个时候,便会情不自禁地回想起儿时记忆中的"九大碗"来。

老家小金县深处川西横断山区。历史上,这里虽然离川西平原近在咫尺,公路里程不足300公里,但是,因为横亘其间的巍巍邛崃山脉,几乎阻断了便捷的信息与物流传输,严重制约着县域经济的发展,致使其生产力水平低下,发展尤为迟缓,人们的生活水平也就相对较低。但是,生活在这里的各族群众民风淳朴,热情好客。尤其是人们以地方土特产为原料,烹饪出来的传统美食——"九大碗",爽口舒心,让人回味无穷……

俗话说,火烧房子望近邻,好酒好菜待远亲。历史上,当地居民邻里之间和睦相处,大小事,左邻右舍、亲朋好友都会互相帮助,主人家自然会以咂酒、奶茶、糌粑,以及"金裹银"(大米与玉米面混杂成的美食)、酸菜、肉食等美酒佳肴招待致谢。到了民国时期,凡是逢年过节、修房造屋、操办喜事,招待客人的时候,其桌上的菜肴便开始有了新变化，逐步兴起"九大碗"。

自古在民间视"九"为吉数，有"九九长寿""九子登科""天长地久（九）"等说法。"九大碗"这样的宴席，就是最起码的标准。此习俗自四川内地引入之后，就受到当地老百姓的普遍欢迎，成为其迎宾待客的最高礼遇。

"九大碗"最初的菜品，都是取材于当地的土特产——土豆、白瓜、白萝卜、红萝卜、白菜、莴笋和猪肉、牛羊肉，以及野菜、野生菌类等纯天然无污染的绿色食品。菜品荤素搭配，基本上分为凉拌、炒菜、蒸菜、烧菜和炖菜四大类。一般来说，盘子未曾入席，就是单纯的九个碗。后来，由一个盘子、九个碗构成。再后来，才又增加到三个、四个盘子不等。当使用盘子之后，用盘子盛的菜肴，荤素搭配，有冷热之分。一般为一个炒菜、两三个凉菜，或两三个炒菜、几个凉菜。九个碗，是相对固定的菜谱，即酥肉、红烧肉、甜饭、粉蒸肉、圆子、肘子、清炖、素菜汤、咸烧白。年复一年，日新月异，这样的菜谱，一直延续到20世纪80年代初，才随着人们生活水平的不断提高，传统美食也经历着量变与质变的过程：由原来的一盘子九碗，增加到三盘子九碗，到一二十个盘子九碗，再到二十来个盘子三四个碗。菜谱也由原来的土特产，改革增添有鸡、鸭、鱼和海鲜等多个品种；席位也由原来的八仙桌的八人一席，改为团团圆圆的十人一席。

传统的"九大碗"菜肴虽然显得土里土气，但是经过心灵手巧的厨师潜心搭配、精工制作，烹饪出色、香、味俱全的道道美食，使之代代相传，经久不衰，也见证着祖国的日新月异、繁荣富强。

酥肉，一般取材于猪的瘦肉部分，或兔子肉，参合豆粉及其佐料后，用清油煎炸，再炖煮即成。

红烧，主要原料是牛肉和红萝卜。这是宴席必不可少的一道菜，就其在民间还有这样一个说法——离了红萝卜不成席！

甜饭，用糯米或者大米做成。蒸熟成菜后，在碗面上撒一些用红色颜料浸染过的白糖、粉条，再在中间位置放一小片圆形的红萝卜，以示喜庆。但是，在计划经济时代，市场上几乎买不到原料，于是，这道菜可有可无，用其他配菜代替。比如：蒸白瓜或南瓜。家里要办"九大碗"，老百姓往往提前一年就开始做准备工作，尤其是紧缺的食料，更是省吃俭用，不远千里也要想方设法储备充足。随着人们的生活水平逐步提高，当市场上能够买到原料之后，这道菜，也就正式成为宴席的一道主菜。也由此拓展到夹砂和龙眼肉等菜谱。

粉蒸肉，是用猪肉排骨或牛羊肉，掺和玉米面与土豆块为原料的一道菜。蒸熟上菜之际，再在中间放一小片圆形的红萝卜。这道菜做法简单，味道极其鲜美，农户宰杀年猪时或平常也会做，只是不需要添加红色饰物。

圆子，这是喜酒宴席上一道必不可少的菜品。因为，一对新人喜结连理，人们对他们最美好的祝福就是团团圆圆、和和美美！其取材就是猪的瘦肉，捣碎成小圆饼，再用清油煎炸至熟即可。做菜的时候，先将碗里盛上煮熟的粉条，掺上鲜汤，将8个圆子（八仙桌，一人一个）铺在上面，再在中间放一小片圆形的红萝卜和几根红颜色粉条。

蒸肘子，又叫"膀""膀膀"。这是一道荤菜，就是将不带骨头的猪肉，切成肥瘦兼顾的圆形墩子，在猪皮上涂上甜酱，放到沸腾的油锅里面过一次，看猪皮微黄即可。然后将猪肉部分横竖切成方块，放在锅里煮熟。起锅后，倒放（猪皮在上，肉在下）在盛有煮熟的海带或其他野菜的碗里，再在上面放几节生葱和红色粉条。

清炖，是一道炖菜，材料为青笋或土豆块、排骨（猪肉或羊肉）。这道菜也可以由黄花或其他类似的菜谱替代。

素菜汤，又叫野菜汤。顾名思义，就是用山野菜炖煮而成，取材一般是菌类、蕨菜或石格菜等。

咸烧白，这是一道主菜。将通过甜酱处理后的猪肉切成条状，然后放到沸腾的清油里面煎炸至半熟（猪肉皮微黄即可）；再切成片，均匀地铺满一个蒸碗底，然后装满事先浸泡过的晒干或腌制过的野菜（灰灰菜、蕨菜或石格菜等），整体盛放到蒸笼里面蒸熟。食用的时候，再将蒸碗整体倒翻在其他碗里。

传统"九大碗"上菜也有顺序。一般是先上盘子，再依次上蒸菜、炖菜、汤菜，最后一道菜为咸烧白。至于，为什么这道菜压轴，有各种说法，归纳起来，就有祝福吉祥、圆满的寓意。

虽然，历史上广大农村逢年过节、修房造屋、操办喜事，都时兴办"九大碗"，但是，逢年过节与修房造屋的"九大碗"可免掉办喜事的那一道喜庆氛围的渲染色调，菜谱也可以变更，只要数量满足即可。可操办丧事还有一些区别。人们把年满60周岁去世之人的丧事叫"喜丧"，其宴席就允许与喜酒的宴席相同。在新中国成立前后，有些地方的丧葬习俗的宴席，还都只有一个盘子七道菜，俗称"七星剑"（同音，有说是源自七星宝剑辟邪，具体来历，尚待考证）。直到20世纪80年代，才陆陆续续将婚丧嫁娶的宴席统一为"九大碗"，丧事宴席上"九大碗"里面寓意"红红火火、吉祥如意"的点缀，都一应取掉。还有一个区别，凡是丧事的"九大碗"，必须要用豆腐，而喜酒的宴席禁止使用豆腐。为什么有这样的禁忌，民间也有多种说法。言下之意，喜事就有喜气洋洋、红红火火之意，在餐桌上自然就不能见"白"；而丧事亦是令人忧伤的事，当然不能大红大紫，一切以素净为主，这或许就是最充足的一个理由吧！

除逢年过节、修房造屋做的"九大碗"招待客人之外，红白喜事的"九大碗"不是一天就了结的事情，一般是前后三天。当然，在经济还十分落后的那个年代，只有正席才是"九大碗"，其他时候的菜谱就比较简单，正席的头一天晚餐，也叫"宵夜""下祭、开路"，其菜谱基本上也就是传统的"七星剑"。今非昔比，一般都是三天的正席——"九大碗"。

此外，若是喜事，不论男方还是女方家，接亲或送亲的客人，一般都安排在首轮宴席就座。待正菜上齐之后，主宾席还有一道特别的菜——"敬菜"。这道菜其实就是为了增添一份喜气，由厨房大师傅安排选三道蒸菜与烧菜，敬献给主宾席的客人，以讨得奖赏，叫"封封""喜封封"，也就是今天所说的"红包"。

上菜的时候，端盘的"掌盘师"来到席前，会格外吆喝："来了，敬菜三碗！"掌盘师将菜放好之后，主宾（在男方家就是大舅子；在女方家就是红叶大人）会主动给予奖赏，一般是用红纸条系腰线的几角或几块人民币。有调皮的"掌盘师"，在掌盘里接受了"封封"之后，还不满足，仍然扯着嗓门道："高升，高升，再请高升！"主宾一下就心领神会，顺手再丢一个过来。如果，主宾稍有迟缓，或者添加太少，"掌盘师"会继续嚷嚷，直到讨要到更丰厚的"封封"为止。因此，在喜宴上办"九大碗"的时候，一般客人吃的是"九大碗"，而只有舅子才吃"十二碗"，而接亲的也享受了对等的待遇，完全是酒席间的一种"喜兴"，讨一份奖赏，添一份乐趣。

光阴似箭，日月如梭。伴随祖国的繁荣富强，家乡的一切也随之而发生着翻天覆地的变化。"九大碗"的适用范围也拓展到给老人贺寿、乔迁之喜，以及有朋自远方来等更多的场合，而菜谱的名目就更是种类繁多、琳琅满目，正所谓应有尽有，无所不有。但是，不管世事如何变化，不管自己走到哪里，家乡的味道始终铭记在心。

酥油茶

一

酥油茶，是青藏高原民众不可或缺的传统饮品，是藏族饮食文化的一张名片。

二

由于这里高海拔，寒冷的气候不宜于蔬菜的生长，粮食也以青稞为主，所以人们日常生活的主食便是自产的酥油和糌粑。而内地低海拔地区出产的茶叶不但清香可口，而且便于长时间储藏。于是，熬制酥油茶，便当之无愧成为人们每日必备的功课。以茶代菜，天长日久，酥油茶不仅仅是一种饮料，而是生活中不可或缺的一道传统美食。

三

藏族人喜欢酥油茶，在民间还流传有一则凄美的传说：相传青藏高原上有两个毗邻的部落，曾因琐事结下了冤仇。可是，后来一个部落土司的女儿美梅措，却偏偏与另一个部落土司的儿子文顿巴一见钟情，相亲相爱。但由于两个部落之间的隔阂，彼此要喜结良缘非常困难！为了阻止这桩婚事，女方部落土司竟然还派人谋害了文顿巴。

美梅措得知自己的心上人离奇死亡的消息，万分悲痛，茶饭不思，整日以泪洗面。当得知邻居部落为文顿巴举行火葬仪式的时候，她毅然只身前往，乘人不备跳进了火海……

一对恋人就以这种残酷的方式，匆匆结束了未曾牵手的爱情故事，人们打心眼里赞美这对苦命鸳鸯对爱情的忠贞。

后来，美梅措变成了茶树的茶叶，文顿巴却到羌塘变成盐湖里的盐。每当藏族人打酥油茶时，水、茶和盐就自然掺和——寓意这对恋人再次聚会，永不分离。

传说终归为传说，在长期的实践过程中，藏族民众渐渐懂得蔬菜所含有的营养成分，可以通过茶叶来补充，而将酥油与茶水及食盐混合在一起制作而成的酥油茶，不但可以补充人体所需的水分，而且其味道鲜美，强身健体的营养功效更是路人皆知。

四

我生长在青藏高原，也特喜爱喝酥油茶。我的高祖是内地移民，高祖母是否也是移民已经无从查证，而祖母的身世亦不详，所以，我坚信自己的血液里蕴含有藏族人方刚的血气！

说实在话，家乡虽为阿坝藏族聚居区，但因乾隆两征金川的残酷现实，致使藏族餐饮文化的传承受到极大的影响——喝酥油茶并非家常便饭。在我儿时的记忆里，也就是20世纪70年代，父亲请匠人制作了一个打酥油茶的茶桶，为家人熬制过几顿酥油茶。可这酥油茶没有喝上几顿，那茶桶便被闲置在了墙角处，以至于后来完全散架而废弃。后来我明白了这个原因：农区大集体的年代，维持一家大小的生计都困难重重，也就根本没有能力购买价格较高的酥油。

五

传统酥油茶的制作原料主要是酥油、砖茶（又叫马茶）和食盐。随着时代的发展变化，人们在茶水里面又添加了牛奶和核桃等，有的还加入生鸡蛋，以及少许糌粑（在没有糌粑的情况下，就用炒面替代）。

酥油茶的制作过程很讲究。首先是将砖茶放在茶壶或者锅里面熬煮。与此同时，将适量的酥油、捣碎的核桃仁、食盐和糌粑等放进茶桶里面，待茶水熬制上色之后，便将其掺和在茶桶里，用力将"甲洛"（木质器具，一根细木棍，顶端穿透连接着与茶桶上口内径基本一致的木板）上下来回抽几十下，搅得油茶等相互交融即可，然后倒在茶壶（或者专门盛放酥油茶的铜壶）分享。

六

千百年来，在与严酷的自然条件作斗争时，藏族人民制作酥油茶饮用，也创造了酥油茶文化。

藏族人常用酥油茶待客：当客人被让座到方桌边时，主人便拿过一只木碗（或茶杯）放到客人面前。接着主人（或主妇）提起酥油茶壶（现在常用热水瓶代替），轻轻摇晃几下，给客人倒上满碗酥油茶。

刚倒下的酥油茶，客人不马上喝，先和主人聊天。等主人再次提过酥油茶壶站到客人跟前时，客人便可以端起碗慢慢享用，先在酥茶碗里轻轻地吹一圈，将浮在茶上的油花吹开，然后呷上一口。客人把碗放回桌上，主人再给添满。就这样，边喝边添，不一口喝完，热情的主人，总是要将客人的茶碗添满；假如你不想再喝，就不要动它；假如喝了一半，不想再喝了，主人把碗添满，你就摆着；客人准备告辞时，可以连着多喝几口，但不能喝干，碗里要留点漂油花的茶底。这样，才符合藏族人民的习惯和礼貌。

围绕酥油茶文化，还有茶会，贯穿于交友、节庆、离别等聚会中，真正成为了藏族人生活的日常习惯。虽然随着民族文化的不断交融，一些地方餐饮习惯也在不经意间被淡化，"大碗喝茶，大口吃肉"也不必惊奇，但是酥油茶永远是藏文化一张不老的名片。

从西街说起

　　地球上但凡有人类活动的地方，都孕育着许多传奇的故事。"因水而兴，因堰而名"的都江堰市有一处古城遗址——西街，历经千百载风霜雪雨的历练，是一处沉淀了太多历史、蕴藏了太多文化的风水宝地。

　　古老的川西坝子（成都平原）及其周边地区，流传有很多民谣，其中，最有名的要算"三垴九坪十八关，一锣一鼓到松潘""过了牛头山，进了鬼门关""整烂就整烂，整烂到灌县"（也说：弄烂就弄烂，弄烂到灌县）了。那么，这些民谣到底蕴藏怎样的内涵？我们不妨一起走进西街，去聆听民谣背后的精彩故事。

　　西街位于都江堰宝瓶口以南，玉垒山下，与离堆（伏龙观）隔江相望，是一条有着千年历史的古街。为南方丝绸之路入藏羌地区的起点，也被誉为"茶马古道第一街"。

　　玉垒山巅，原有明宣德年间建的玉观峰寺院，因年久失修已成为废墟。玉垒山石刻共三幅，分别刻于三国、明、清，最上方一幅"玉垒山"三字，为蜀后主亲书，其大盈尺。明朝弘治中年，知州赵符节、千户赵方筑城包玉垒山其内，题"三雄秀"，位于"玉垒山"题下。清初又有无名氏题"三定诸蛮"四字，三幅石刻均具有较高的书法艺术。而因李冰治水时，开山分水，从玉垒山前切开一道口子——宝瓶口，将岷江之水分流而治，以绝水患，由此将一座叫"离堆"的小山与之隔江相望。传说李冰父子治水时曾制服岷江孽龙，将其锁于离堆下伏龙潭中，后人依此立祠祭祀。到北宋初改名伏龙观，始以道士掌管香火至今。

都江堰就如一卷写满传奇的诗书；历史悠久的西街，就是这部传奇的见证者。

据史料记载，西街是灌（县）松（潘）茶马古道的起点，也是早期人们所说的南方丝绸之路之一的始发点。传说原名叫"西正街"，街名由来已久，也许是位于当时都江堰集镇偏西的位置，而又因具备"货运码头"物流周转的特殊身份，引来商贾云集，交易活跃，进而形成商贸前沿市场，街道的名称自然实至名归。至于何时又简称为"西街"，未见史料记载。西正街从南门口西侧至西门，长390余米，街道相对狭窄，清末至民国时期，此街多玉石加工及销售作坊，故又名"玉石街"。这里历史上是沟通汉族和藏羌各地的唯一一条"官道"。如今，西街民宅依然保存有多间上百年历史的木房，修旧如旧，原汁原味的西街风情蕴含的历史价值，不亚于成都的宽窄巷子，它赋予了都江堰市历史名城深沉的文化内涵，成为最重要的地理标志之一。

穿越时空隧道，挖掘神奇传说。我们把时光定格在1949年，伟大领袖毛主席在天安门城楼上，庄严宣告中华人民共和国成立的岁末，灌县彻底结束国民党的统治。解放初期，川西坝子沿着岷江河溯流而上进入汶川、理县、黑水、茂县和松潘等地，尚未修建一寸公路。自灌县走卧龙沟翻越巴郎山，进入小金再深入其他藏区的公路建设，也就更是后话了。但是，这一片广袤土地上繁衍生息的各族同胞，他们的生产生活所需的大部分物资，出产地就是"湔堋"（都江堰秦朝时候的称谓）地界依山傍水的西街。为此，千百年来，"三脑九坪十八关，一锣一鼓上松潘"一句流传多年的民谣，便为我们揭开了700里灌（县）松（潘）茶马古道的浩茫时空之幕。

灌（县）松（潘）茶马古道在阿坝地区又叫"松（潘）茂（县）茶马古道"，是以都江堰市为起点，阿坝藏族羌族自治州松潘县为终点的一条古代交通要道。古道从都江堰西街出发，沿岷江河谷而上，经过都江堰的玉垒关、蚕崖关（又称茶关）、寿星脑、娘子岭（又称羊子岭），然后进入汶川境内，经西瓜脑、映秀湾、豆芽坪、东界脑、兴文坪、银杏坪、罗圈湾、彻底关、桃关、大邑坪、飞沙关、新保关、雁门关、杨木坪、周仓坪、富阳坪，再进入茂县境内，沿七星关、石鼓、渭门关、石大关、麓子坪、永镇关抵松潘境内，经平定关、镇坪关、镇江关、北定关、归化关、新塘关、安顺关、西宁关到达松潘古城。

具体来说，"三脑"，即寿星脑、西瓜脑和东界脑（又谓棕甸脑）。寿星脑在灌县境龙溪乡娘子岭山麓尖尖树与小湾之间，距灌县36华里。西瓜脑、东界脑（又谓棕甸脑），在汶川县境，西瓜脑在娘子岭山顶，距灌县50华里。九坪，即豆耳坪、兴文坪、银杏坪、大邑坪、羊毛坪、周仓坪、马念坪、麓子坪和镇坪。豆耳坪、兴文坪、银杏坪、大邑坪在汶川县境内。豆耳坪距灌县70华里，兴文坪距灌县90华里，银杏坪距灌县100华里，大邑坪距灌县128华里。羊毛坪、周仓坪、马念坪、麓子坪在茂县境内。羊毛坪又名凤毛坪，距灌县230华里，周仓坪距灌县235华里，马念坪距灌县270华里。麓子坪在玛瑙顶山腰，距灌县380华里。镇坪在松潘县境，距灌县480华里。

十八关，即镇夷关、茶关、沙坪关、彻底关、桃关、飞沙关、新保关、雁门关、七星关、渭门关、实大关、永镇关、平定关、镇江关、北定关、新塘关、安顺关和西宁关。其中，镇夷关、茶关在灌县至松潘南端入口处。镇夷关又名玉垒关，距灌县1华里。茶关至灌县20华里。沙坪关、彻底关、桃关、飞沙关、新保关和雁门关在汶川县境内，距灌县120华里。沙坪关距灌县105华里。彻底关距灌县110华里。桃关距灌县120华里。飞沙关距灌县140华里。新保关即威州镇（汶川县城所在地），距灌县190华里。雁门关距灌县200华里。

七星关、渭门关、实大关和永镇关在茂县境内。七星关距灌县238华里。渭门关在岷江东岸，距灌县300华里。实大关距灌县360华里。永镇关距灌县443华里。平定关、镇江关、北定关、新塘关、安顺关和西宁关在松潘县境内。平定关距灌县452华里。镇江关距灌县520华里。北定关距灌县533华里。新塘关距灌县570华里。安顺关距灌县590华里。西宁关距灌县615华里。

一锣一鼓，即罗圈湾和石鼓。罗圈湾，在汶川县境内，距灌县107华里；石鼓，在茂县石鼓乡境内，距灌县248华里。

　　松潘藏、羌、回、汉等民族间的茶马互市开始于唐代。当时，主要交换的物资是茶叶和马匹。到了明朝，松潘茶马互市空前兴盛，除了茶叶和马匹，交换的物资扩大到牛羊肉、酥油、盐巴和道地中药材等。当时的松潘城是"烟火万家俯视即见"。到了清朝更是"人烟稠密，商贾辐辏，为西陲一大都会"。贸易经营扩展到五金、陶器、布匹等，成为川、甘、青三省边境最大的贸易集散地。至民国初年，松潘古城依然"商贸兴盛，产物繁荣"，松潘本地各行各业的坐地商和来自全国各地的商贾，把边茶、布匹、绸缎、糖、酒、纸张、颜料、五金、陶瓷、烟草等运往松潘草地和青海、甘肃，然从这些地方运回畜产品、乳制品、皮毛、山货、药材，再走茶马古道，由松潘转销到成都、重庆、上海等地。而在便捷高效的道路交通还未惠及藏寨羌乡的时候，承载这一重任的就是马帮和背二哥了。

　　马帮在松潘茶马互市历史上占有着非常重要的地位，当时交通不便，道路也全为狭窄的山路，进出松潘的物资全靠人背马驮。喂养有马匹和骡子的人家，自愿组成一个马帮，驮着各种物资往返于灌县和高原之间，而没有马匹的人家，就靠卖力气挣钱——背负120斤左右的随身背子（物资），在崎岖的羊肠小道上艰难行进。他们共同定格了一个时代，谱写了劳动人民的勤劳、善良与质朴，凝成为岷江河畔、巴郎山上一道道亮丽的风景。

　　　　过了牛头山，进了鬼门关

　　　　走拢邓生，好不伤心

　　　　走拢贝母坪，碰到"鸡脚神"

　　　　走拢大石包，"骆黑儿"把手招

　　　　走到巴郎山，伸手摸到天

　　　　过了松林口，银子到了手

　　　　走拢日隆关，只见镫子翻

　　　　走拢官寨，吃碗酸菜

　　　　过了石门槛，到了小金县

　　我有一位伯父叫刘玉杰，非小金本地生长人氏，身高体健、憨厚朴实。当年，他就是活跃在茶马古道上的一名脚夫（俗称"背二哥"，即靠背背子挣钱维持生计的人）。他生前给我讲述了当年背背子走灌县过卧龙巴郎山时传唱的这首歌谣（他说，叫"口句子"）。他说，背120斤的随身背子走巴郎山，往返小金与灌县（今都江堰），至少要半个多月的时间，路途的艰辛是一般人难以承受的。卧龙沟快走完有一个地方叫"牛头山"，这里是一道马帮行人必须穿越的差不多百米长的峡谷，所以，人们就把它叫"鬼门关"。小心翼翼走过牛头山，也就过了鬼门关，开始翻越巴郎山……尤其是翻越高到天上去的巴郎山，那劲仗（艰难的程度）硬是不摆了哦！

　　时过境迁，巴郎山修通公路没有几年，伯父就过世了，只可惜他临终都没有亲自乘车翻越巴郎山，没有看见他们那一代人无数次背负行囊，用脚板和"拐耙子"（"背二哥"必备的劳动工具——木质、"T"形、1米左右长的木棍，行走时可以杵路；短暂休息时，用来支撑行囊）丈量的崎岖道路，已经完全以车代步，且是车水马龙。而因巴郎山隧道的建成通车，不再翻越"伸手摸到天"的巴郎山顶，单边行程由当初的半个多月，缩短到今天的三四个小时！为了发展旅游产业，沿着这条生命通途还正在修建轨道交通，如此飞速发展的历程，长辈们做梦也不会想象的到！

　　毫无疑问，不管世事怎样变迁，这些感人至深的传奇故事，是那些匍匐前行的人们，用汗水乃至生命写成的历史篇章，是铭刻在这条生命通道上永恒的历史记忆。

　　光阴似箭，日月如梭。政府于1953年开始筹资修建一条从成都经灌县到汶川的公路，两年后顺利通车。这是一个划时代的年轮，也是西街的一个里程碑——千年的灌（县）松（潘）茶马古道就此结束了它神圣而光荣的历史使命。后来，灌县到小金也建起了公路，再后来，都江堰到汶川再到马尔康，陆续贯通了笔直快捷的高速公路。天堑变通途，公路替代了羊肠小道，飞奔的车轮接替了质朴的马鞍和背架子。但是，茶马古道命运的终结，并没有让西街因此消亡，而是踏着时代发展的节拍，一次次不断实现着她华丽的转身：房屋风貌如初，生意行当照旧，玉器社、木器社等加工作坊红红火火，客流来往始终活跃如初，商铺旅店、茶楼酒家生意照样兴隆。难怪人们说"整烂就整烂，整烂到灌县"。

"整烂就整烂，整烂到灌县"。我生活在川西高原，自懂事起，就从大人们的嘴巴里听来这则民谣。虽说是简单明了的一句俗语，但当初并没有真懂；后来，随着自己社会阅历的增长，才多少领悟到了其深藏的寓意。

在民间，对这句话的解释有好几种，都江堰市的一个文友如此归纳：第一，川西坝子道路坑坑包包，凹凸不平，到灌县去要走整得稀烂的路；第二，治水英雄大禹出生在灌县城西痢儿畔（有说剐儿坪），一个人把事情搞糟了，不好收拾，就到灌县去，能够得到神的原宥和赦免；第三，灌县崇山峻岭，山清水秀，事情整出拐了，大不了跑到灌县山上、水边当棒老二（土匪），拦路剪径，生存下去没有问题；第四，川西坝子是袍哥人家的大码头，兄弟伙最讲义气，为朋友两肋插刀在所不惜是常有的事，事情整大了收不了场子，就到灌县，袍哥大爷舵把子会给你扎起；第五，赌徒算是最狠的角色之一，一个赌徒如果升级成赌鬼，简直就是天不怕地不怕，什么都不在乎了，银子票子算什么，就是输掉土地房子，甚至输掉老婆孩子都担得屁不豉（方言，没有啥大不了的意思），老子就要赌最后这一把，赌输再找个好地方——灌县，重新翻身。

朋友说，他归纳的这几条传说，灌县只是一个代名词，不一定就只有都江堰有西街的灌县。虽然我也这样认为，正如有句歇后语说的那样，郫县走灌县——县过县（现过现）。此语一是指交易活动，必须付现款，不赊账；二是比喻两个人之间发生了口角，莫费了口舌，采取坚决果断的措施予以回击，或者就直接用武力解决问题得了。但是，姑且不去留心歇后语其本身的寓意，说从郫县走到灌县，这也是事实。既然一句话里提到，想来不是无缘无故，自然有他的道理。是的，在历次民族迁徙的历程中，让诸如此类的民族文化，在无形中实现了交融，得到了传承和弘扬，便使得流传千古的民谣、谚语，不但风趣幽默，其蕴藏的寓意也就更为深邃、厚重。

　　银杏枝叶秋渐黄，西出玉垒上岷江；一条幽径颂今古，两片木屋托桑梓。都江堰位于四川省成都市都江堰市城西，坐落在成都平原西部的岷江上，始建于秦昭王末年（约公元前256—前251），是蜀郡太守李冰父子在前人鳖灵开凿的基础上组织修建的大型水利工程，由分水鱼嘴、飞沙堰、宝瓶口等部分组成，两千多年来一直发挥着防洪灌溉的作用，使成都平原成为水旱从人、沃野千里的"天府之国"，至今灌区已达30余县市，面积近千万亩，是全世界迄今为止年代最久、唯一留存、仍在一直使用、以无坝引水为特征的宏大水利工程。2018年8月13日，加拿大萨斯卡通召开的国际灌排委员会第69届国际执行理事会，执理会全体会议上公布了2018年（第五批）世界灌溉工程遗产名录。都江堰这一凝聚着中国古代劳动人民勤劳、勇敢、智慧结晶的古堰名列其中。都江堰化身泄洪斗士，驯服狂野无拘的浩瀚岷江之水，世代滋润着成都平原……人往高处走，水往低处流，"弄烂"到灌县，不是天方夜谭，倒是追求幸福生活的人们，理当坚信的理念。

　　商家连壁情绵绵，曲径悠悠起灌县；肩负盐茶一百斤，古音琴瑟今犹见。坐落在都江堰内江里侧的西街，因商贸流通而兴起，其周遭之土地，皆依山傍水，暖阳四季，那南来北往的过客，行色匆匆的商贩所沉淀的多元历史文化，使这里成为富甲一方的风水宝地，又有谁不为之心动，一试身手，淘一桶黄金，求得一生一世的荣华富贵呢？

　　是的，在遭受2008年"5·12"汶川特大地震肆虐之后，西街也实现了涅槃重生。地方政府完全按照文物修缮的标准，让古香古色的建筑群错落有致；酒吧、茶楼、咖啡厅、音乐卡座比比皆是；高原牛肉、冰山雪莲、青城茶叶、岷江玉器琳琅满目、应有尽有。残存的明城墙，以及复古的马帮、背二哥的形象塑像，永远诉说着这里曾经的辉煌。"千秋史册半截墙，涤尽尘埃见宝光；跨越时空溯流月，欣逢盛世铸辉煌。"虽然不能堪称完美无缺，但是，当你行走其间，仿佛耳边就会响起叮叮当当古道马帮的驼铃声和吆喝之声，如若再潜心享受牛肉豆花、张醪糟、老妈串串等川西风味小吃，无不令人心旷神怡、飘飘若仙。

　　都江堰是世界文化遗产（2000年被联合国教科文组织列入世界文化遗

产名录）、世界自然遗产（四川大熊猫栖息地）、全国重点文物保护单位、国家级风景名胜区、国家AAAAA级旅游景区。今日以传世之作——都江堰而命名的县级市都江堰市，已步入国际旅游名城行列。古老的都江堰水利工程被誉为"世界水利文化的鼻祖"；有"青城天下幽"之称的青城山，是中国道教发祥地。其旅游资源富集，拥有举世瞩目的世界文化遗产——都江堰·青城山，是四川大熊猫栖息地（世界自然遗产）的重要组成部分，先后获"首届中国人居环境范例奖""联合国迪拜国际改善居住环境良好范例奖""中国优秀旅游城市""国家级重点风景名胜区""国家级历史文化名城""国家级生态示范区""国家园林城市""最佳中国魅力城市"等殊荣。优美的自然风光、深邃的历史文化，无疑为宜居之胜地。截至2018年，作为成都第三圈层的都江堰市，全市常住人口近70万人，而户籍人口仅62万人，筑巢引凤，促进发展，足以可见外来的人们，对此世外桃源之挚爱与向往。

> 岷江东去造天府，龙跃平川送福禄；
> 宽窄有余披锦袍，蓉城嬗变誉千古。

是的，现在的西街的确是一个会令人忘记忧愁烦恼的地方。站在明长城墙上，遥望源自圣洁高原、似若甘甜乳汁的岷江之水缓缓流淌，顿然忘却你所有的烦恼和忧伤；踱步南桥，望南来北往如织的人流，体味时代的风云变幻；再选一处西街邻溪的茶园小憩，沏一碗茶，扯开芭蕉扇，揽一缕清风入怀，享尽今生一世的悠闲与惬意。

"我以为，中国历史上最激动人心的工程不是长城，而是都江堰。"余秋雨的一篇散文《都江堰》这样写道，"长城占据了辽阔的空间，那么，它（都江堰）却实实在在地占据了邈远的时间。长城的社会功用早已废弛，而它至今还在为无数民众输送汩汩清流。有了它，旱涝无常的四川平原成了天府之国，每当我们民族有了重大灾难，天府之国总是沉着地提供庇护和濡养。因此，可以毫不夸张地说，它永久性地灌溉了中华民族。"

　　固坝引流，驯顺岷江兴古堰，恩泽西蜀子民，促成那富饶天府；撑杆立架，相依玉垒建西街，招徕四方商贾，同书这盛世华章。置身阿坝高原，为家乡小金乃至阿坝的发展呕心沥血。听着川西民谣成长、亲历故土变迁的我，退居都江堰前后，我不止一次信步西街，去追溯过往历史，亲吻流芳古迹、新岁容颜……深感今非昔比，包括来自岷江上游、巴郎山西面的藏、羌、回、汉各民族，虽然发展条件相对落后，但是其地方经济社会都跨入新中国日新月异、蓬勃发展的快车道。他们行走西街，安居都江堰，已不是一时性起，也不是单纯为"整烂"而做简单的"潜伏"——除了走过西街，体验茶马古道，听山间回荡的千年铃声之外，早已深谋远虑，是真心要来分享那一份潜在的幸福与快乐。

俯拾未曾遗忘的血脉亲情

清朝乾隆年间，在平定大小金川的过程中，清军曾先后两次将部分金川藏族群众迁移至北京香山一带定居。光阴似箭，200多年的时光转瞬即逝。往事不堪回首，一场残酷的征战，致民众于水深火热之中，却诠释了血脉亲情的真谛。在新的历史背景下，追寻这些迁民的行踪轨迹，了解其历史过往及今朝之境况，奏响民族团结进步的最强音……是时代的需要，更是京城与边关两地民众的热切期盼！

一

清朝乾隆时期，在中国的西南地区，发生了一场惨烈的战争。清政府在攻打大小金川的过程中，曾将其中一部分藏族同胞遣送到北京香山一带，这个史实早有耳闻。当阅读过张羽新所著《藏族文化在北京》之后，方才对这段史实有所了解。

清朝乾隆时期，在平定四川大小金川的过程中，曾将其中的一部分藏族迁至京师，使之成为北京的永久居民。第一次是在乾隆十二年至十四年（1747—1749年）的大金川之役后，这次迁京的主要是大金川的士兵和工匠，人数不过一二十人。第二次是在乾隆三十六年至四十一年（1771—1776年）的小金川之役结束之后，这次迁京的约计

200人，主要是士兵和男女艺童。这些迁京的大小金川藏族被安置在香山附近，编为一个佐领，隶属于内务府正白旗。艺童则供奉于宫廷，把藏族音乐歌舞带进了清宫……①

"'大小金川之役'是清王朝为维护其专制统治所推行的'以番制番'使之相互牵制策略失败之后，所采取武力暴政手段。给大小金川以及川边藏汉人民带来深重灾难。"著名藏学研究者崔丹老师于1989年在《西藏研究》第二期发表的题为《评乾隆两度平定金川的实质》一文中这样论述："大量的史籍记载和对事实的调查分析证明'大小金川之役'的性质和真正起因不是'叛乱'，而是乾隆'以番治番'政策失败后，惧怕大小金川土司与汉族及各土司间的密切往来，将于皇权统治有患，又因大小金川内近成都外连卫藏，地理位置重要，故借土司之间的家族纠纷小题大做，歪曲矛盾的性质借题发挥，冤错于人……②

祖籍与故乡或为一体，血脉与宗亲紧密相连。木有其本、水有其源，源远流长，沧桑变故，水不离其本源，人不离其本宗，树长参天，叶落其根。血脉亲情是维系民族团结的一根纽带。历史皆为过往，是是非非已无关紧要，也不必完全纠结其间！追根溯源，正视历史，忘掉昔日之纷争带来的伤痛，携手徜徉繁荣昌盛新时代，才是值得推崇的真理！

基于此，我于2011年金秋十月，借参加全国文物管理干部培训班的机会，专程走进北京香山门头村及团城演武厅寻访。接下来与课题组成员一道，多方搜集并查阅资料；走访专家教授，努力追寻那悬浮于世的历史尘埃，俯拾未曾遗忘的血脉亲情……

二

俗话说："有缘千里来相会，无缘对面不相逢。"非常凑巧的是，在我

---

① 张羽新：《藏族文化在北京》，中国藏学出版社，2007年。
② 崔丹：《评乾隆两度平定金川的实质》，《西藏研究》1989年第2期。

到北京参加培训前1个月，北京团城演武厅、曹雪芹研究所和首都博物馆的同志以及门头村的村干部宋义权等一行人，相约前来大小金川等地调研嘉绒地区藏族民俗文化。亲友团的造访，是亲情的汇聚，是真情的流露，更是归宗心灵的碰撞……毕竟血浓于水，骨肉情深。由此便促成了我前往北京香山门头村及团城演武厅等地拜访的行程。

10月18日上午，为期10天的培训结束。刚吃过午饭，北京团城演武厅的馆长助理、社教部主任张巍和办公室小李，已经开车前来我参加学习的中央文化干部管理学院等候……

风和日丽，艳阳高照。就要走进一个与家乡有着血缘亲情的熟悉而又陌生的村寨，不免有些激动。一路上，张巍主任和小李嘘寒问暖，很是热情，让我的脑海里勾勒出一幅别样的藏寨画面……

"到了！"车在高速路上行驶了1个多小时，再拐了几道弯之后，来到了一座小山脚下的一道铁栅栏门前停下来。张主任向我介绍说："刘书记（时任小金县文体局党组书记、副局长），香山到了，我们团城演武厅到了。"

"好嘞！到了！到了！"下了车，顾不上休息，一边回应张主任的热情招呼，信步走进团城演武厅的大门。

"这就是团城演武厅的西城楼门，它位于演武厅的西南，因为立面呈梯形，故又称'梯子楼'。"张主任十分热情地向我介绍说，"我们演武厅就坐落在香山脚下，眼前的西城楼门面宽24米，高11.2米，用西山所产毛石砌筑，正中为一道拱券门洞，两侧有台阶通达顶部，为演练时将领的指挥台。"边走边听介绍，我们走进了清朝八旗军当年的演武场地……

在张主任的安排下，我首先来到演武厅右侧的管理处办公区，与北京市团城演武厅管理处的何沛主任等人会面。一阵寒暄，一番热情，令人倍感温暖。

千里迢迢，此行的目的是奔香山门头村的大小金川后裔及其团城演武厅历史渊源而来，一阵寒暄过后便自然而然直奔主题——我急切地跟随管理处的同志游览团城演武厅。

边走边看边聊，我们先后来到团城及南北城楼、演武厅、校场与放马黄城等重要建筑及遗迹游览。登上团城，当年乾隆皇帝操练精兵的健锐营遗迹——呈现，被定格的历史跃然眼前……

"团城演武厅，始建于乾隆十四年（1749）。它是集城池（团城）、殿宇（演武厅、东西朝房）、西城楼门、碑亭于一体的武备建筑群。"在张巍的介绍下，我对团城演武厅有了初步了解。她说："团城演武厅的兴建与清政府平定大小金川有直接的关系，也就是说，没有金川之役就没有健锐营，也就没有团城演武厅！"

三

著名藏学学者、研究员陈庆英生前撰写的《关于北京香山藏族人的传闻及史籍记载》一文中就有这样一段详尽的记载：

在第一次平定大小金川的战斗中（即大金川之役），莎罗奔凭借山高路险和石碉堡垒，给清军以大量杀伤。乾隆认为"已习之艺不可废，已奏之绩不可忘"，乃命将俘获的一部分大金川士兵和工匠在香山附近旧有碉堡的基础上，仿大、小金川的地形和石碉，再筑石碉，组建"健锐云梯营"，训练山地攻碉部队。为庆祝大金川之役的胜利，同时也考虑到俘获到北京筑碉的大金川士兵和工匠的宗教信仰，乾隆命仿清入关前皇太极在沈阳建实胜寺的先例，于香山石碉群旁建立了实胜寺，并亲制此碑文以为纪念。

……

从乾隆十四年（1749年）第一次大金川之役结束后，在香山修筑战碉的工作一直在继续进行。虽然从事筑碉工作的金川降人数目不多，但是关于他们工作和生活的情形，在乾隆帝的诗歌中有生动的反映。《日下旧闻考》还录有《乾隆十五年御制番筑碉诗》一首，从诗中可以看出，这些金川降人被带来北京后主要的职责就是修筑碉房，为清政府效劳。他们在服饰装束上依然保持着金川藏族的原貌，在生活习惯上爱饮酒、喜食牛羊肉，在劳动中伴以藏语歌谣，特别是他们修筑碉房的技艺高超，能不用绳墨规矩等器具就筑起高耸的石碉，这些都引起了乾隆皇帝的注意，并写进了诗歌。尤其重要的是，诗中写到藏族妇女的勤劳能干："其妇工作胜丈夫"，说明当时在香山的金川降人还带有家眷，举家定居于此。因此他们与那些派充苦役的战争俘虏还不完全相同。[①]

至此，为了训练士兵的攻碉战术和建筑仿照金川地方的石碉，清政府遂将大金川之役中俘虏的部分藏族士兵和工匠迁至北京，编入健锐云梯营的事实毋庸置疑。

而迄今掩映在香山实胜寺附近松林中的一处碑亭，其间有一块大理石御碑，御碑上镌刻有乾隆十五年（1750年）"御制赐健锐云梯营军士食即席得句（有序）"诗（原碑文无题，此题系从《日下旧闻考》卷六十三转录）。这便是平定大金川之役中，清政府将金川一部分藏族强迁北京的珍贵实物资料。

听人介绍，品读、浏览专家学者的文献（实物）资料，历史的过往，像欣赏电影片段一样，一幕接着一幕仿佛浮现眼前：身着藏服的金川藏民（工匠）垒石为碉，健锐云梯营的将士攻与防的操练……

四

参观完团城演武厅及其周边一些遗址遗迹，已经日落西山，何沛主任早已安排第二天的考察行程——门头村走访。

清乾隆统治时期，在平定大小金川的过程中，清政府曾将大小金川的一部分藏族人遣送至北京。这是藏族发展史上和清代前期统一多民族国家巩固和发展中的一个小插曲。在历史发展的进程中，繁衍生息在今门头村的大部分居民，就是当年从大小金川迁徙过来的藏族同胞的后裔。可对于大小金川的后裔们来说，了解那段历史的人不少，但真正前去寻访过的人

---

① 陈庆英：《关于北京香山藏族人的传闻及史籍记载》，《中国藏学》1990 年 2 期。

却为数不多。

20世纪70年代初，中国煤矿文工团的同志在西山一带采风时，发现红旗村、正白旗村有些农民会唱一种与北京地区民歌迥异的歌曲，但不能准确辨别是属于哪个民族文化。适逢小金县土生土长、精通藏文化的赞拉·阿旺措成，从西南民族学院受派到中央民族学院古藏文专业进修班攻读，当他仔细聆听之后，准确释疑为四川金川地区藏族的锅庄舞唱词。

几年前，小金县原政协主席杨忠华、小金县原人大常委会副主任杨立新、金川县原政协副主席纳树军等老乡，带着一份牵挂，曾专程前往或借助去北京学习的机会，多次前往门头村走访……我此行也是走进这里寻亲的小金川藏民后裔的又一个代表。

明嘉靖年成书《京师五城坊巷胡同集》记有"门头村"。万历年间成书《宛署杂记》称"镘（馒）头村"。《燕都游览志》上说："门头村去郊西八里许，以其地为西山门径，故名。"袁宏道《述旧》诗："探春犹记出青门，先部门头第几村。近水只观娥散影，匝堤唯见酒淋痕。"

当时，门头村村支书刘纪祥和村委会主任宋义权都不在家，曾经随队拜访过大小金川的村干部周永山接待了我。

"欢迎我们小金的亲戚来家里做客！"以车代步，小周开着自家的小车，陪我们走进了村子。他一边开车，一边向我介绍村里的一些情况，"门头村位于海淀区西部。东至四眼井，西至香山南路，南至闵庄路，北至红旗村、鲍家窑。地处糠篮腿城乡接合部，自然环境优美，地理位置优越，交通便利。因以西山为头门径而得名……辖区面积10平方千米，城乡居民共计2787户5985人。历史上，我们村就是皇家园林……按照北京市城乡接合部规划方案，明年全体村民都能住上别墅一样的楼房……"

光阴似箭，时代更替，已不见藏寨的丁点影子，我们在村里走走停停，只有仔细聆听小周介绍村里价值千万的别墅群、5万多一平方米的小区豪宅，还有高价出租地块、建筑等为民增收的一些情况。其间还驻足察看乾隆金川之役记事碑亭、残存的碉楼，参观毗邻的北京植物园及曹雪芹研究所，并留下一些珍贵的合影。

谈到村史，小周摇摇头认真地说："刘书记，说实在话，毕竟已经过去200多年了，我们这些年轻人都搞不清楚哦！就是村里上了年纪的老人们，也没有几个能完整地讲清楚我们的祖籍。但是，村民们都相信史书上所记载的历史事实，我们都是一家人，血脉亲情无可置疑！加强两地之间的经济文化交流互动才十分必要哦！"

五

毫无疑问，坐落在门头村北的团城演武厅，曾经为清朝政府征服四川大小金川的兵士训练起过重要的作用。在两次金川之役中被遣送的金川藏族群众到底有多少，他们的居住和生活是怎样一个情况？这是我们大家都想了解的历史真相。

我们通过阅读著名藏学学者、研究员陈庆英先生生前撰写的《关于北京香山藏族人的传闻及史籍记载》便略知一二。

乾隆帝在香山所作《番筑碉》诗说明，第一次金川之役后在健锐云梯营有附居的专门修筑战碉的金川藏人，这在乾隆帝写了一首长诗《四月廿八日紫光阁凯宴成功诸将士（有序）》都有记载。从这首诗的注释中可以看出，阿桂等回军之时，不仅遵旨将大小金川的头人及其家属解送北京安插，而且带回了专习歌舞的"番童"，在紫光阁的庆功宴上就表演过川西藏族的"锅庄"舞及"斯甲鲁"（歌曲），具有地方民族特色的锅庄和斯甲鲁进入了清朝宫廷。

随着第二次金川之役后住在北京的金川藏族人增加，清朝政府感到有必要对他们单独编组，以便管理。乾隆四十一年大学士等议定，现在驻京之两金川番子共计男妇一百八十九名口，照依乾隆二十五年将驻京之回子编为佐领之例，编为一佐领，入于内务府正白旗，为内务府及理藩院所属，与包衣管领一体，定为骁骑校一员，领催四名，马甲额缺七十名……既然金川藏族佐领由内务府提供马甲钱粮，所以同时也必须在内务府当差，从档册看，当时当差的种类有：唱曲跳锅庄的二十八人，健锐营修筑碉房的杨苏等十一人，中正殿造办处与京城匠役一同服役的银匠、木匠、写字人四名，画佛像刻字喇嘛二人。这是有专门技艺特长的，其他人则由内务府大臣分派学习当差，具体干什么活则不清楚。除此之外，金川藏族佐领似乎还有担任口语翻译的职责①。

通过以上史料记载，我们清楚了解清朝在两次金川之役中都曾将部分金川藏族迁移到北京，特别是乾隆四十一年（1776年）迁来的人较多，以致清朝专门将他们编为一个佐领，归入内务府正白旗，并指定他们在香山建筑碉楼居住，由健锐营就近约束管理。这些金川藏族人带来了他们的语言、习俗、歌舞、建筑碉楼的技艺等，具有自己鲜明的文化特点。至今虽然已经过去了200多年，但香山的藏式碉楼依然有遗存，香山藏族人的后裔中还流传藏族的歌曲，这是值得我们注意的民族文化现象。

至于有的专家依据解放初期这些香山藏族人的后裔曾说自己是苗族的后代，因而肯定他们是苗族的后裔，或许是受流传很广的印鸾章编的《清鉴纲目》即称大小金川"番民居焉，亦苗种也"之影响。可其辖区内并没有可以用苗族的传统习俗将其血脉予以佐证的东西，而承载嘉绒地区藏族民俗文化的碉楼、寺庙、番子营南面呈白塔形的塔门等建筑，以及汉藏两体碑刻实物等等，诸如在清军阵营里赫然在册的这些藏族将士：木塔尔、桑吉斯塔尔、扎克塔尔……还有嘉绒地区一脉相承的歌舞表演等非物质文化传承，都是一个个不争的事实。

正如门头村原村委会主任宋义权说的那样，门头村距金川地区千里之遥，但是其民居风格、建筑遗存、文化传承和家属安置地等，都有共同的特征。他说："在新中国刚刚成立的情况下，在民族识别登记的过程中，因某种原因没有将小营的金川人登记为藏族罢了。但是，不管什么民族，都是我们中华大家族的一员，我们要始终牢记汉族离不开少数民族，少数民族离不开汉族，各少数民族之间都相互离不开！"

---

① 陈庆英：《关于北京香山藏族人的传闻及史籍记载》，《中国藏学》1990年2期。

六

值得一提的是，门头村原村委会主任宋义权是一个热心于家族历史传承，一心致力于民族团结的优秀代表。2014年5月13日，他拜访了北京市海淀区著名文史专家严宽老先生，就20世纪有学者到门头村采访小营原住老人，并录制了一首歌曲一事进行了解。严老讲到，20世纪70年代末，著名历史学家邓之诚之孙邓光辉到门头村采访了小营原住老人郎智广，老人唱了一首名叫《阿洞国》的歌，邓光辉听不懂，录音后，便请他帮助找人鉴别。于是，便找到正在中央民院进修的西南民族学院著名藏学家赞拉·阿旺教授，阿旺教授听完录音后说："这是一首藏族歌曲，歌词大意是：金川啊！我美丽的家乡，我时刻怀念你……"

另据我们走访了解到20世纪70年代，曾就职于中央人民广播电视台的金川县籍工作人员宋友全，听过门头村传承的古朴音乐之后，判定其就是大小金川锅庄舞的曲调。

郎智广老人回忆说，民国初年，他的父亲曾在小营偶遇一位自称来自金川的略懂汉语的喇嘛阿基索朗，经过交谈，互认彼此是老乡，于是他的父亲向这位喇嘛唱起了先祖们在宫里为皇帝演唱的歌曲《四角略》（这里的"略"和前文的"鲁"可能是传承时出现差异，笔者注），歌词大意是："我可爱的家乡，是万里之外的金川，魂归故里呦，我无时无刻不把金川怀念，尊敬的皇帝，请让我们返回家园，远去的大雁啊，为我们捎信到金川，遥祝乡亲们健康平安！"郎智广本人也曾于20世纪70年代末接待过一位来自金川的人，对小营的历史进行了解，并邀请他们回家乡看看……

宋义权在题为《门头村小营的嘉绒藏族去哪了》一文中有这样的记述：

方兴在《香山的藏寨》（《北京风物游览典故》，北京旅游出版社，1989年，第103页。）一文中写道：香山南麓有一个名叫"番子寨"的村子，长久以来这里的老人能唱一种很古老的歌，歌的情调哀怨悱恻，至于歌词，则是一种陌生的不知来自何方的语言。他们还能跳一种动作粗犷的舞蹈。据老人们说，这都是祖辈传下来的。

他们自称"苗人"，是200多年前从四川西部大、小金川迁移到这里来的，可是他们唱的歌，苗族同志听不懂。显然，这不是苗家的语言和文化。后来才知道，这些歌是200多年前的藏族歌曲。如一支名叫《斯角鲁》的歌词被译成汉文，最后几句是："……放我们走吧，我们是金川的蕃巴，走呀走，向着神圣的藏区，我们日夜思念的地方。"

……

1981年5月，时年72岁的门头村村民伊长林老人说，他的祖上每到冬三月，都练习歌舞，选出好的来，过年时进宫表演，表演的节目共五个，即耍狮子、四季路（一种背弓穿靴表演的舞蹈）、舞童（儿童表演的歌舞）和大锅庄，还有一种记不清了。老人回忆说他们原来居住的地方有碉楼、营墙，居民不随满俗，这地方叫小营，来自大小金川。

1998年10月，我陪同北京青年报记者（《北京西山200年前的人质》，全文刊登在《北京青年报》1998年11月20日21版）专访了祖居小营的白泉（时年83岁）老人，他说："我们是乾隆十七年从四川金洞县（可能是老人记忆有误，笔者注）过来的，来的时候从老家带了一只用布扎的狮子，两只铜皮鼓，还有很多顶上挂珠子的帽子，很多老家的衣服，堆在一起两大间屋都装不下。我们在老家同朝廷打仗，我们的人都打没了，后来被带到北方给王爷们唱歌、跳舞。那时候给了我们88份皇粮支艺差，每年去一趟雍和宫"。[①]

七

这些老人的回忆，不能不说具有极其珍贵的史料价值。尤其是迄今留存在大小金川地区和门头村及团城演武厅周遭的"御制平定金川告成太学碑""御制平定两金川告成太学碑""御制实胜寺碑""御制实胜寺后记

---

① 宋义权：《门头村小营的嘉绒藏族去哪了》，载金川县政协文教（史）卫体委员会编《金川文史》第五辑，第329页。

碑""御制平定金川勒铭美诺碑""御制平定金川勒铭勒乌围碑""御制平定金川勒铭噶喇依碑"和"皇清赠太僕寺卿岚谿王公殉节碑"等数块石碑，不但记录下那场战争的点滴，也印证着大小金川藏民与千里之外的北京城郊门头村特殊的存在关系。

金川迁民是时代的产物。在那样一个被迫迁徙的情况下，来自统治阶级的政策压力，已经让其喘不过气来，哪有心思传承家族文化！一个身份卑微的外来者，在奔涌的社会长河中，尚有种种不可预见且无力抗拒的形势需要面对，唯有安守本分才能免遭灾祸！也许根本不可能有一个对家族姓氏之完整的文字记载并传承，绝大部分家族也就无法追根溯源……抑或在军营中有一官半职者，效忠就是本分！谁又在乎家族历史及其传承呢？

事实胜于雄辩，亲情永远无法割舍。近年来，大小金川县委、县政府更是高度重视，自2010年开始，就多次亲自率队或安排分管领导率文化、旅游和广播电视等相关部门的负责人前往门头村，开展寻亲活动。曾任门头村村委会主任的宋义权及村民代表，带着族人的心愿千里迢迢来到大小金川走访。他们多次实地考察大小金川的相关村寨、院落，考察乾隆御碑等历史遗迹，寻访当地长者，深度了解大小金川风土人情、民俗文化，并在金川县委、县政府的关心下，参加了"千年亲情，百年拥抱"座谈会；历届团城演武厅管理处人员高度重视，不断组织人员前来大小金川走访，热情接待来自大小金川的探寻者，收集整理文史资料，凸显其陈列室展陈的民族特色，真实再现珍贵的历史镜头！雀丹和陈庆英等多名学者、教授潜心撰文详尽论述，多角度证明两地的血缘关系，肯定地说门头村当地人之中的绝大部分居民就是大小金川藏族人的后裔！这一点，在今天的门头村人的心里，也已经成为了一种共识。

八

当年，结束一天的考察行程，已是华灯初上。回到团城演武厅，我与曹雪芹研究所的李强，还有团城演武厅的何沛主任促膝交谈。得知他们以及其身边的专家学者们，通过深入实地的调研，对大小金川嘉绒藏区厚重、灿烂的历史文化，浓郁的民族风情，秀美的自然风光都产生了浓厚的兴趣，纷纷提笔撰稿予以记录、评述、赞赏，并积极向外推介。团城演武厅也有了新的规划，即在新的历史背景下，秉承遵从历史、续接友谊、传承文化、繁荣经济的工作思路，坚持以旅游文化交流互动为主的工作方针，大手笔挖掘整理、开发利用两地三处十分丰厚而宝贵的资源，进一步加深京城与民族地区的民族传统友谊，以期实现文化搭台、经济唱戏的奋斗目标。

诚然，沧海桑田，历史的车轮早已碾碎了封建王朝的专制统治；流金岁月已经抚平了战争给人们带来的创伤。昔日森严壁垒的皇家园林，如今已经变成人民群众休闲的乐土；一穷二白的偏远山区，正大踏步迈上脱贫致富奔小康的康庄大道。值得称赞的是：门头村于1990年被北京市民委列为北京市少数民族村；1997年被北京市委、市政府评为"首都民族团结进步"先进单位；2005年被中央精神文明建设指导委员会评为"全国创建文明村镇工作"先进村镇。毋庸置疑，远隔千山万水的大小金川与香山门头村，与全国城乡一样，在共产党民族政策的光辉照耀下，正发生着翻天覆地的历史巨变，生活在这片热土的亲人们，都是中华民族之嘉绒藏族的优秀代表。

"血脉亲情一线牵，京城边关两相连；皇家园林今犹在，边关历史翻新篇。香山红叶红满天，金川江水掀波澜；携手阔步新天地，共建美好新家园。"俗话说："修谱积德承先贤，敬祖旺族启后世。"《门头村金川迁民的历史印记》，仅视为对金川藏族人迁移到北京的历史初探，有两个方面的原因：其一是课题组掌握史料的局限性，不可能说这些内容就是最权威的论述，仅仅是金川地区民族迁徙历史的补充和完善；其二是迄今为止，在当地民间没有找到更能具体诠释血脉亲情延续最有力的佐证，诸如族谱资料之类的文字记载。据一些史料或民间口头传承，金川藏族人民迁移北京繁衍生息，到了清朝末年，团城演武厅已基本结束了一座军营的神圣使命而走向末路，其中有的人被清朝退役将领作为奴仆带往东北地区，有的进入京城做苦力、账房先生或从事演艺行当等，这些人便就此落脚而并未返回门头村定居。这些都需要再作深入细致的查证，方才能给迁民历史一个完整的论述。

在课题调研中，引用专家们的调研文章，难免会有别字（谐音、繁体字）或增、漏现象发生，这些都需要作进一步考证。初稿形成之后，还得到知名文史专家蒋永志、李茂等的高度关切，尤其是针对相关史料的引用，以及文章的脉络及结构等方面，都给予许多建设性的修改意见和建议，使其更加丰富、完整。

九

历史是一个真实的存在，不会随其发展而蜕变。社会总是在不断地发展、进步，揭开崭新的篇章。只要我们继续努力，朝着既定的目标去探寻，抑或一时散落，乃能返璞归真。

党的二十大已经胜利闭幕，"高举旗帜，凝聚力量，团结奋进……"习近平总书记所作的工作报告铿锵有力，掷地有声，字字句句催人奋进，鼓舞人心，为我们指明了未来前进的方向。京城边关各族群众，踏着时代文明、健康和谐发展进步的节拍，携手共进，协同发展，奏响民族团结、融合、繁荣进步的最强音，是两地人民的热切期盼，是历史的必然，更是时代的需要！

（此文被阿坝州地方志办公室、阿坝州民族宗教事务委员会2024年编撰的《阿坝州域民族交往交流交融历史研究》（"石榴花开·美丽阿坝"地情丛书）收录。诚谢杨忠华、杨立新、纳树军、杨洁、宋义权、蒋永志和张杰燕等人，在撰写过程中积极建言献策、查阅资料。）

追寻英雄的足迹

2014年7月6日，为做好与金川屯兵有着紧密关系的口述历史片《出征舞》的拍摄制作，我与小金电视台的曾广荣、尹才俊和雷鹏一道，乘飞机前往浙江宁波采访拍摄。

身为嘉绒藏族，自然对本民族有着炙热的情感，此前我就曾与一些文人墨客交往，知晓嘉绒藏族的一些闪光历史，后又查阅到了一些宝贵的史料。此行，当我们踏上宁波的土地，逐一瞻仰过当年以阿穆穰、哈克里为首领的嘉绒藏族兵丁流血牺牲的战斗遗址，无不为家乡金川地区（今小金、金川县辖区）嘉绒屯兵临危受命，立下"不战胜即战死"的誓言，开赴西藏、台湾和浙江宁波等地，骁勇善战、奋勇杀敌、血洒疆场，誓死抵御外敌入侵的英雄壮举所敬慕。

我们一行与浙江宁波电视台专题部的孙武军编导取得了联系。此前，宁波电视台就策划并制作过关于大小金川嘉绒屯兵奋勇杀敌、血洒疆场的英勇事迹的专题，编导孙武军曾深入阿坝州金川县、马尔康县（今马尔康市）和雅安宝兴县等地进行过专访。了解到我们此行的目的，孙编导非常高兴，不但事先为我们预定了宾馆，还亲自到下榻的地方等候。

当日15时，我们如约而至，一阵寒暄，彼此就成了无话不说的朋友。在宾馆大厅促膝交谈，了解到我们造访的目的之后，他为我们规划了走访拍摄的线路和地点。

一

7月7日上午，孙编导带我们来到金川屯兵壮烈殉国的鼓楼前面的街道，这里正好是拍摄鼓楼全景的最佳位置，摄像师开始了他们的工作，我也随同孙编导一道追忆鼓楼的今昔，一边还用相机定格这一古建筑的雄姿。

孙编导介绍说："鼓楼即是宁波古城的东门，是今日宁波市的一处标志性建筑，也是宁波城市历史变迁见证的缩影。据史载，该区域自唐长庆元年（821）明州刺史韩察筑子城以来，便为历代政治中心，即衙署所在地。后梁开平三年（909）置明州望海军，称为望海军门（楼）。宋太祖建隆元年（960）又改为明州奉国军，鼓楼也随之改称为奉国军门（楼），由太守潘良贵书'奉国军楼'额。鼓楼现存楼阁建筑为清咸丰五年（1855）由巡道段光清所督建。整座城楼占地700多平方米，总高约28米，共分7层，城高8米多，门道深16米，门宽6米，为石砌拱形门；其东北依城墙设有踏道，可拾级登上城楼；楼为五开间，三层木结构檐歇山顶，气势雄伟。"

边走边聊，我们穿过鼓楼下的城门，沿着城门东北依城墙设的踏道上到城楼。我疾步绕着这鼓楼转了一圈，举目环视，但见宽阔的马路，川流不息的车辆和人流，现代化的高楼建筑，已经替代了宁波古城古朴的风格。

"阿穆穰及其藏族兵丁就是战死在这里的吧？"站在城楼内侧，俯视一条不足百米长的街道，我急切地向身边的孙编导询问。

"是的，眼前这条小巷，正是你们金川屯兵首领阿穆穰及其士兵阵亡的地方。不急，我把自己所了解到的都告诉你们吧！"孙编导如是回答。他介绍说，当年，在藏族士兵日夜兼程赶往东南的时候，朝廷官员扬威将军奕经也带着扈从随员从京师出发，缓缓南行。这些人一路上留恋金粉繁华，大肆寻欢作乐，宿娼酗酒，索财贪贿，差役繁兴。

皇族出身的奕经，既没有作战经验，也毫无战斗决心。他身为扬威将军,对"或战或抚,游移两可",全无主见可言。1842年2月,各地增援东南前线的兵勇陆续集结到浙江。奕经一行抵达杭州后,不认真研究作战方案,却将获胜的希望寄托在梦兆和天意上。在继续等待后续援军之时,奕经听人说杭州西湖的关帝庙最为灵验,立刻前往求了一签。据说这支签上批道"不遇虎头人一唤,全家谁敢保平安。"奕经百思不得其解。3天后,阿穆穰、哈克里等所率的藏族远征军千里迢迢赶到浙江,奕经一见竟恍然大悟,因为金川屯兵是一支嘉绒藏族武装,个个身体魁梧健壮,他们头戴虎皮帽,后垂一条长长的虎尾,十分威风。藏族士兵们头戴虎皮帽,正好与签中的"虎"字相应,奕经于是荒诞地认为,只要按签上所示,让两支戴着虎皮帽的藏族士兵打头阵,定可保清军旗开得胜。

经过一番"深思熟虑",奕经将进攻的时间选在道光二十二年农历正月二十九日(1842年3月10日)四更时分,因为这天是难得的"四寅期",即虎年虎月虎日虎时!他又任命属虎的总兵段永福为大将,硬是凑足了"五虎"。奕经将此次气派的反攻称作"五虎扑羊"之计,"羊"就是洋人——他沾沾自喜地认为羊自然是斗不过虎的,更何况是"五虎扑羊"!

于是,奕经将藏纡青"分伏散战"的作战方案改作"排阵对战",不听各路将领推迟进攻的劝告,在各种作战准备都未就绪的情况下,不顾双方武器的悬殊,决定兵分三路,按算命抽签所指示的时间——道光二十二年农历正月二十九日发起全线攻击,幻想一举收回宁波、镇海、定海三城。

当时投入作战的清军有文蔚所率领的4000兵勇,一半驻扎在慈溪10公里以外的长溪岭,一半由朱贵率领驻扎在宁波西门外的大宝山。段永福率领的4000兵勇驻扎在大隐山,策应宁波,谢天贵另外率领1000兵勇驻扎在骆驼桥,扼守镇海、宁波之间的交通要道。阿穆穰的藏族士兵被编入段永福部,索文茂和哈克里率领的藏族士兵分别属于朱贵和刘天保统辖。按照奕经的部署,第一路清军自大隐山反攻宁波,由阿穆穰和黄泰率军,分别攻打西门和南门;第二路从大宝山进攻镇海,由刘天保和哈克里分别攻打镇海和招宝山威远城;第三路招募水勇从岱山潜渡进击定海。

反攻宁波是这次战役的主攻方向,战斗也最激烈。按照计划,总兵段永福率师以阿穆穰所率领的400名藏族士兵为先锋，负责攻打宁波城的西门。据《浙江鸦片战争史料》记载："金川八角碉屯土司（守备）阿木穰[①]，在宁波西门拒敌，其部下最为骁勇，善用鸟枪，击人于百步之外，无不中者。乃自军中有不许轻易用炮之令，并鸟枪亦不携带，只以短兵器接战。"进攻宁波前，阿穆穰曾与屯兵誓言"不战胜即战死"。战斗打响后，在城里内应的配合下，藏族士兵擒杀了城门口的英军哨兵，打开城门。阿穆穰"骁捷奋勇，战辄争先"，"冠虎形奕径，古有虎头之兆，今赴前敌"，"因县城边火起，又闻枪炮喊杀之声，屯兵即争先爬城，攻门而入"。

从西门打到这鼓楼，攻入宁波城后，清军大队人马即直奔街道前面右手边位置的英军指挥部。然而，攻入城内的藏族士兵左执盾、右握刀，直抵鼓楼，却未遇到英军的拦截。据史料记载，由于战前的保密不严，其实英军侦知了清军进攻的确切时间，遂在城内预作了埋伏。待到士兵们攻进宁波城，个个肩插竹竿灯，似猛虎下山直扑鼓楼时，却被英军引入埋伏圈。英军指挥部的所在地"门坚墙高"，进攻士兵无法攀登。英军用优势火力射击，将装备上处于绝对劣势的清军击退到眼前这道狭窄的街道里。随即，英军又爬上临街的屋顶，对准拥挤在街心的清军射击。在密集的炮火中，阿穆穰率军左冲右突，但是由于街道狭窄，进不能攻，退不能守，完全暴露在英军炮火之下。英勇的屯兵首领阿穆穰及其部属数百人全部壮烈殉国。

聚精会神听着孙编导的讲述，印证史料所述，藏族壮士们冲锋陷阵、浴血奋战、视死如归的英雄壮举，生动地在眼前徐徐展现，这无不令人感慨——为国捐躯的藏族将士，他们保家卫国、血洒疆场的壮烈之举，是嘉绒骁勇善战的藏族同胞英雄气魄的真实写照，不愧为我中华民族优秀儿女的骄傲啊！

孙编导继续道："经过历代的修葺，鼓楼内部新设立了宁波城市发展史陈列馆……现在，已经开发建设成的鼓楼步行街商城，总占地面积3.65公

---

① 崔丹：《嘉绒藏族史志》，民族出版社，1995年12月，第597页。

顷，总建筑面积6.7万平方米。大修后的鼓楼还成为宁波市文化活动中心地之一，经常举办各种书画、摄影、文物精品展览与交流等活动。"

此时，我已经无心去听孙编导的其他介绍，也无心去品读李调元登鼓楼诗句"雉堞凌云脚下堆，鲸波带日岛边回。江中船出海中去，洋外帆从天外来。地近东溟先见日，云垂南浦忽闻雷。不知何处蓬莱是，遥看沧沧贝阙开"的真实意境了，思绪已经完全沉浸在战斗场景的悲壮与愤懑之中。

二

结束鼓楼的采访拍摄已经是中午时分。在孙编导的引领下我们摄制组一行又来到与鼓楼毗邻的著名景点月湖。听孙编导介绍说，月湖又名西湖，开凿于唐贞观年间，是宁波市区著名的风景名胜区，该湖呈狭长形，面积约0.2平方公里。月湖景区位于宁波老城区的西南隅，面积96.7公顷。其中水域9公顷，是宁波城内最重要的历史文化保护区，素有"浙东邹鲁"之美誉。我想，虽然月湖与我们摄制组的主题没有多大联系，但孙编导要带我们来这个景点取景，自有它的道理，那就是展示宁波的风光。古老与现实融合，历史与现实接洽，珠联璧合，相得益彰，这或许也是我们记录历史启迪后世的共同初衷吧！

在月湖摄取了几个镜头，简单午餐之后，我们直奔另一个古战场威远而去。

在去往威远的路上，豁达开朗、善于言辞的孙编导，不住地向我们介绍当年发生在宁波的历史事件与现在宁波的发展情况。但在我的脑海里，鼓楼鏖战的场景还在如波涛似的翻滚，激战威远的战斗轮廓也似乎在脑海里构筑。

驱车到了威远，孙编导与公园门卫交涉一番之后，我们在他的带领下，开始沿着石阶往小山头上的古城堡进发。

掩映在树丛中的威远城没有鼓楼高大雄伟，但其城墙依然厚实坚固，尽显他昔日的威风。

来到威远城正门前，摄像师已经开始了他们的工作。我一边不停地用相机拍摄眼前威武雄壮的城门、城墙，以及与之相随的一切建筑，一边听孙编导的讲解。

孙编导介绍说，在攻打宁波城时，另一支藏族屯兵由瓦寺土守备哈克里率领，正在攻夺镇海城东侧的英军据点——招宝山威远城要塞。

指挥镇海作战的参将刘天保侦察到英军在城中街道设有埋伏，于是命令部将300人回去运炮，又亲自率领200名士兵撞开城门。藏族屯兵在哈克里的率领下利用敌人炮火俯射死角，发挥屯兵登山矫捷的优势，冒着英军炮火机智勇敢地"揉升而上"，敏若猿猴，强入威远城。就在英军抵挡不住，准备四散逃命时，停泊在江中的英国军舰从背后开炮，使哈克里率领的藏族士兵腹背受敌，遭受重大伤亡，只能且战且退。途中遇到运来的大炮，于是开炮还击，在杀死英军20余人后撤出了威远城。

撤退途中的哈克里与前来策应的清军会合，又重新布阵投入了战斗。经过10多个小时的激烈战斗，清军弹尽粮绝。眼见英军冲上了阵地，哈克里从腰间抽出战刀，与敌人展开了肉搏战。在乱战中，哈克里寡不敌众，身中数枪，倒在了阵地上，与部下数百人战死于大宝山。哈克里和藏族士兵的英勇抵抗，重创了侵略者。据《宁波市志》记载："次日，英军装尸5船退往宁波、运尸定海。"英人自己也承认"自入中国来，此创最深"，在一个月后作出撤出宁波的决定。

听了孙编导的介绍，我倍感振奋，顿生感悟——此种牺牲精神，怎不令人钦佩？！是啊！同样来自金川地区的哈克里，是鸦片战争抗击英军侵略的又一位藏族的杰出将领，他们率领的藏族勇士用原始的武器抵抗着炮利船坚的英国侵略者，用鲜血和勇气书写了中华民族抗御外侮的浩然正气啊！

三

7月8日上午，摄制组一行冲最后一个拍摄地点朱贵祠而去。

朱贵祠，是1846年宁波慈城人民为纪念英勇抵抗外敌侵略的爱国将士朱贵集资兴建。取名"高节祠"，又名为"慈郭庙"，俗称"朱将军庙"，现称"朱贵祠"。通过查看史料，我了解到朱贵祠的一些历史渊源，该祠供奉有阿穆穰和哈克里的塑像，自然就是我们此行要采集的最重要的实景资料。

来到朱贵祠，看守祠堂的七旬老人林福秉大爷与他的妻子热情地接待了我们。摄像师在祠堂里外不停地忙碌着，我与林大爷夫妻和孙编导一起抽空在门口闲聊起来。

"欢迎远方的贵客！"听说我们是从四川阿坝州来的藏族朋友，林大爷显得格外兴奋。他说："我是退休工人，我们夫妻俩已经看守祠堂12个年头了，你是第一个来这里（访问）的藏族人。欢迎来看望我们心中的英雄啊！"

林大爷介绍说，朱贵祠坐落在慈城西门外二里大宝山西麓郑山脚。五间两进硬山式清代建筑，坐北朝南，山门面阔18米，进深7米；大殿面阔18米，进深10米，天井面积215平方米，祠东侧原郑山庙遗址1770平方米已征用并已砌筑围墙为今后扩建用地，朱贵祠建筑面积325平方米，总占地面积2500平方米。

1963年，朱贵祠又经修缮，成为宁波市首批省级文物保护单位。1984年，宁波市政府拨款在祠后山建造了鸦片战争大宝山阵亡将士之墓。1985年4月，朱贵将军的第六代后裔从甘肃前来祭扫祖祠，赠送的"浩气长存"四字已制成匾额。不久后著名书法家沙孟海挥毫，也为朱贵祠留下"陟大宝山原百端交集，抗外族侵略万古留芳"的楹联。2013年，政府又对展厅进行重新布置，并按历史形制重塑朱贵及阿穆穰、哈克里铜像，辟为鸦片战争宁波抗英事迹纪念馆。

"大宝山之战也十分惨烈啊！战死的汉族和藏族勇士尸横遍野……"来到埋葬大宝山抗英阵亡将士的墓地瞻仰，孙编导向我介绍了大宝山之战当时的战况。他说："大宝山位于慈溪城西门之外，是守卫慈溪的战略要冲。宁镇之战失利后，另一支由瓦寺土舍索文茂率领的藏族士兵在陕甘军著名抗英将领朱贵麾下，继续在大宝山抗击英军的疯狂进攻。3月15日，英军从宁波出动近2000人，前后夹击驻守在大宝山的清军。朱贵率领包括藏族士兵在内的清兵英勇抵抗。战斗中，朱贵手舞战旗，指挥部队作战，不幸被英军的炮弹炸断了右臂，他忍着剧痛改用左手指挥战斗，最后被英军子弹击中，壮烈殉国。"

四

鼓楼、月湖、威远城、朱贵祠……宁波之行，追寻藏族将士为国捐躯的足迹，接受他们参与鼓楼巷战，威远城、大宝山之战等壮烈场景的洗礼，我的心情久久无法平静，深深为咱嘉绒藏族人的英勇气概所感染，所激扬。

是啊！生活在青藏高原东南边沿的藏族人民，为了国家的安宁祥和，为了祖国的完整统一，临危受命，南征北战，毅然血洒疆场，尸留异乡，这虽然是中国历史的短小片段，却是无比的辉煌，无比的荣光。威武不屈的鼓楼、悠然雄浑的威远城，雄姿英发的朱贵祠，以及嘉绒藏族人家乡埋葬着英雄们辫子的朴实的坟茔，永远昭示着那些铁骨铮铮、永垂不朽的英灵。金川地区人们纪念嘉绒屯兵南征北战、英勇杀敌古老深情的歌舞，永远述说着这段不朽史诗的悲壮与豪迈，世代启迪着西南边陲与东南沿海乃至全部的中华儿女！

乘兴而来，满载而归。愿宁波电视台精心制作的专题节目，以及我们所摄制的口述历史片，能为牺牲的藏族将士们送去我们最真切的缅怀吧！

辛丑纪事

2022年元月6日，我收到一个令人亢奋的消息：都江堰市作家协会授予我"优秀会员"荣誉称号！

说句心里话，这实在是出乎自己的预料，协会100多人，根本轮不到我这个入会不久的新会员。但是，既然协会把这份殊荣给予我，就是对自己良好表现的认同。用不着假惺惺说些冠冕堂皇的感谢的言词，认准目标，继续前行才是真。

就在元旦，当天幕徐徐拉开，我与大地从沉睡中一同苏醒，打开手机，满屏都是亲朋好友们送来的新年祝福，这让自己的心情十分愉快，于是，就乘兴将这一年所经历的一些值得铭记的事情，作一个粗略的记述。

这一年，首先应当记一笔的是我的古体诗集《晚春》正式出版了。是的，经过两年多的孕育，终于让其从幕后走到了台前，这怎不叫人兴奋呢？是啊！这是我今生于古诗词创作方面的一点积累，也是自己文学之路30多年耕耘的又一个小结，还是我退休后送给朋友们的第一份礼物！

就如自己养育的孩儿，终于长大成人走向社会，不管他的长相如何，抑或涉世未深，但终归以一副完整的姿态来到了这个世界。更为高兴的是，作品问世之后，收到社会各界的热烈祝贺。威州民族师范学校、小金县政协以及一些文朋诗友都集体或个人购买；都江堰市作家协会的辛夷、左显成二位老师甚是有心，还为我的作品作了精彩点评，他们的作品相继在《阿坝日报》《草地》《都江堰报》和个别内部刊物及网络媒体上展示出来。

　　我确信，这不是锦上添花，而是雪中送炭！在出版之前的一次由阿坝州文联组织的改稿会上，特邀参加点评的《星星》诗刊的李自国和李斌二位老师，已经就其进行了中肯的指教，提出来许多宝贵的修改意见，使其尽可能符合古体诗词作品的格律要求，最大限度减少其存在的问题。今天再得到多位老师的指点，让不足完全暴露出来，这无疑有利于促进自己进一步改进、提高！

　　辛丑年值得自己高兴的事情实在太多，有的就让它过去，但有的必须留下来，供自己写回忆录提供素材。比如说自己这一年撰写的和发表的文艺作品是历史最多，这一点必须记录下来。具体说来，这一年撰写的文字恐怕有10来万，而发表有多少，自己没有完全登记，也无法一一登记，因为有些作品在哪儿发表了自己也不清楚，只是自己那张银行卡里倒总是时不时都有些碎银子进账，差不多是获得稿酬数目最多的一年。

　　获奖的文学和摄影作品也最多，省级、州级和县级都有，奖状堆起来的高度出乎我的想象！当然，有人说你娃娃就是想钱。钱财虽为身外物，但是，有总比没有好！金钱是次要的，最主要的是有作品发表，这是读者们对自己辛勤付出的高度认可！

　　当然，这一年还有最不满意却也令人欣慰的事情，就是这一年我看医生的回数也最多——扳起指头算了一下，正儿八经住进病房打点滴就有5次！但是，次数多不是好事，却也是好事，因为把毛病找到了，得以根治，我就是一个"好人"而不是"坏人"了哈！

　　这当中主要是治疗痛风顽症。几经辗转，最终在省骨科医院得到确诊是软骨坏死所致，一次成功的手术，让那缠绕自己数十年的疾患得以根治，为此自己的身心都极为愉悦。

　　手术当日正值共产党的百年华诞，本应参加老年协会组织的庆典活动，亲自朗诵自己撰写的诗歌《我们永远跟党走》，但却躺在了病床上……这让我非常遗憾！

　　庆幸的是，就在我即将被推上手术台时，诗友黑马建雄给我转发了一个链接说，他将其请人配乐朗诵之后，在"东方文学诗刊"公众号上推出，并在"国际诗歌学会文友交流群"及其他网络平台中转发，建党节当日点击量就突破1万（后来，不到一个月时间，阅读量达13万），这让自己的心情格外激动，以至于忘记了即将遭遇的切肤之痛。

辛丑年之际，也时值建党100周年，围绕着这个主题，我撰写了《心愿》《寻访抚边红色老街》《大磨时光》和《我的乡愁》等多篇长篇纪实散文，这些文章以及诗词，大都在《当代四川散文大观》和《夹金山》等网络平台或文学杂志上刊发；撰写了《鲜红的党旗高高飘扬》《赞拉谣》和《党旗颂》等红色歌曲。其中，《鲜红的党旗高高飘扬》由著名音乐人李文忠先生作曲，都江堰市青城艺术团在"没有共产党就没有新中国——庆祝建党100周年红色歌舞献给党""永远跟党走——都江堰市庆祝建党100周年音乐原创作品演唱会"等大型演唱会上，以开篇曲目精彩亮相，博得广大观众的一致好评。此外，还有多幅摄影作品在全国或省、州各级各类成就性主题展览活动中入展。

说过了成绩，自然就应当感谢这一年中关心、支持、鼓励和帮助我的领导、乡亲、文朋诗友及报章杂志的编辑老师们了！比如《阿坝日报》《华西都市报》《都江堰报》《民族》《草地》《羌族文学》《四川党的建设》《阿坝文化》《雪原文史》《四川散文》《成都文艺》《当代杂文》《神州诗歌报》等报刊，还有《方志四川》《阿坝文艺网》《都江堰作家协会》《华夏人文记录》《散文大观》《中国乡村》《秦风诗简》《西部赋文》《西部散文》等微信公众号。此外，得到蓝晓、周家琴、王国平、杨俊、陈浩、周亮、刘丽、田园、辛夷、白羊子、羊子、邓秀群等文朋诗友的大力支持和鼓励，才有那么多文字见诸报端！当然，还有徐鹏程、张文举等白衣天使，要不是你们给这骷髅动大刑，恐怕难以支撑起这副骨架，写那么多东西出来。

此外，还有高原之影、禄升高、马克、云淼、云韵、冯传登、陈华清等一帮摄友的关心爱护，还有阿坝州作协、摄协，阿坝州老年摄影协会，都江堰作协、摄协的一大拨文朋诗友的陪伴，我才有这一系列的成就。

流火的金秋在时空的隧道中悄然划过，几场细雨过后，寒风凛冽，冰雪悄然而至，冬天就来了，壬寅新年的脚步也就近了。经历真实的刮骨疗伤这一场痛苦的磨难的同时，诗和远方依然与我无限亲密。金秋的果实，等待自己去采摘；春天的清新，依然在向我招手致意。

当我躺下
不能正常行走的时候
才知道健步如飞的好来

当我躺下
被麻醉师全身麻醉的时候
才知道大脑一片空白的滋味
……
站起来吧
看抵御洪魔的英雄
看奥运赛场上拼搏的健儿
看自己想见的日出与日落
看即将锈迹斑斑的显示屏
看自己想看见的一切

仨，站起来吧
因为躺下不是倒下
外面的世界依然充满激情
脚步永不停歇
浪漫依旧，重新开始

"世俗红尘三杯酒，惊天大业一碗粥。"是啊！不知不觉又一年，劫后余生，不卑不亢，淡泊名利，与世无争，忘掉烦恼忧伤，就这样不断地以充足的理由，以全新的姿态，再去大千世界寻找一些让自己永远充实的开心与快乐吧！

走　访

那天是2018年7月30日。午饭后，我又跟第一书记才俊去甘沟村一组入户走访。

从村委活动室出来，下行两里路，再沿着一条没有硬化的机耕道步行20来米，就到了贫困户邓祖平的家。我们推门走进地面已经完全硬化的天井里面，只见正面耳房门边的屋檐下端坐着一位老妇人，她的衣着朴素、整洁，正在做针线活。

"稀客！稀客！快来坐！"她抬头看我们俩来访，立即放下手中的活计，起身让座，"完了，你看我的鬼眼睛简直不好使，你是我们的第一书记尹书记嘛！你们稀客，稀客啊！又来走访我们了，辛苦了啊！"大娘一边冲着走在前面的才俊说话，一边转身到厨房搬了一根长凳子出来，安排我们就座。

"这一位就是刘书记吧？"待坐下来之后，老人家试探性地对着我言道，"你是县上派来帮助（扶）我们村的文体局的那个老书记刘书记吧？那天在（村委）活动室开社员大会，你讲了话，我认得你。"

"就是，谢谢！你好老人家！我现在是甘沟村驻村工作队的一名队员。"

"哦！就是我们的领导嘛！"稍停，又补充道，"唉！这些年来，硬是很感谢政府（对我们）的关心和帮助了啊！"

"就是，党和政府十分关心广大农村群众的生产生活困难！"

"哦呀！就是嘛！我们家几个儿子娃娃那样走了……没有共产党的关心爱护，哪里还有今天这样的好日子过哦！"

……

一阵寒暄，才知晓老人叫龚华英，她的老伴到山下的集市上办事去了。在交谈中，我们详细了解了他们家庭的近况，并宣传党的扶贫政策，通报乡村近期一些工作安排。其间，我仔细打量着眼前这位慈祥的老人：她60多岁，上身着花布衬衣，腰间系着一条蓝色面料的满颈围腰。头上戴着一顶与围腰同样布料的帽子，帽檐下裸露的头发已经花白。头发梳理得十分整齐，没有一丝凌乱，头顶乌黑的发间夹杂有许多银丝般的白发。微微下陷的眼窝里，一双深褐色的眼眸，悄悄地诉说着岁月的沧桑。皱纹布满了额头，右眼明显有一些病变，但并没失去生活的光芒。黝黑的脸庞表现出农人的健康。

才俊是我的同事，他驻村做第一书记已经快两年了，对村上的情况早就了如指掌。今年，我受命驻村开展精准扶贫工作后，还未入户到一组的时候，在闲聊中他曾提及这户人家的一些情况，邓祖平家目前只有老两口相依为命，膝下6个子女，3个男娃先后遭遇车祸或疾病不幸离世，只有次子成了家，车祸身亡，儿媳再婚带着孩子离开了这个家庭。三个闺女长大成人之后，也陆续出嫁他乡。

在才俊与大娘聊天的时候，我起身再次环顾房屋及四周，试图追寻这个家庭曾经的兴旺与繁荣。一楼一底、石木结构的长四间楼房，左右两边分别为耳房，左边用作厨房，只有一层；右边是楼梯间，外加一间厢房，亦是与正房一样为二层楼房。正面墙壁是米黄色涂料，屋檐下简易吊顶装修；走廊的栏杆和扶梯，都是用赭红色油漆涂抹，玻璃窗户的四周都用相同颜色的油漆镶嵌了一道上窄下宽的藏式镜框图案。我了解这些房屋的装饰，都得益于党的扶贫政策的扶持，但看这房屋合理的布局，透过外表足以见证其家庭昔日的兴旺与繁荣。

主人家的堂屋大门是敞开的，我信步走到堂屋门前，仔细打量堂屋的陈设，让我为之感慨——正面的神龛高大，有两张黑色的八仙桌，一张端端正正摆放在堂屋中央，另一张放在左上角位置，8根配套的条凳，规规矩矩放在左右墙边；地面铺的是瓷砖，四壁皆用石灰（腻子）粉刷，光洁平整……整个房间的陈设没有一丝杂乱，地上、桌面纤尘不染。

天气变化很快，一转眼工夫开始下起了小雨。才俊和大娘已经转到了厨房继续聊天，我也转身进到了厨房。厨房大概有20平方米，此情此景，再度让我耳目一新。硬化的地面，整洁的墙壁，整齐摆放的炊具、器物，灶头、操作台、石材水缸一应规规矩矩，一应干干净净。尤其是看到那挂在柱头上的盛筷子的笼子、盖在水缸上的木板，已经很有一些年份，可那表面被洗刷得十分白净，凸显着木质材料自然的美观。整个屋子窗明几净、整整洁洁，俨然就是一处民俗博物馆的陈列室。倘若你专挑好听的词语来形容眼前的这个家庭舒适整洁的环境，一点也不为过。这让我这个在农村长大的农民的儿子，更是肃然起敬，敢说这是年过半百的我，所见到的最能干的农村妇女之一了！

通过走访，得知这个家庭因病致贫，在缺乏年轻劳动力的情况下，靠自己勤劳双手打拼的龚大娘夫妇，2018年人均收入预计能突破3600元的脱贫标准，非常欣慰。作为驻村干部，在未来的日子里，能为他们服好务，理出脱贫致富奔小康的思路，再借力国家一系列扶贫优惠政策，让这一对年近古稀的老人，渡过难关，走上富裕的道路，安享晚年，是我们义不容辞的责任与义务。

在接下来的日子里，我们驻村工作队的同志们一道，还经常到他们家里去，帮助安装电视机，与他们拉家常；来自岷江造林局的龚明医生，还为二老及全村群众义诊、免费发放药物。继续挨家挨户走访，发现村里困难群众的致贫原因各不相同，经济收入状况参差不齐，但大家对脱贫奔小康信心十足。在县、乡各相关部门的带领下，努力实现脱贫致富的整体目标。虽然甘沟村的精准脱贫的工作任重道远，管中窥豹却也让我体会到沐浴党的政策的阳光雨露，小金各族群众的精神面貌焕然一新，新时代催生出新农村的新面貌、新气象近在眼前。

病中记

一、痛风

"清晨，成都平原碧空万里，阳光明媚……"一大早打开手机，就分享到文朋诗友们晒出的美图及留言，"硬是千载难逢，真的太巴适了！在几百公里之外的地方，居然用手机也拍到了美丽圣洁的四姑娘雪山的幺妹峰！"

久雨初晴，艳阳高照，的确是一个令人赏心悦目的好天气。相比之下，他们的那份喜悦也正是我此刻想要吐露的心声：大病初愈，又怎不叫人心花怒放呢？

痛风，已经困扰我30多个年头了。可自去年以来，我这被称作"皇帝的病，百姓的命"的背时的疾患，反复发作，虽经多方医治，却丝毫不见减缓的迹象。

最初是求土郎中把脉抓药，又走进所谓正宗的风湿、痛风专科医院求治，再躺在医院的病床上……一天又一天，凝视着那一滴一滴的药液消失在我的体内；接受着长短不一的一枚枚钢针扎进痛处，把药液推进关节腔。可时间分分秒秒地过去了，那药液在血管悄然溜达一圈，却是来去匆匆，根本就是到此一游的感觉——没有对残害我的病魔说一个"不"字，哪怕只是挥一挥手的举动！

于是乎，这踝关节周遭的疼痛丝毫不减，反而愈加严重起来。那从医院进进出出的日子，完全就仅仅是巡诊的一个过程而已。

天放晴数日之后，依然阴沉着。治疗无济于事，咬紧牙关继续全力与病魔抗争着！我的意志丝毫没有退却，确信暴雨过后，总有天晴之日，终会遇见那一道绚丽的彩虹。

在痛苦中熬过了5月，结合现代科技检测结果，医院的大夫告诉我说，你的病可能除了痛风，主要还是与骨损伤有关！

骨损伤？一下子点醒了我愚钝的神经。其实，我也早想到了这一点，只不过始终有一种侥幸的心理。这样想着，于是再拖着红肿的病腿，走进四川省骨科医院（成都体育医院）的门诊。

好事多磨，几经周折，我终于又住进骨科医院，躺在了足踝二科的病床上，经中医确诊为"骨痹病"，西医确诊为"距骨骨软骨损伤、痛风性关节炎、痛风"。

谢天谢地，综合对症进行的所有检查结果会诊之后，主管医师张文举大夫及医护人员，在入院次日就及时将我推上了手术台。

万事俱备，当日早上8时许，医护人员就准时推着我转过几道门，最后在手术台上躺了下来……记得当时医护人员与我亲切交谈，问这问那，随后用一个吸氧似的罩子罩住我的嘴巴和鼻子，叫我吸气、吸气……转瞬我就一无所知，就这样静静地昏睡过去。

当我被钻心的疼痛惊醒的时候，睁开双眼，知道自己已经没有在手术室了，第一直觉是左脚踝关节部位钻心的疼痛。

"医生，手术都结束了？"对着身旁守候的医护人员，我开口询问道，"医生，啊！痛……"

"哦！你醒了哈！"

"就是，这么快就做完手术了哈？"

"快！已经过去两个半小时了哦！"

"哦！谢谢！嗯，痛！"

"莫得事，有镇痛棒！实在痛，待到病房了，请医生给你扎针！"

"好的！"

在与护理人员交谈中，手术转运床已经推到了我住的病房。疼痛继续，我咬牙克制着……努力回想着这两个多小时之中发生的一切。当然，这只能是一种假设，因为把自己整个儿交给医生之后，这期间所有发生的事情只有他们清楚，我什么也不知道。

"刘老师，你的踝关节手术用了半个多小时，对症治疗，会很快恢复健康！"主管医师张大夫忙完其他病人的手术之后，来到病房，告诉我手术的情况，"踝关节清理、松解，距骨病灶清除和游离体的清除等进行完毕。但是这些手术结束后，针对顽固的痛风，还要高度重视，加强防控！"

"谢谢！谢谢！"此刻，除了真心的感谢，我还能说什么呢？

剧烈的疼痛是暂时的，总比持续的疼痛要好。在医护人员及家人的精心护理之下，那钻心的疼痛逐步减轻。又一次躺在病床上，凝视输液管道里匀速滴落的药液，思想的野马在家乡广袤的土地上驰骋……

老家在大山深处。我的出生地叫老房子，我们家姓刘，所以给自己取了一个笔名叫：老房子·刘。

19世纪某一年，我的爷爷从他老家迁徙过来，祖父、爷爷和父亲又都在家中排行老二，所以，为了与本门宗亲区别开，索性就称其为老房子二刘家。在老房子周边还有新房子、高碉、瓦房子和三座碉等。

民间传说，我们居住的地方最早是罗姓人氏居多，所以叫罗家山，而他们居住的核心地段"罗家院子"又不在此处，新房子固然就是新建的民居，高碉也是明、清时期留下来的碉楼，而瓦房子自然就是因有几栋富裕人家的瓦房得名，就这老房子的由来却不得而知，亦无从考证。

话归正传，文朋诗友听我讲述自己笔名的由来，很是赞同，有时还拿此开个玩笑道："你不把这杯酒喝了，就一把火把老房子给烧了！""时代在发展，老房子都换新房子了，大家举手同意，把老房子换成新房子算了……"

玩笑总归为茶余饭后的谈资，一笑而过。不过，年过半百、真实的老房子就如一台机器，运转久了，一些零件免不了有些许损坏，轻者简单维修一下，又可以投入使用；可损坏的程度过于严重，就只得更换。因为整体骨架还不至于崩塌，指挥部和供应科室运转倒还正常！

这不，近几年来，支撑着身子骨的一个重要关节——踝关节，就出了问题。几经周折尚未修复，这让我的内心着实感到惶恐不安！但是，老房子就老房子呗！人生如此，没有啥担惊受怕之处，加固维修理所当然，只要不让其即刻散架便是！

于是乎便先后遭遇多次失去自由般的"禁闭"，也是够受的了。尤其是第三次被"收押刑讯"，电、火、针、刀器具齐上阵；"迷魂药""回魂汤"一样不缺；"坐老虎凳""下油锅"照单逐一享受……哈哈哈，这阵仗是又惊又喜，又哭又笑，既痛苦又开心，这就是接受维修加固工程的全部体验。我能说什么？该说什么呢？只有感激那"逼供行刑"的大夫！只有祝愿、祈祷并安慰和鼓励着自己！

六月的日子，阳光正好，与过去做一个漂亮的告别，与未来进行热情的拥抱。

二、腹腔主动脉瘤及腰椎间盘突出

1

人生一世，什么事情都会发生在转眼之间，无论如何唯有健康快乐地活着最为重要！

2

"滴嘟滴嘟、滴嘟滴嘟……"在救护车急促的报警声中，我平躺着身子，鼻孔里吸着氧气，手臂上打着点滴，旁边还有一名医生及两名陪护人员。世事难料，根本没想到白天我还跟两个兄长一起喝茶聊天，次日凌晨就住进了医院，居然还以这种特殊的方式从都江堰进入省会成都市，并用担架被紧急推进成都市第三人民医院急诊科。

这是发生在2023年8月中旬的事情，一切都发生在转眼之间！待腹部的伤口尚被药线扎着，我便开始记录下人生又一次痛苦的经历——一场病魔对鲜活生命的浩劫！

3

2023年8月10日午夜时分，一阵阵震耳欲聋的雷声把我从睡梦中惊醒，但很快又在霹雳的雷电声中昏睡过去。迷迷糊糊约到了凌晨2点，腰部右侧的刺痛再次让我从睡梦中醒来。

开始，我并不在意，满以为是睡姿不好，把腰扭了一下所致，于是，翻了一个身继续睡觉。不过，这疼痛并没有消除的迹象，反而逐步加剧了。我用右手将痛点捂住，努力克制着胀痛，意在继续昏睡下去，总以为坚持一会儿会好转！心里这样想着，也没有太在意，就这样在疼痛中挣扎着……只不过，我的愿望与现实有些出入，挨过近两个小时，疼痛陡然加剧，翻来覆去无法忍受了。

我独自一人躺在床上，已完全没有了睡意，坐起来靠在枕头上，一边用手使劲按住痛点，可明显感觉到出气都有些困难，额头上已经大汗淋漓。估摸着照这样撑不下去，必须得到医院看医生了！

"二哥，请你过来把我送到医院吧！"我鼓起劲给离家不远的二哥期刚打了一个电话，简单陈述了一下目前的身体状况，"腰杆胀痛得厉害，快坚持不住了！"

拨通了二哥的电话之后，我起身穿好衣服，就用双手捂着痛点部位，弓着身子跌跌撞撞朝小区门口走去。

4

"是不是胀痛？痛起来非常非常厉害？！"我有气无力地回答说："痛得很！"门卫小伙儿很是热心，在昏黄的灯光下，他看我痛苦的样子，赶紧给我放好一个凳子，并十分关切地询问我的病情，"我曾这样痛过，多半就是肾结石！人们说这是身体病变最痛的一种，痛起来比女人生产还要厉害哦！"他一边询问，还一边伸手去摸我的脚后跟，问这里有没有疼痛。

我已经有气无力，也基本上不知道他还在说些什么，只是依靠在桌子上痛苦地呻吟着……但还是坚持着回复他的询问："那儿不痛，就腰杆胀痛得要命哦！"片刻工夫，二哥驾车从城里赶了过来，我们便直接朝都江堰市医疗中心飞奔而去。

漆黑的夜，无心去欣赏那满天的繁星。偶尔睁开的睡眼，有气无力地看见那昏黄街灯的光在车窗外游走。

"肾结石是痛，但没有那么害怕！"曾是一名公交车司机的二哥一边开车，一边对我说，"我前几年还是得了这病，医生给开了药，吃了，我照常去开公交车！"我知道他在给我宽心，人的身体素质有个体差异，于我而言，此刻钻心的疼痛已经让我无言以对，只是"嗯，嗯"地应答。

5

二哥扶着我走进急诊室，来不及挂号就急切地给当班的医生、护士说明病情。

"哎哟！哎哟哟！……"此刻，我那痛苦的呻吟急促而有力，急诊室的医生基本问明病情就赶忙连续注射了两针止痛药。

疼痛并未减缓，我转身就有些昏厥并呕吐起来……呕吐之后，医生吩咐二哥扶着我去急诊室挂号并接受进一步诊断。值班医生询问了我的病情，初步判定是肾结石。二哥代我办了挂号、缴费手续之后，就扶着我去CT室做检查。

是的，我知晓肾结石是普通的疾病，治疗起来很简单，简短的疼痛之后就可以治愈。自己也知道三年前左脚踝关节清理关节腔手术的时候，曾做过腹腔CT检查，发现右肾是有一个很小的结石，当时并没有在意，医生也说只要不痛就无大碍。

6

从CT室出来，约莫过了半个小时，疼痛稍微减轻了一些，我们去急诊室找医生询问病情。

"片子是出来了，结石不大，只有3毫米。"医生给我们解释说。

"哦！那问题不大哈！"我回敬道，"谢谢医生了！"

"哼！问题不大！"医生的目光注视着显示器，右手指挥着鼠标，箭头在显示器上来来回回移动。他将鼠标箭头在右肾部位一个球形的图案上来回画着圈，一边叫我们一起看片子，然后很严肃地说："你们看看，病人的肾结石只有这么大一点，这是小问题，倒是大的致命的问题是他的主动脉咋鼓起来这么大了——足足5.1cm！随时都有可能破裂了哦！"说罢与我四目对视，然后关切地说道，"你们看，咋办？！"

对于医生说的主动脉鼓起来，我们固然不知道是怎么回事，倒是说"随时都有破裂的危险"，这一句我听得非常清楚，那就是意味着病变导致我有生命危险！

这个时候，我已经忘记了疼痛，继续耐心听医生详细讲解，"腹腔主动脉瘤，也就是说靠近肾的位置主动脉发生了严重的病变，鼓起来的部分最大直径为5.1cm，而正常值应为1～2.5cm。由此可以预测到这个主动脉极有可能瞬间破裂，如果不及时救治就有生命危险！"医生解释完毕，让我们立即回到急诊室等候，并吩咐护士给我安排了病床躺下，随即打上点滴，又迅速召集相关人员会诊。

7

一切都在转眼之间。我静静地躺在病床上，虽然始料未及，知道了自己的病情严重，但也不是很担心，毕竟此刻我是在都江堰市最好的医院里接受诊治。只不过，止痛药药性已过，剧烈的疼痛又开始了。

不管病情咋样，不能让肚皮受穷！在等待医生做出最后决断及如何开展救治期间，二哥给我买来稀饭和包子，我坚持着吃下了早餐。可就在转眼之间，疼痛又加剧了，眼前一黑又开始呕吐起来，顷刻间就将刚刚吞下去的食物如数交给了垃圾桶。

医生又给我注射了一次止痛的针剂。血管科的医生也来了，他们经过反复论证，肾结石和腹腔主动脉瘤确诊无疑，考虑医院的实力，稳妥起见还是决定安排我转院到上级医院接受进一步诊治，随即下达了"病危通知"。

此刻，我的家人还在几百公里外的小金县，听到"病危"这个惊人的消息之后，便紧急往医院赶来；在我身边的二哥、姨姐桂玉、毛开富夫妇和外甥女汪贵香迅速做出决断——转院诊治！并帮我打理好一切。

8

近中午，我被转院到了成都市第三人民医院。

顺利进行完一系列紧急询问处置，已经是午后，妻邹桂芬和长女刘琳、二女婿马运麟已经急切地赶到了医院。他们带我接受了各种检查，办理了入院手续之后，把我送到了介入血管中心病区的一间病房27号病床。傍晚时分，主治医师刘伟来到病房，详细讲解了我的病情及必须手术治疗等方面的情况。按照院方的安排，决定于15日进行微创手术，即加固血管——从毛细血管进入，在病变的主动脉位置安装3个支架，以确保动脉血管正常工作，并安慰我说没有生命危险，这让大家都松了一口气！

9

道理一讲便很清楚，没理由不相信飞速发展的现代医疗科技，以及院方的精湛医术，不就是我的身体零部件出了一点小问题，维修一下便可！

患者当然完全无条件服从医生的一切安排。首先必须考虑解除主动脉瘤的警报，至于合并的肾结石，首先是结石很小，用不着手术；其次是因为它与主动脉是邻居，一旦采取超声碎石或其他手术治疗风险极大，势必会让危及生命的主动脉病变遭到致命的打击，从而得不偿失！鉴于安全考虑，只有用药物疏导的方式解决结石的问题，绝不可能率先实施强势的医疗手段，而忽视动脉瘤的关键问题。

说来也很正常，当医生采取先进的检查手段，完全理清了缠绕我的病魔之因的时候，那该死的肾结石，在几个小时内从肾的上部移动到了下部，也就是说经过从都江堰到成都市的几十公里路途，它也随之完成了挪动几厘米的艰难行程。直到当日傍晚时分，再没有疼痛的迹象，这让我的心情陡然轻松愉快，静静等待着安装支架，解除生命危险。

10

可是，好景不长，我晴朗的天空转眼间又乌云密布，预示着疾风暴雨又将到来，一场与病魔的生死较量再次展开……虽然没有再呕吐，在医生指导下用药止痛，疏通泌尿系统通道，但是那钻心的疼痛却依然有增无减！疼痛至极，实在难以忍受之际，也不敢剧烈运动，只得求助于一针又一针强力止痛针剂——虽然知道止痛针对自身免疫系统有损！

时而疼痛，时而舒缓，就这样反反复复煎熬了七天七夜，那幽灵般的结石终于才缓慢地移动到膀胱上口附近，让疼痛略有所减轻。其间，尤其是进行手术的时间迫近，我真有些忧心忡忡，担心起来……不过，主治医师给我说不会有啥影响，因为要进行局部麻醉，也就是说，即使肾结石疼痛发作，也会最大限度降低疼痛的程度，以确保支架手术的顺利进行！

我紧张的心情稍微有一些松弛。也许是输液、吃药、打针多管齐下，才让那幽灵般的恶魔没有折磨自己。倒是清醒地躺在病床上两个多小时的时间里，因为麻醉剂的作用，还因为注意力集中在手术之上而忘记了疼痛，只是觉得腰杆麻木，严重不适，有种仿佛就要脱臼的酸楚感！以至于医生要求术后平躺12个时辰的告诫，我无法坚持下去，迫不得已轻微地蠕动，让右边伤口渗出大量的鲜血，使得陪护我的家人们感到惊魂不定！

11

"兄弟，你要雄起！"

"小哥，你要挺住哈！"

"舅舅，甭怕，好人一生平安！"

……

"爸爸，你甭怕，手术不会有问题哈！"

"外公，你要坚强哦！"

"老刘，你要稳起哦！"

当听说我身患主动脉瘤，需要手术治疗，着实令家人、亲朋好友们都为我捏一把汗，人人忧心忡忡，却又无可奈何要坦然面对。远在他乡的亲人们纷纷通过微信发来祝福，祈祷平安！次女、外科医生刘敏在手术前也告假赶到了我的病床前，和她的母亲、两个姐姐，还有侄儿汪贵彬和邹毅等轮流守护在我的病床前。

已经年近古稀，患有股骨头坏死疾病，几乎靠轮椅代步的大姐，由外甥女开车从都江堰赶到了我的病床前，给我送来问候和祝愿；在郫都区居住的五姐以及其他就近的侄儿男女们，也都纷纷赶来医院探望我；还有哥哥、二姐和幺妹虽然身在远方，却无时无刻不惦记着我的病情——为我祈祷、祝福；一些知道病情的同学、好朋友们也纷纷发来鼓励、祝愿的话语；我的家人们包括3个年幼的外孙都紧紧团聚在我的周围。刚满4周岁、几乎与病床扶手的高度相当的孙儿马乃奥镇定地站在病床前，面向我双手合十，嘴里细声细语道："亲亲外公，你要坚强些哦……你要好好的哦！"

拽住他们稚嫩的小手，凝视那些期待的目光，我忘记了病魔带来的痛楚，忘记了一切烦恼和忧伤……一股股暖流在胸中激荡，幸福的热泪迷失了我的双眼。面对身边或远方那些亲朋好友们的深深祝福，我没有理由不坚强！没有理由不努力克服疼痛、战胜病魔！

是啊！人有旦夕祸福，自己尚未步入花甲之年，却是第三次这样明明白白、清清楚楚，在近乎昏沉沉或者半醉半醒状态下，任由他人真刀真枪宰割。但是，宰割自己的人，以及直接或间接参与宰割自己的他们，都是恩人而不是仇人！值得永远铭记！这仅仅是上天安排的小劫难！度过劫难获得重生，说明未来可期！

微创手术进行了两个来小时，支架是怎么安装到病变的主动脉位置的，我无从知晓。只知道切肤之痛，只知道切肤之后那一股接着一股的血液，从体内溢出来，那是驱赶侵袭我肉体的恶魔的战场，结局当然是还我一副健康的体魄！

12

祸不单行。正当自己主动脉瘤手术后两个月，腰椎间盘突出症又突发了，一时间行动不便，疼痛难忍。自己也知道这个毛病已经30多年了，当时检查出来就说要动手术根治，但是，我坚持不做手术，努力克服伤痛。我也以《一件小事》为题，记录下当时的境况。

在年近花甲之际，通过体检发现其突出的部位有些严重，于是就没有继续坚守的意愿，于2023年10月27日，走进都江堰市鹏程疼痛医院做了手术。这样一来，我的腰部便一下子增加了5个支架，全力加固维修，努力让身子站直，让精神饱满。

生死存亡，一切都在转眼之间。我又一次战胜了病魔，重新站立起来！冷静思考，总觉得还有些事着实令人费解，此前曾检查出有微小的肾结石，按照医生的说法就是"无大碍"，几年之内，的确纹丝不动，也不肯消失。而为啥偏偏在危及生命的主动脉出现严重病变的时候蠢蠢欲动，且活跃起来？就在实施药物对其发起强大攻势的情况下，依然缓慢地挪动身躯，它每前进一步，有如千军万马在我的肉体里肆无忌惮地横冲直撞！数小时令人窒息的痛苦，就是麻醉剂也无法阻止，折磨得我死去活来！经过七天七夜的殊死博弈，当我接受完支架手术之后休养一周出院的当天，它才彻底结束对我的痛苦折磨——排出了体外！难道这真是上天精心为我安排的一场生死浩劫吗？

不过，今生的我又是幸福的。欣逢盛世，享受幸福的时光，接受先进的医疗救治；退休后有党和政府的关心、照顾，有亲朋好友们的无限关切……正如外孙女马筱芮在我生病住院之后的一篇暑假作文中那样描述："我真羡慕外公，他生病住院了，有外婆、爸爸妈妈和姨妈，还有我们大家都守护在他的病床前，而我生病住院了，爸爸妈妈在老远的地方工作，就只有爷爷奶奶看护着我。所以，我不要生病！"

13

是啊！有人说，明天和意外究竟哪个先来，这的确是一个沉重的话题。而我们唯一能够做到的就是珍惜生命，珍惜当下所拥有的一切。

起于指尖的风
越过掌心，跨越脊梁
悠闲地在自由的世界里遨游

忽然间
她将散落一地的时光

重拾起来，却又无情地
向浩瀚的苍穹抛撒
可那一颗颗滚烫的心
总是洋溢着令人振奋的能量
温暖着一度潮湿的胸膛

风起风落
抑或抬头又见黄叶纷飞
雪花又在山尖翩翩起舞
但不要彷徨，切莫忧伤
任由雪雨风霜肆虐
因为那彩虹总在风雨之后
……

　　走过灾难，未来的世界永远充满着美好与期待！就让自己迅速振作起来，挺直腰板，奋力张开双臂拥抱温暖的朝阳吧！

后　记

　　我是大山的孩子，倚着大山成长，倚着大山远行，倚着大山孕育并成就着步入文艺圣殿的梦想……经过近两年的精心筹备，精细打磨，我潜心汇集的这些小故事，将伴随自己跨步花甲之年，迈着稳健的脚步走出大山，心里尤为感动。

　　是啊！掐指一算，自2012年出版第二部文集《格桑花开》至今，一晃就是13个年头，随后于2021年再出古体诗集《晚春》，是人生的又一个小结。其间有喜有忧，有苦有甜，但是不管失落也好，高兴也罢，自始至终自己都没有改变对文艺的挚爱之心，不断收获着创作带来的充实……

　　有人说，当今社会，抑或物欲横流，可也风清气正；虽存人心不古，却还有古道热肠。总而言之，我的时光就在这种十分浪漫而又惬意中悄悄流逝。值得欣慰的是，这些小故事中有相当的篇目，就那样陆陆续续在省州各级报章杂志、网络平台上闪亮登场。

　　譬如，立足家乡高原玫瑰种植获得成功，让父老乡亲普遍得到了实惠，潜心采访后撰写的《玫瑰花开》，被"四川报告·乡村振兴进行时｜产业兴旺试点"征文活动选中，先后被"人民网四川频道"和"四川作家网"予以推出；《心愿》是表达父母养育之恩，透过自己成长的经历，凸显家乡发展变化的2万字长篇纪实散文，被《四川散文》编辑老师慧眼相中，及时安排在公众号"阅读专栏"，分上、中、下三期予以连载；游记散文《我的西藏之行》《黑水的彩林》均配以精美图片，先后在《民族》杂志2016年、2021年11期刊用；《腊猪蹄的故事》是亲情的真实流露，此文发表于《草地》2021年1期，后又被收录入《阿坝州建州70周年文学作品精选集》；《秋染美汗路》《走进阿坝》《留在夹金山上的记忆》《醉，在金秋时节》等多篇文章在《阿坝日报》和《阿坝文化》《雪域文史》《华西都市报》等报章杂志刊发；《走进董马》《琐忆》和《消失的水磨坊》等多篇文章还同时被多家网站陆续采用。

功夫不负有心人。我的文学和摄影作品被公开刊发的同时，还有部分篇（幅）章先后在各种征文或赛事中获得殊荣。比如散文《夹金情缘》《古堡寻幽记》分别获得"阿坝州民族团结进步有奖征文"优秀奖、"绿色生活，美丽阿坝"2020年阿坝环保世纪行活动征文优秀奖；诗词《若尔盖诗语》荣获四川省文化和旅游厅举办的"安逸走四川"征文大赛纪念奖。

常言道："豆芽脚脚再长，也仅仅是一碟小菜！"老实说，于我而言，确实有点不知天高地厚：自知这些浅薄的诗文在文艺之大千世界中俨然微乎其微，似若头发丝丝串豆腐——提不起来！但毋庸置疑的是，我记录了热爱家乡、游历蜀地、放眼祖国的所见、所闻、所感，不厌其烦地宣传、展示着那些熟知的文化旅游优势资源！

铭记浓烈的乡愁，展示亮丽的风景。收录入文集的40余篇文章，按照"父老乡亲""故乡的云"和"情满酒歌"三个部分进行编排。其中"父老乡亲"主要讲述血浓于水的血脉亲情，以及耳闻目睹的感人故事。

我向来喜爱祖国的大好河山，经常单独或与文朋诗友们一道，深入乡村及大自然中进行文艺创作，"故乡的云"便是其间撰写的游记散文。

社会在发展，人类在进步。当人们在物质生活得到满足的同时，对精神生活的追求也日趋强烈且丰盈。安排在"情满酒歌"里面的文章，除个别篇目是追述曾经发生在家乡的英雄史实、对社会发展及生活片段的点滴认识与感慨，其余便是散落于民间的极其宝贵的非物质文化遗产。

出版自己的拙作，完全是出于对故乡的眷恋，对生活的热爱，尤其是对文艺的执着。

一路走来，得到了家人的理解、支持，也得到很多文朋诗友的无限关爱，尤其是当我在迷茫甚至惶恐之际，他们纷纷为我伸出了柔美无比的橄榄枝——不离不弃，时常一起创作、探讨文艺；扶我上马，引我上路！特别是牛放先生不但为我这部文集作序，还亲自题写书名；成都市作协副主席王国平先生，一向重视对文艺人才的关心与培养，尤其对作协会员创作及文集出版等分外关切，今还爽快地赐予我墨宝……如此大恩大德，真是不胜感激，没齿难忘，在此一并表示衷心感谢！

大山与我共青春，我邀大山度夕阳。人生一世，如白驹过隙。境由心造，爱由心生，就这样以平和的心态，潜心追逐生命中的诗和远方吧！

2024年6月于都江堰市赵公山下